# アキラとあきら　上

池井戸　潤



集英社文庫

目次　上



下巻目次

## 主な登場人物

山崎《やまざき》瑛《あきら》　町工場の少年
階堂《かいどう》彬《あきら》　海運会社経営者一族の御曹司
階堂雅恒《まさつね》　彬の祖父
階堂一磨《かずま》　彬の父親
階堂晋《すすむ》　彬の叔父
階堂崇《たかし》　彬の叔父
階堂龍馬《りょうま》　彬の弟
山崎孝造《こうぞう》　瑛の父
保原茂久《やすはらしげひさ》　瑛の父の工場の従業員

# アキラとあきら　上

# 第一章　工場と海

## 1

幼いころの君は、どんな音を聴いていた?

幼いころの君は、どんな匂いを嗅《か》いでいた?

瑛《あきら》の場合それは、油圧プレス機がたてる規則正しい音だった。

瑛の場合それは、工場から漂ってくるぷんと鼻をつくような油の匂いだった。

踏み固められた土間、窓硝子《まどガラス》から差し込む直射日光はまぶしく銀色に輝き、宙に浮き漂う無数の埃《ほこり》が、まるでそこだけ時間軸が異なるかのように舞っている。ほの暗い中で鈍色《にびいろ》の機械が無骨にうずくまり、鋼鉄のアームを振り下ろし続ける様《さま》は、寡黙な労働者が不機嫌な重労働を強《し》いられているかのようだ。

プレス機が並ぶ向こうには、「グルグル」がある。

工場の三分の一ほどの面積を一台で占領する細長いベルトコンベア付きの機械だ。プレス機が吐き出した部品と別の工場から運ばれてくる部品とが組み合わされ、このベルトコンベアに載せられ、部品たちは先にある渦巻き状の受け皿に落ちていき、回転しながらコイルを巻き付け、大きさや種類によって自動的に選《よ》り分けられていく。

「これは父さんの発明なんだ」

いつだったかそう誇らしげに話した父は、愛《いと》おしそうにグルグルについているゴムベルトを指先で撫《な》でた。父が発明したというこの機械の本当の名前を瑛は知らない。グルグル――。従業員のヤスさんに倣《なら》って、瑛もそう呼んでいただけだ。そもそも最初から名前なんかついてなかったのかも知れない。

「これを作るのに苦労したんだ。これはな、世界中でウチの工場にしかない宝物だ」

宝物――。

瑛の胸にその言葉はちぐはぐな印象を運んできた。

いつも読んでいる絵本や子供向けの物語の中に宝物はたくさん出てくる。だけど、物語に出てくる宝物は美しい宝石そのものだったり、金や銀細工を施した剣だったり刺《し》繍《しゅう》を凝らしたドレスだったりした。なのに父は、工場の中にある薄汚れたその機械を宝物だというのである。

これが、宝物……?

それがなぜ宝物なのか理由はわからない。だが、父がその機械に向ける陶然《とうぜん》たる眼差《まなざ》しはまさしく、大切な宝物に向けるそれと同じものだろうと思えた。

家の仕事を手伝うのは、瑛の日課だ。父にいわれるまま油や道具を整理し、ボロ布で窓を拭《ふ》いたりする。ゴミを捨てにいったり、時には近くの取引先に、「伝票」を届けたりもする。

富田さんの事務所は、子供の足で十五分ぐらいのところにあり、そこのおばさんは、伝票を持っていくといつもジュースやお菓子を出してくれた。いまなら子供に伝票を持たせるなんてことはきっと考えられないだろうが、昔は全てが大らかだったのだ。

工場の窓拭きは、瑛が好きな仕事のひとつだった。

窓を拭くのが好きだったのではなく、窓枠にまたがるのが楽しかったのだ。そこから見える眺めは、瑛の原風景だ。

ミカン畑が段々に続く急斜面の山肌。それを縫って走る曲がりくねった道は、まるでふわりと天から靴紐《くつひも》でも落としたかのようだ。そして眼下には――。

伊豆《いず》の海があった。

急峻《きゅうしゅん》な山が唐突に海と接し一体となる不思議な光景。機械油と、どこからともなく漂ってくる柑橘類《かんきつるい》の匂いが入り混じり、ミカン畑がまぶしいほどに輝いている。

「お前が大きくなったら、父さんの工場を継いでくれよ」

父は時々そんなことをいい、冗談とも真剣ともつかない顔を瑛に向けた。

「うん、まかせとけ！」

そんなときの瑛は明るく笑って、右手を曲げてちっちゃなこぶしを作ってみせる。温かく、慈愛に満ち、そして平穏だった日々。そんな瑛の心に、家業の大変さが染みこんできたのはいつの頃からだろうか。

瑛が着ている服は母方の親戚のおさがりばかりだったし、家族で外食したり、休みだからといって出掛けたりすることもほとんどなかった。小学校の五年生にもなると、子供心にも生活が楽ではないことはなんとなくわかってきた。それは妹の千春《ちはる》も同じだったと思う。

後から振り返ってみると、そのときの父は、家族を抱え、必死で事業を軌道に乗せようとしていたに違いなかった。お金のない恐怖、将来の不安。父はいつもそういう目に見えない敵と戦いながら、妻と幼い子供たちを必死で守ってきた。

父は優しい人だった。

商売は下手だったけど、子煩悩《こぼんのう》で温かい人だった。

集金や納品に出掛けるときには、よく瑛を連れて行ってくれた。小さなトラックの助手席に乗り、好きな歌を歌ったり、父の鼻歌を聴いたりしながら片側に海を見る道路を走る。そのとき見た紺碧《こんぺき》の海の色と、遠くを行き交う船の揺れるシルエット。もしできるのなら、いま、あのときの父が運転するトラックに乗ってもう一度走りたい。あのときの父が何を考え、何に怯《おび》えていたのか、それをきいてみたいと瑛は思う。

そのトラックに、たまに母と、まだ小さかった千春、それに愛犬のチビも乗せて一緒に出掛けることもあった。そんなときには決まって帰りにどこかの浜に寄って、小魚を釣ったり海で泳いだりして暗くなるまで遊ばせてくれた。チビは、瑛が物心ついたときから山崎《やまざき》家で飼われていた柴犬《しばいぬ》で、家族の大切な一員だ。

きっとそれが、父なりに出来る唯一の家族サービスだったのだと思う。

瑛たちが波と戯《たわむ》れたりする様を、父はいつも浜辺でうれしそうに眺めていた。母がそれに寄り添い、楽しそうに瑛と千春のことを見守ってくれる。

父がいて、母がいる。

妹の千春がいて、チビがいる。

旅行に行くわけでも、美味《おい》しいものを食べに行くわけでもないけれど、それで瑛には十分だった。

だが、それがどんなに幸せなことだったのか、このとき瑛はまだ知らなかった。

それは父と母が精一杯がんばって、自分たちに与えてくれた最高の、そして決して再び手の届くことのない贈り物だったのに、瑛はそのことに気づかなかった。

そのとき瑛はまだ、ほんの子供だった。

## 2

夜、目覚めたとき、居間の明かりがついていた。

父と母の声が聞こえる。

またか、と思った。

ここのところ、よく父と母は真剣な顔で難しい話をしている。それはわかっていたが、そのとき父の激しい口調に、瑛はうっすらと開けていた目を見開いた。

「仕方がないだろ！」

父の声ははっきりと瑛の耳に聞こえた。

母の返事はない。

ただ、夜のしじまに、小さな啜《すす》り泣きのような声が聞こえてくるだけだ。瑛は急に不安になり、寝床に差し込む細い光の中で起き上がった。

父と母が喧嘩《けんか》するところなど記憶になかった。障子《しょうじ》を開けたその音で、居間が静かになるのがわかった。

「まだ起きてたのか、瑛」

父が少し怒ったような声でいった。

瑛は真《ま》っ直《す》ぐに居間へ歩いていき、テーブルを挟んでかけている父と母を見た。母は鼻を啜っていたが、何事もなかったかのように顔を上げ、「どうしたの」ときく。

「ケンカしたの？」

瑛はきいた。

母の表情の中で何かが動いたが、それは無理矢理浮かべられた笑みに打ち消される。

「ケンカなんかしてないよ」

母はそういって瑛の肩に温かな手を添えた。「早く寝なさい」

瑛は黙って父と母を交互に見、「おやすみ」と小声でいうと自分の布団へと戻っていく。十一月のひんやりした空気の中で布団に潜《もぐ》り込んだものの、瑛はしばらく眠れそうになかった。また、父と母が何事か話し合っているのが聞こえたが、その言葉は耳を澄ましても聞き取れはしない。

父と母の表情から漂っていた言い知れぬ何かが心に引っかかった。だが、それが果たして何なのか知る術《すべ》はない。そのまま幾度となく寝返りをうつうちに、やがて瑛は眠りに落ちた。

「お帰り、アキちゃん」
保原茂久《やすはらしげひさ》——ヤスさんに声を掛けられたのは、それからしばらく経《た》った日の午後であった。

学校帰りに工場の脇を通りかかると、工場の窓から保原が手招きしているのが見えた。保原は、父の工場で働いている三人の従業員のうちのひとりだ。

まだ若く、父が自分の会社を興す前に勤めていた会社で一緒だったという話は以前に聞いたことがある。

従業員は気のいいひとたちばかりで、みんな瑛をよく可愛《かわい》がってくれたが、ヤスさんはその中でも特によくしてくれた。独身ということもあって父が弟のように可愛がっており、晩ご飯を家で食べていくことも珍しくなかった。

「ほら、これ」

保原は工場からわざわざ出てくると、いつも作業服のポケットに入れているキャンディを全部取りだして瑛にくれ、自分はタバコを一本出して火を点《つ》けた。

差し出されたキャンディの数に驚き、瑛は保原を見上げた。

「こんなにいいの」

「ああ。今日は特別だからな」

保原はいい、それからしゃがみ込むと、瑛の頭をごわごわした手で髪の毛がくしゃくしゃになるほど撫でた。

「どうして特別なの？　何かいいことがあったの？」

そうきいた瑛に、保原は「まあ、そうだな」といって目を伏せた。

いつも明るい保原の、普段とは異なるそぶりに違和感を覚える間もなく、瑛は言葉を呑《の》み込んだ。

顔を上げた保原の目に、涙が一杯溜《た》まっているのを見てしまったからだ。

「あのな、アキちゃん。オレ、もういなくなるんだ」

瑛は最初、保原が何をいっているのかわからなかった。

「いなくなるってどういうこと？」

「辞めることになったんだ」

「辞めるって？」

保原は言葉に窮《きゅう》し、それから天を仰《あお》ぎ見る。保原の顔をまじまじと見つめたまま、瑛もまた言葉を失った。

「もう、この工場からいなくなるんだ」

保原は言葉を絞り出した。「だから、アキちゃんにこうやってキャンディあげたりするのもこれが最後だ。だからこれ、みんなあげる」

瑛は、自分でも制御できないまま、どうしようもなく込み上げてきた涙に保原の顔が歪《ゆが》むのがわかった。

「どうして辞めちゃうの、ヤスさん？　ぼく、ヤスさんに辞めてほしくないよ。辞めてもウチにご飯食べにくるんでしょう？」

保原は言葉に詰まり、ついにその目から大粒の涙を流した。

「ごめんな、アキちゃん。でもな、仕方がないんだよ。また、遊びにくるからさ、そんな顔すんな。なあ」

「嫌だ。ヤスさんがいなくなるなんて、ぼく、嫌だ」

瑛も泣き出した。

「ごめんな。ほんとに、ごめんな。でも、どうしようもないことなんだ」

瑛はヤスさんにしがみつき、涙に濡《ぬ》れた頬を作業服に押し当てた。

保原はタバコの匂いがした。ぎゅっと抱きしめられたその耳元で保原の低い嗚咽《おえつ》が聞こえる。

「ごめんな。ほんとに、ごめんな」

そのとき、瑛は頬の辺りに生温かい感触を得て、目をあけた。いつの間に来たのか、チビが傍《かたわ》らにやってきて瑛の頬を舐《な》めたのだ。

「ほら、チビが迎えに来たぞ。お家《うち》に帰りな」

そういうと、保原はそっと瑛から離れ、二、三歩歩き出してふと立ち止まった。

「そうだ、アキちゃん、これ、欲しいっていってたろ」

保原がポケットから取りだしたものは、小さなロザリオだった。保原の家は敬虔《けいけん》なクリスチャンで、そのロザリオは、工場で事故に遭わないようにと、保原の祖母がお守り代わりにくれたものだという。

保原は、十字架の首飾りをそっと瑛にかけてくれた。

「でもこれ、ヤスさんのお守りなんでしょう。ヤスさんが怪我《けが》しちゃうよ」

「心配すんな。オレは大丈夫さ。いつかアキちゃんにやろうと思ってたんだ。オレはまたばあちゃんに新しいの、もらうからさ」

「ありがとう」

保原はじっと瑛の目を覗《のぞ》き込み、ひとつうなずくと持ち場へ戻っていく。

その夜遅く山崎プレス工業での最後の仕事を終えた保原は、綺麗《きれい》にたたんだ制服をもって挨拶《あいさつ》にきた。

堅苦しい挨拶をした保原は、もういつものヤスさんではないように見えた。

「ご苦労さん。少ないけど、これ」

父が渡した白い封筒をヤスさんは大事そうに服の内ポケットにしまい、それから深々と頭を下げた。

「すまんな、ヤス」

「ごめんなさいね、ほんとに」

保原はただ恐縮したように、「いいえ」とか「はい」という言葉を返し、それから傍らでやりとりを見ていた瑛のところへ来た。

「アキちゃん。いままで、いろいろありがとな。元気で頑張るんだぞ。オレ、いなくなるけど、社長とお母さん、よろしく頼むぞ」

「ヤスさん」

もうこれで保原と会えなくなる。もっといろんなことを話したかった。遊びたかったのに。これが最後なんだと思うと、いうべき言葉が出てくるどころか全て吹き飛んでしまい、ただ頬が震え、こぼれ落ちる涙をどうすることもできなかった。

「瑛、さよならをいいなさい」

父が瑛の背後にたち、後ろからそっと抱えるようにしていった。

「さよ……なら……。さよ……ヤスさん。ぼく、ヤスさんのこと好きだよ」

その刹那《せつな》、いままでこらえていた保原の頬にも大粒の涙がこぼれ落ちた。

「オレもだよ、アキちゃん。またいつか遊びにくるから」

事情がよく飲み込めていない千春は母の膝に顔を埋《うず》めるようにしている。ぐっと唇を嚙《か》み、瑛はヤスさんを睨《にら》み付けるように見た。

「ちいちゃんも。さよなら」

千春のちっちゃな手をとって挨拶した保原は、さっと一歩飛びすさったかと思うと深々と腰をふたつに折った。

「いままで、お世話になりました」

「こちらこそ。ご苦労様でした。ほんとにありがとう」

父がいい、同じように深々と頭を下げる。

どれだけそうしていたか、やがて顔を上げた保原は、いつも帰りがけにするときのように、瑛に右手を軽く挙げた。

「じゃあな」

それが、瑛が見た保原茂久の最後の姿だった。

### *3*

保原が辞めたのではなく、辞めてもらったのだと瑛が知ったのは、少し後になってからのことである。

瑛にそれを教えたのは、富田のおばさんだった。保原が会社を去った理由を知らなかった瑛にとって、その事実はショックとしかいいようがない重みを伴って胸底に落ちた。

「どうして父さんは、ヤスさんに辞めてもらったの」

そうきいたとき、母は言葉に詰まり、「ヤスさんに手伝ってもらわなくても、仕事ができるようになったのよ」といった。

「だったら、もっと別な仕事をヤスさんにやってもらえばよかったじゃない」

「ヤスさんには、ウチじゃなくてもたくさんいい仕事があるの。そういう仕事をしたほうがヤスさんにはいいのよ。給料も高いだろうし、安定してるしね」

母は寂《さび》しそうにそうこたえると、居間から台所に立ち、包丁を使い始める。

給料、安定――。

ぼくたちのことを、父さんの工場を、好きだからここにいたんじゃなかったの？

その問いは瑛ののど元までせり上がってきたが、母の頑《かたく》なな横顔はそれ以上の質問を拒絶していた。

子供が立ち入ることが許されない領分がそこにある。

それを悟った瑛は、自分の勉強机がある六畳間へいって、学校の宿題を広げた。だが、勉強は手に付かず、図書館から借りてきた本を読み始める。

本は瑛の友達だった。学校の友達との遊びも楽しいが、彼らは瑛にとって何かが違う存在だった。屈託もなく、遊びのことだけ考えていればいい友達を見ていると、まるでそれは鏡のように、心のどこかに翳《かげ》を持っている自分を映し出す。

子供だけが持つ特別な感覚なのかも知れない。

毎日、朝早くから夜遅くまで油まみれになりながら働く父と、それを支える母。工場の操業音と油の匂いが絶えることはなかったが、水面下で進行している重篤《じゅうとく》な病が日に日に体を蝕《むしば》んでいくように、瑛の家には拭いきれない疲労感が蓄積し、目に見えない暗い影が日常のあちこちを徐々に侵食しはじめていた。

「父さん、今日学校でね、タカヒロがすごいおもしろいことをいったんだよ――」

父の表情に笑顔はなく、疲れ切って充血した目が瑛を見つめる。「そうか。へえ」という相づちは空っぽの気持ちを表していた。父の心はいまここにはない。咄嗟《とっさ》にそれを感じ取って落胆の表情を浮かべる瑛に、「お風呂いってらっしゃい」、などといって母が取り繕う。

遊ぼうといっても、

「父さんは疲れてるから、またあとにしよう」

そんな返事が多くなった。

集金や納品の帰りに家族で遊ぶことはたまにあったが、そんなときにも父が笑みを浮かべることはほとんどなくなった。

父から次第に元気を奪っていくのが果たしてなんなのか、瑛にははっきりしたことがわからなかった。

かつて優しくて快活だった父。だがその父はいま顔色が悪く、気もそぞろで何をいっても反応は鈍く、そしてたまに激しく怒るようになった。

「ヒロトんちはお正月、北海道へ行くんだって。スキーってやってみたいな、ぼく」

「瑛、お前、父さんが一所懸命働いてるのに、そんなに不満なのか」

手にしていた茶碗《ちやわん》を割らんばかりに食卓に叩《たた》きつけ、父が怒鳴る。あまりのことに瑛はびっくりしてしまい、涙ぐんでしまった。

父は不機嫌極まりない顔で瑛を睨み付けており、「ごめんなさい」とようやく小さな声で瑛が謝ると、もくもくと食事を平らげてまた工場へと行ってしまう。半べそをかき始めた千春の背を母が撫でた。

「いま父さん、大変なときだから。みんなで応援しようね」

突然、怒鳴られて理不尽だという気持ちと、おそらくそんな理不尽を承知で感情を爆発させてしまう父の——いや、瑛の家が置かれている現実。それがずっしりと瑛にのしかかり、息苦しくさせる。

「ウチは大変なの、母さん」

瑛はきいた。

母は困った顔をしたきり、返事はない。以前の母だったら、瑛を心配させないようにいつも「大丈夫だよ」と笑顔でいってくれた。そんな母の変化もまた、瑛の心を不安で一杯にし、さわさわと揺さぶるのだった。

「どうしてなの？」

母は黙ったが、返事を待っている瑛の、子供ながらに真剣な表情に思うところがあっ

たのだろう、

「父さんのお客さんの会社がひとつ、なくなっちゃったのよ」

そう説明してくれた。

「どうしてなくなっちゃったの？　また潰《つぶ》れたの？」

瑛の父、山崎孝造《こうぞう》がかつて三島《みしま》市内にある会社に勤めていたということは母から聞いて知っていた。父はそこでエンジニアをしていたのだが、ある日、その会社は突然、倒産してしまったのだ。

父がいまこうして工場をやっているのは、そのときの取引先の社長さんが世話してくれたおかげだということも瑛は聞いて知っていた。

その社長さんは、角田《かくた》さんといって、ぴかぴかに磨き上げられたサンダーバードというクルマをひとりで運転して、たまに工場を見に来ることがある。白髪《しらが》をなびかせながら角田さんが来ると、父はまるで学校の先生が来たときのように丁寧に挨拶をし、工場の中を案内しながらつきっきりで相手をしていた。

「角田さんにお願いしても駄目なの？」

瑛がきくと、母は困った顔をして、「いろいろあるのよ」、といった。

いろいろ。

子供にはわからない複雑な大人の世界。

だが、それは瑛たち子供にとっても決して無関係なものではなかったのだ。

翌年の二月、学校から帰った瑛は、自宅の前に黒塗りのクルマが停《と》まっているのを見つけて足を止めた。

ぴかぴかに磨き上げられたクルマの脇にはひとりの男が立って、タバコを吸っている。四十過ぎのやせこけた男だ。目があった。

「こんにちは」

瑛がいうと、小さく頭が動いて、その男なりに挨拶をしたらしいとわかる。玄関までいくと、革靴が二足、きれいに揃《そろ》えられているのが見えたので、瑛は来客時の常で裏の勝手口に回って家に入った。

「ただいま」

小声でいったが返事はなく、代わりに客間で交わされる話し声がした。勉強部屋のある二階へ上がろうとした瑛が足を止めたのは、「なんとかなりませんか」という父の声がしたからだった。

返事はない。

「とりあえず、いまお話しした通りですから」

やがて、聞いたことのない男の声がこたえた。

「でも……」

父の声が応ずる。ひどく困っているらしいことは、その声の調子でわかる。瑛はそっと階段を下り、客間の様子を窺《うかが》った。

そこには背広を着たふたりの男が、父と向き合うかたちで座っていた。

五十歳ぐらいの男と、父と同じぐらいの年格好の男の、ふたりだ。反対側にかけている父は、見たこともないほど打ち拉《ひし》がれた表情で俯《うつむ》き加減になっている。

その顔が上がり、「もう一度、検討していただけませんか」と、父は年配のほうを見た。

「まあそれはさ」

男は膝の前に出ている湯飲み茶碗をとると一口啜って茶托《ちゃたく》に戻す。「さっきから申し上げている通りで、もう結論が出た話ですし」

「でも、一所懸命にやりますから。なんとか貸していただけないでしょうか」

母の声はか細く、震えていた。

瑛のところから、困惑する男の顔が見えた。腕組みして、隣の男と視線を交わす年配の顔には、明らかに迷惑そうな色も浮かんでいる。

「そういわれても、決まったことなんで」

「でも、それではウチは困ってしまうんです」

父の声から必死さが伝わり、瑛は体を強張《こわば》らせた。話の内容はわからないが、いま父と母にとって、そしておそらく瑛にとっても大切なことが話し合われている。

「困るかどうかはお宅の問題でしてね。とりあえず、こちらとしてはもうこれ以上話すことはありません」

気まずい沈黙の末、年配の男はいうと立ち上がった。不意のことだったので瑛は一瞬逃げ遅れ、腰を上げた男と目があった。

冷たい目だった。

今まで、瑛に向けられた無数の目の中で、こんなにも冷たい目はなかった。視線を交差させたのはほんの一瞬だ。男はまるで、瑛の存在に気づかなかったように玄関へと歩いていき、瑛もまた逃げるようにして階段を駆け上がる。

「どうもありがとうございました」

見送る母の声がした。二階の窓から顔を出した瑛は、クルマに乗り込む男たちの姿をそっと見ていた。後部座席にふんぞり返った男の表情は不機嫌そのものだ。やがてそのクルマが坂道を下っていくエンジンの音が小さくなると、家の中は鉛の底に沈み込んでしまったかのように静まり返った。

その夜、父と母が再び口喧嘩する声で瑛は目を覚ました。寝床の壁にかかっている時計の針は、とっくに十二時を過ぎている。

寝床から這《は》い出し、瑛は声のする居間のほうへ裸足《はだし》のままそっと歩いていく。

「このままじゃ、もたない。それでもいいのかっ！」

そんな父の声がしたのはそのときだった。瑛は廊下で棒立ちになり、耳を澄ませた。

母の啜り泣きが聞こえてくる。

「そうするしかないだろ」

また不機嫌極まりない父の声が続く。「オレのことが信用できないのか、お前は」

居間のガラス戸からそっと覗き込むと、唇を噛んでいる母の横顔が見えた。その冬一番といってもいい冷え込んだ夜で、居間には石油ストーブの赤い輝きがあった。

出て行って、聞きたいことはたくさんあった。

昼間の男たちは何をしている人なのか、父と母がなんで喧嘩しているのか。そして、ぼくに何か手伝うことはないのか――。

だが、それを聞いたとしても、瑛ができることは何もない。それは怒っているのか悲しんでいるのかわからない父の顔を見ればわかる。

父と母が切羽詰まった顔で相談する内容は、きっと瑛たちには聞かせたくないことだ。たとえ瑛が尋ねても、父も母も決してそれを口にしないだろう。

気取られぬよう寝床に引き返しながら、瑛はふと思ったことがある。

そういえば最近、父は瑛に工場を継いでくれといわなくなった。

父と笑い合ったこともない。

こんなに近くにいるのに、毎日顔を合わせているはずなのに、いつのまにか父は、瑛の手の届かない遠い存在になろうとしている。

優しくて、よく瑛と遊んでくれた父。家族をトラックに乗せて浜辺で遊んだ日々。早くまた、そんな日が来るといいなと思いながら、布団の中で目を閉じる。

子供心に親たちの大変さを心配しつつも、どこかに甘えがあった。

きっとうまく行くだろうと楽観していた。

父がなんとかしてくれる。そう思っていた。

父さんは立派なんだ。なんだってできる。グルグルだって発明したじゃないか。父さんはすごいんだ。

瑛はそう信じていた。

だが、現実がそう簡単なものではないことを否応《いやおう》なく瑛が思い知らされたのは、それから、ひと月ほど過ぎた三月のことである。

## 4

「山崎君——」

修了式を間近に控えた日の午後だった。工作の授業を受けていた瑛は、自分を呼ぶ声に顔を上げ、教室の後ろの戸口から手招きしているキンカクを見た。キンカクは、瑛のクラスを受け持っているベテラン教師の渾名《あだな》だ。本名は、金田一格男《きんだいちかくお》。苗字《みようじ》と名前を一文字ずつとって、キンカクだ。いつもおもしろいことをいって児童を笑わせるので、人気のある先生だった。

粘土をこねて作りかけの人形を台に置き、席を立っていった瑛をキンカクは廊下へ呼んだ。ちょうど五時間目が始まったばかりで、友達の何人かが粘土をこねる手を休めて瑛のほうをちらちらと見ている。

「こら。よそ見をしない！」

キンカクは教室の中に向かっていうと、急に真面目な顔になって、「片付けて、今日は帰りなさい。お母さんが迎えに来てるから」と小声でいった。

「さあ、早く」

わけがわからずぽかんとしている瑛の背を押し、自分も一緒に教室に入ってくると、瑛の代わりに粘土細工をしまいはじめる。キンカクは、瑛が作った人形の手や腕が曲がったりしないようにプラスチックの箱に入れてくれ、それを持たせてくれた。

「もし、続きをウチで作れるようなら作ってごらん」

下駄箱《げたばこ》のところまでいくと、母が不安そうな顔で待っていた。千春も一緒だ。

「先生、すみません」

母は先生に深々とおじぎをする。

「今後のことはまたご連絡ください。お待ちしています」

キンカクはそんなことをいい、それからしゃがみ込むと瑛の両肩を持った。何事かいおうとしたが先生の口から言葉は出てこない。代わりに唇を嚙み、手に力を込めて肩を小さく揺すると、ようやく絞り出すようにいった。

「じゃあな。さよなら」

「さようなら」

母とともに校庭に出ると、図工室の窓から級友たちが手を振っているのが見えた。それに手を振り返した瑛は、足早に歩く母を見上げる。見たこともないような、蒼《あお》ざめた顔がそこにあった。悪い予感がした。

「これから、磐田《いわた》のおじいちゃんのところへ行くからね」

磐田には母の実家がある。

「今日は火曜日だよ」

休みでもないのに、どうして？　だが母はいっさいの質問は受け付けないといった、ある種決然とした表情で真っ直ぐ前を見つめている。何もわからない千春は、保育園の制服に黄色い帽子を被《かぶ》って黙って母に手を引かれて歩いていた。

自宅まで徒歩で二十分ほどかかるのだが、このときは千春もいるからその倍近くかかった。千春も何か察しているのか、疲れたとはいわなかった。

ミカンの木はまだ新芽のつかない枝を三月の透き通った空に向かって折り曲げていた。陽光はすでに春めいていたが、風には冬の名残《なごり》がある。

坂道を黙々と上る。

工場の屋根が見えてきて、自然と瑛の足は速まった。

何かが違う。そう気づいたのはその時だった。

音だ。

そう音がしない――。

瑛は足を止め、耳を澄ました。母は千春の手を引いて先に歩いていく。振り向いた千春が呼んだ。

「おにいちゃん、はやく。おにいちゃん」

突如《とつじょ》駆けだした瑛は、母と千春の脇をすり抜け、坂道を全力で駆け上がった。息が切れ、ひんやりとした空気が喉にひりひりとした感触を伝えてくる。

工場の前に、クルマが三台止まっていた。工場の中から言い争うような声がして、瑛は開け放たれたガラス窓から覗き込む。

「ふざけんなよっ！　どうしてくれるんだ」

怒鳴っている男がいまいましげに吸っていたタバコを地面に叩きつける。男たちは十人ほどいただろうか。その全員に取り囲まれるようにして父の姿があった。

「すみません。なんとかしますので、今日のところはお引き取り願えませんか」

父はそういって深々と頭を下げる。

「でたらめいいなさんな、山崎さん。工場動いてへんやないか」

また別の男が関西弁でいった。「材料も止められてるんやろ。操業してない工場なんかなんの価値もないわ。悪いけどな、この機械、いただいてきまっせ」

「それだけは勘弁してもらえませんか。この通りです。なんとか、ご迷惑をかけないように頑張りますので、ここはひとつ」

「なに寝言いうてんねん。そんな話、誰が信じられるか」

おい、という声で、工場の入り口近くに控えていた男たちがどっとなだれ込んでいく。

「やめてください。お願いします」

止めようとする父の体が突き飛ばされ、土間に転がった。男たちは父のことなど見向きもせず、プレス機を解体しはじめる。

母が瑛の体をひっぱった。向こうのミカン畑の中に、不安そうな顔をした千春が立ってこちらを見ている。

「おいで」

家の裏手に回って中に入ると母は勝手口の鍵をしっかりと締めた。

「着替えなさい、瑛。千春、こっち来て」

母は千春を着替えさせ、身の回りのものを集め出した。

「瑛はあそこにあるリュックをお願い」

居間の片隅に遠足のときに使う瑛のリュックサックが置いてあった。満杯だ。持つとずっしりと重みがある。瑛の着替えや勉強道具が入っているらしかった。

「ねえ、母さん。父さんは？　一緒に行かないの」

「父さんも、あの人たちの用事が終わったら後で来るから」

「いつ？」

母が返答に窮したとき、勝手口の外で、くーん、という鳴き声がした。

「チビ！」

戸を開けると、茶色の塊《かたまり》が瑛の腕に飛び込んで、顔を舐《な》め始めた。

「母さん、チビも連れていくんでしょう」

千春を着替えさせる母の手が止まった。

「チビは連れていけないの」

「どうして？　ぼくたちがいなくなったら、チビ、どうするの」

瑛はチビの頭を抱えたが、母は悲しい顔をしただけで返事をしなかった。手早く千春に服を着せ、その上着の裾《すそ》を引っ張って身繕いすると、立ち上がった。

「行こう、瑛」

「チビも連れていこうよ！」

抵抗する瑛に、母は困った顔になり、「またすぐに戻ってくるから。チビは、大丈夫よ。犬だもん」といった。

真っ直ぐに見つめた母の視線が逸《そ》らされた。「来なさい」といって手を引く。何もわからないチビがついてきた。

裏手にある小道からミカン畑を迂回《うかい》し、工場の下手側の道路へと向かう。

忘れ物をしたと気づいたのは、そのときだった。

「なにを忘れたの」

「ヤスさんからもらった、ロザリオ」

母の表情に逡巡《しゅんじゅん》が過《よぎ》った。「また来るからそのままにしておきなさい」

今度は瑛が迷う番だった。

「大事にするって約束したもん」

チビが不思議そうに瑛を見上げている。「それにあれ、お守りなんだよ。取ってくる」

「瑛――」

駆けだした。

ミカン畑を全力で駆け抜け、そして家の勝手口に回り込んだとき、またトラックが新たに一台、工場の前に到着するのが見えた。

工場の中から解体された機械の部品が運びだされようとしている。

勝手口から中に入り、靴を脱ぐのももどかしく二階へと上がった。

机の上を見た。ない。いつもそこに置いてあるのに、母が片付けたのかも知れなかった。

一番上の引き出しを開ける。あまり焦って引き開けたので、中から鉛筆や消しゴムが飛び出したが、拾っている余裕はなかった。二段目の引き出しを開けた。ない。三段目の引き出しには、ノート類がつまっていた。

手前にある横長の引き出しをひっぱる。

新聞広告の裏を利用して作ったメモ用紙や小さなコマやトランプ。雑多な持ち物の中に探していたロザリオを見つけた瑛は、ほっとする間もなくそれを握りしめる。

「おい、家の中も見てこい」

声がしたのはそのときだった。窓から見下ろすと、数人の男たちが隣接する工場からこちらに向かってくるのが見えた。

部屋を飛び出して階段を転げ落ちんばかりに駆け下りる。勝手口の戸を開けたとき、玄関が引き開けられる音が耳に飛び込んできた。

チビが待っていた。

「チビ、行くぞ！」

駆ける。裏手の畑から見たとき、二階のガラス窓から、瑛の部屋にひとりの男がいるのが見え、思わず足が止まった。男が机の引き出しを引き抜いたかと思うと、そのまま顔の高さで引き出しをひっくり返す。どうやら男は、散らばった中味を足でかき回しているらしい。瑛は顔を背《そむ》け、止まっていた足を動かした。

夏、あんなにも甘酸っぱい匂いで満ち満ちているミカン畑は、この季節は他人顔でよそよそしい。その低木の間を駆けていると、胸を締めつけられるような熱いものが込み上げ、涙があふれ出した。

父さん——。

悔《くや》しかった。悲しかった。それに、自分でも情けないことに、心底、恐ろしかった。

やがて母と千春の待っているところまで辿《たど》り着いた瑛を母は抱きしめ、ハンカチで涙を拭ってくれる。

「行こう」

行き先は、富田さんの事務所で、あらかじめ連絡してあったのかおばさんが待っていた。

「お願いします」

母がいうと、「あんた。いらっしゃったわよ」と奥へひと言。おう、という返事があって、しばらくすると、事務所の前に一台のクラウンが出てきた。運転しているのは富田のおじさんだ。

「しっかりしてね、トシちゃん」

おばさんは母にいい、「それからこれ」とお菓子の袋をくれる。

「食べとくれ。道々お腹《なか》が空《す》くといけないから。さあ、早くいきな」

事務所の外に出ると、そこにチビが尻尾《しっぽ》を振って待っていた。当然自分も連れて行ってもらえると信じている目が母や瑛を見上げる。

「チビ、お前は留守番してろよ」

チビの顔を胸に抱き、耳を撫でてやった。「すぐに迎えにくるからな」

「早く乗んな」

おばさんが開けてくれた後部座席に母と千春、そして瑛が乗り込むとチビもついて乗ろうとした。

「チビ！」

「ちいちゃん、呼んじゃだめ」

瑛が千春にいった。「お留守番！」と最後にひと言チビに言い聞かせ、その鼻先でドアを閉める。

「じゃあ、いくぞ。いいな」

しっかりと荷物を抱えた母が大きく深呼吸し、後部座席から見える前方のミカン畑にじっと視線を据《す》えたまま千春を抱き寄せた。

「それにしても、大変なことになっちまったなあ。気を落としなさんな、淑子《としこ》さん。まだなんとかなるって。山崎さんのがんばりどころだ」

「ありがとうございます」

こたえた母の頬が震えた。唇をぎゅっと結び、涙を一杯にためて瞬《まばた》く。その顔を千春が見上げて、べそをかき始めた。

瑛も泣き出したい気分だった。父と母。今までどんなことがあっても自分を守ってくれる絶対的な存在だったのに。それがいまや隠しようもなく弱さを見せていることに衝撃を受け、心細くなった。

クルマは細いミカン畑の道を通って海沿いの国道に出て行く。左のウィンカーが鳴り、ハンドルをきってしばらくしたとき、

「あれっ」

と富田さんがいってルームミラーを覗き込む。「ありゃりゃ。ついてきてるよ」

はっと、瑛は窓から後ろを見た。

「チビ！」

小さな体が猛烈な勢いで追いかけてくる。いままでチビがこんなに必死になって走っている姿は見たことがなかった。

動物の勘で何かを感じ取っているに違いない。舌を出し、耳を後ろにぺったりとつけ、足を必死で動かしているチビには、瑛の顔が見えているはずだ。

チビの後ろからクルマが近づいてきていた。

「チビ、あぶない！」

クラクションが鳴り、走りながら振り返ったチビが慌《あわ》てて避《よ》ける。富田さんがアクセルを踏み込み、クルマが速度を上げた。

涙が込み上げ、その歪んだ視界の中でチビの体がみるみる小さくなっていく。複雑な伊豆半島の地形をそのままトレースしたような道路だ。カーブにさしかかって、ついにその姿は瑛の視界から消えた。

「ねえ、母さん。チビを迎えにくるんでしょ。いつ来るの？」

まるで懇願するような口調で母にきいた。

母はこたえなかった。

「ねえ、母さん。それまでチビに誰がエサをやるの？」

返事はない。

迎えに来るまで、チビはどうやって生きていくのだろう。母も瑛も千春もいないあの家にチビは戻っていくのだろうか。

「父さんも今日、来るんでしょ？」

不意に心配になって、瑛はきいた。

母の瞳が揺れ動いている。何度も喉を上下させ飲み込んでいるのは涙なのか、言葉なのかはわからない。見つめる母の向こうに、きらきらと輝く三月の海が見えた。瑛の心は、その海原を彷徨《さまよ》う小舟のように翻弄《ほんろう》され、「じゃあ、明日？」と問うた言葉は、自分でも悲しくなるほど弱々しく震えていた。

千春が母の顔をじっと見上げている。

千春もまた、父のことを心配して返事を待っている。

「仕事が終わったら、来るからね」

母はそういった。

「いつ終わるの？」

瑛はきいた。そして、ずっと心の中にひっかかっていた疑問をついに口にした。「父さんの会社、潰れたの？」

母の頬が強張《こわば》り、息を止め、呆《ほう》けたような表情になった。敏感に変化を感じ取った千春がみるみる泣き顔になっていく。

「大丈夫だから」

母のその言葉は瑛にではなく、まるで自分自身に言い聞かせているようだった。

「大丈夫だから。ほんとに、ほんとうに——大丈夫だから」

その表情を瑛は穴の空《あ》くほど見つめる。道沿いに植えられた松からまだら模様の光が落ち、母の思い詰めた表情を複雑に見せた。

「駅まででいいんだな」

運転席から富田さんがいった。

「はい、お願いします」と母。

クルマのウィンカーが再び鳴り、交差点を右折していくと、赤茶けた国鉄の駅舎が見えてきた。

瑛たちを降ろして、富田さんのクラウンは来た道を引き返していく。駅前のロータリーから出て行くとき、クラクションをひとつ鳴らした。

それが合図だったかのように母は、瑛の肩に手を載せる。その手に、自分の手を重ねた瑛は、その温かさに心の寄る辺《べ》を見つけた気がした。いつだって、母は瑛と一緒にいてくれる。いつだって——。

# 5

西日に染まる海が広がっていた。

東海道線の普通列車、その四人掛けのクロスシートに、瑛は、母と千春とともに掛けていた。列車に乗った時まだ高かった太陽は西へと傾き、空はいま薄いオレンジ色に染まり始めている。レールを打つ音を聞き、列車に揺られながら、瑛はぽっかりと穴の空いた心を抱えてシートに座っている。陰影の濃い車内でも、母の表情がやつれ蒼ざめているのがわかる。母は、たまに千春の面倒をみるほかは、ほとんど口を開かなかった。

母さん、うちはどうなるの——。

そうききたいのを、瑛は何度も我慢して飲み込んだ。

途中で寝てしまった千春を膝に抱き、母はじっと瑛の隣の空席に視線を結んでいる。

「母さん」

重そうな目が瑛に向けられた。

「なに?」

「元気出してね」

母の顔に薄い笑みが広がり、「ありがと」という短い返事があった。だが、その笑みが浮かんだのはほんの一瞬だけで、母の表情は、すぐさま外に広がる海のような暗さへと戻ってしまう。

母は不安そうだった。大人だって不安になることはあるのかも知れない。だが、そんな不安を隠せない母を、瑛はこの日初めて見た気がした。それが瑛自身の不安まで増長させ、心細くさせる。海がますます暗く、そして冷たい印象を運んできた。

母はいつだって頼りになる存在だった。いつだって守ってくれる。いつも一緒にいてくれる。なのに、その母はいま不安に揺れる瞳をぼんやりと目の前の虚空《こくう》に向けているだけだ。

こんなとき、父さんがいたらなんていうだろう。なにか面白いことをいって、みんなを元気づけたり励ましたりしてくれるだろうか。

瑛はぎゅっと心臓を摑《つか》まれるような気がした。大勢の男たちに取り囲まれていた父があれからどうなったのか。

チビはどうしただろう。ちゃんと家に帰っただろうか。

「ねえ、母さん。チビ、家に帰ったかな」

ぼんやりした母の目が再び瑛に向いた。力のない瞳だった。

「大丈夫よ、犬だから。ちゃんと帰るわ」

「父さんがチビの面倒を見てくれるの？　今日、父さんもチビを連れておじいちゃんのところに来るの？」

　母の返事はない。

「そうねえ」

　やがて唇から洩《も》れ出てきた言葉は曖昧《あいまい》だった。「お仕事が終わったらね」

　瑛は母の顔をじっと見つめた。

「仕事はいつ終わるの？　夜遅くなるの？」

　母は天井を見上げ、それから目を閉じると深い吐息を洩らす。

「どうかな」

　空疎《くうそ》な声で母はこたえ、それ以上、なにもいわなかった。

　普通の下り列車には、様々な人が乗ってきては、降りていく。沼津《ぬまづ》駅では行商らしいおばあさんが瑛の隣の空いている席に乗り、瑛と千春にキャラメルをくれた。

「いいわねえ。家族でお出かけしてたのかい」

　そんなことを話しかけてくるおばあさんに、無理に笑みを浮かべて応対する母の姿は痛々しかった。

　磐田駅に到着したのは午後七時を過ぎた頃だ。

　三月の、まだ冷たさの残るホームに、肩にぐっと食い込むほど重いリュックを背負い、千春の手を引いて瑛は降り立った。母は両手に持てるだけの荷物を抱え、先に立って改札へと歩いていく。

他の乗降客たちが足早に通り抜けていく中、重たい荷物を抱えた三人は、ゆっくりと通路を歩いて改札に向かった。

「おじいちゃん！」

突如、千春がそう叫んで駆けだしたのは、改札の手前で立ち止まった母がポケットの切符を取りだしたときだ。

千春は改札係に切符も渡さずに外に駆けだしていってしまい、母と瑛が出たときにはおじいちゃんの足にしがみつき、あっという間に抱え上げられていた。

「おかえり」

疲れ切った母の顔を見て、祖父がいう。それはその日唯一聞くことのできた、慈しみのこもったものに瑛には思えた。母の頬が震え、「ええ」という短い返事だけ口にすると、あとは嗚咽《おえつ》をこらえて強く唇を結ぶ。祖父は、母の兄である伯父と一緒だった。

「大丈夫か、瑛。お腹すいてないか。——なにか食べさせたのか」

駅前に止めてあったバンに乗り込むと、運転席にいた伯父が声を掛けてきた。最後のひと言は、母に向けたものだ。伯父にいわれるまで、瑛は自分が空腹だということにも気づかなかった。

「いいえ。それどころじゃなかったから」

「そうか……。大変だったな」

重苦しいひと言を呟《つぶや》いたとき、助手席に祖父が乗り込んでクルマのエンジンがかかった。そこから祖父母と伯父夫婦が住む家まで、車で二十分ほどかかる。

母の実家は、磐田市内で繊維問屋を営む商家だった。戦後まもなく祖父、松原利治《まつばらとしはる》が創業して店を大きくし、いまは伯父の光治《みつはる》がその後を継いでいる。伯父夫婦には子供がいなかったことから、瑛と千春を自分の子供のように可愛がってくれていた。

クルマは瑛も知っている磐田市内の道路を走り、やがて松原商店という看板の出た店の脇から路地に入った。祖父母と伯父夫婦が同居する家は店の裏手に最近新築したものだ。その駐車場にクルマを止めると、伯父の逞《たくま》しい腕が瑛と母の荷物を持てるだけ持った。エンジンの音を聞きつけ、家から祖母と伯母が迎えに出てくる。

「えらいことだったねえ」

「しっかりしてね、淑子さん」

そんなことを口々にいいながら、さあさあと背を押すようにして家の中に入ったとき、瑛はようやく、心のどこかから温かいものが浸《し》み出してくるような気がした。

「アキちゃん、おいで」

伯父が瑛を呼び、居間の食卓の隣に座らせてくれる。

「突然、ごめんなさい」

詫《わ》びる母に、伯母たちは「気にしなさんな」と応じ、三人分の夕食を作って出してくれた。

「あんまり突然だったんで、こんなもんしかないけど、許しておくれ」

キンキの煮付けと味噌汁《みそしる》、それに少し冷たくなりかけたご飯。

おいしかった。

大好きな祖父の家に来てほっとしたせいか、瑛も千春も黙々とそれを食べ、お腹いっぱいになったところで、風呂に入る。出てきたときには、すでに午後九時を過ぎていただろうか。気分的な疲れもあって瑛はもうくたくただった。

居間の隣の部屋に三つ布団が敷いてあり、先に風呂から上がった千春がすやすやと寝息を立てている隣に、瑛も潜り込む。

居間で話し合う、大人たちの声が聞こえてきた。

話の中味はよくわからない。父の名だけではなく、瑛の知らない人の名前がいくつか登場する話には、大きな金額や借金といった言葉がちらちらと混じっていた。夢うつつの中で瑛は必死に、いま瑛の家がどういう状況になっているのか、父がいまどんなに大変なことになっているのか知ろうとした。

断片的な意識の狭間《はざま》で、啜り泣くような母の声を聞いた気がしたが、気のせいだったかも知れない。

翌朝瑛が目覚めたとき、すでに母の布団は空になっており、とっくに起きだしている千春がひとり、居間の椅子にちょこんと腰掛けているだけだった。父の姿はそこにない。

「おはよう、アキちゃん」

伯母がいった。

「おはようございます。母さんは？」

瑛がきくと、答える前、伯母は少し考え込んでいった。

「お取引先のところに用事があるんだって」

「父さんから連絡あった？」

そうきいたのは、夢のどこかで電話が鳴っているような気がしたからだった。

「電話があったよ。大丈夫だからね、アキちゃん」

伯母は瑛の心配そうな顔を覗き込んでそういうと、そそくさと朝食を並べ始める。もうお店の仕事が始まっている時間で、祖父も伯父も店に出ていて姿が見えなかった。

「今日はふたりで遊んでいられるかな、アキちゃん」

「伯母さんも出掛けるの？」

「お店番があるからね」

「お店に行ってもいい？」

表通りに面した店は二階建ての古い作りで、昔ながらの階段や土蔵が隣接する、遊ぶには面白い場所だった。

「いいよ。その代わり、ちいちゃんと遊んであげてね」

「うん」

それから、瑛はふと不安になってきいた。「母さん、戻ってくるよね」

なんでそんなことをきいたのか、自分でも不思議だった。だが――。

伯母ははっとし、驚きの目を見開いて瑛を見た。

「当たり前でしょう」

伯母が秘めた慌てぶりを目の当たりにした瑛の胸に、小さなシミがぽつりと落下した。それはみるみる大きくなっていき、たちまち無視できないほど大きなものへと変わっていく。

「ぼくたち、いつ家に帰るの？」

伯母はエプロンで濡れた手を拭い、「いいじゃない、ゆっくりして行きなさいよ」わざと冗談めかしてそういうと、「しっかり食べなさいよ」と言い残して、店に出てしまった。

「ちいちゃん、おじいちゃんちにいてもいいんだって」

やりとりをきいていた千春がいった。「でも、チビ、連れにいきたい」

よそわれたご飯を目玉焼きと味噌汁でかき込んでいた瑛は、千春のひと言でその手を止めた。「チビ、ごはん食べたかな、おにいちゃん」

それまで抑えていた感情の塊が喉に詰まったようになって、瑛はじっと食卓テーブルを見つめる。

「一日ぐらい食べなくたって、犬は大丈夫だよ」

そういってみた。以前、テレビでやっていた「野生の王国」で、ライオンやヒョウが何日も食べないで狩りをしているという話があったのを思い出したのだ。

そのことを話すと、千春は、「チビは犬だよ」といった。

「犬も食べなくて大丈夫なの？」

さすがに瑛は言葉に詰まり、幼い妹を見つめる。誤魔化《ごまか》そうとしていた瑛は、自分を見つめるまじりっけのない瞳を目の当たりにした途端、なにもいえなくなってしまった。

千春の顔がゆがみ、いまにも泣き出しそうになる。

「チビは大丈夫だって、ちいちゃん。父さんがきっとエサ、やってると思う。父さんは家にいるから」

「父さんに会いたい」

千春はいうと、急にしゃくりあげ出した。

椅子を降り、瑛は妹を外に連れだす。

家の裏には小さな花壇と、伯母がやっている菜園があった。だが、この季節、そこにはなにも生えてはいない。土は硬く、拒絶しているかのように無骨な表情を晒《さら》しているだけだ。

瑛は空を眺めた。

春の薄紙を貼ったような空が広がっている。ここは瑛の家から比べたら都会だった。表通りを行き交う車の音がかすかに聞こえる。周囲に見えるのは小さなお店や民家ばかりだ。

ここには海を望む窓もなく、そこから見える急峻な山肌もない。鼻腔《びこう》をつくような柑橘類の匂いもなく、プレス機の立てる音もない。

たった一日で、それまで日常だったものが遥《はる》か遠くへ過ぎ去ってしまった。そんな寂しさを瑛は敏感に感じ取っていた。

「ちいちゃん、お人形作ってみる？　粘土があるよ」

泣きべそをかいていた千春にいうと、ようやく頷《うなず》くのがわかった。

肌寒かったのは、パジャマを着たままだったからだ。着替えるために慌てて家の中に戻った瑛は、自分も泣きたいのをぐっとこらえ、昨日、キンカクが入れてくれた粘土の箱を開けた。

「おにいちゃん、なに作ろうとしたの」

「大ちゃん」

同じクラスの大作《だいさく》は、瑛の親友だった。いま箱の中には、かろうじて人間の形状を止《とど》めた頭や手足がある。千春は、その作りかけの人形を小さな手ですぐに壊してしまった。

「なに作るの？」

「父さん」

「一緒に作ろうか」

食卓の上にあった食器を流しに運んだ瑛は、壁際にまとめてあった古い新聞紙を持ってくるとそれを床の上に敷いて粘土を並べる。

千春の小さな手がそれに粘土を付け足し、不器用な人型を作っていく。

瑛は時計を見上げ、今頃、クラスのみんなはどうしてるかな、と思った。キンカクは、瑛が今日欠席していることをみんなにどう説明しただろうか。明日も学校を休むのだろうか。

昨日の光景が脳裏に浮かび上がった。

窓に群れるようにして手をふっている友達。笑って手を挙げた瑛。だけど、いま瑛はこうして、父さんとチビのことを心配しながら磐田の家にいる。

学校がある日に、こうして千春とふたり遊んでいるのは、不思議な感覚でもあった。

そこにいるはずの父も母もいない。そしてチビも。

その日、母は夜になっても戻っては来なかった。

祖父母と伯父夫婦と一緒に食卓を囲みながら、瑛の不安は募っていった。

「母さんは何時頃帰ってくるの」

そんなことを何度もきいた。

「仕事が終わったら帰ってくるから、心配しないでね」

口々に返ってくるのはそんな言葉ばかりだ。だが——その夜、結局母は帰ってこなかった。

翌朝、そのことを知った瑛は、居ても立ってもいられなくなった。

「おばさん、ウチに電話してみてもいい？」

朝食の後、伯母に頼んでみた。

「いいよ。ちょっと待ちなさい」

伯母が電話をとり、交換につないでくれる。居間にある電話の前に正座した伯母は、電話が取り次がれるのをしばらく待っていたが、やがてその受話器を置いた。

「使えなくなってるみたいね」

「どうして？」

伯母は困ったような顔をしたが、こたえなかった。

「母さんは？　どこにいったの」

「アキちゃん」

伯母は瑛の両腕を持ち、言い聞かせるように目を見た。

「ほんとにアキちゃんは心配しなくていいから、しばらく待っててごらん」

心配しないで待つことなんてできなかった。

チビのことを考えただけで、瑛の胸は張り裂けんばかりになるというのに。まして、父も、そしてついに母までもいなくなってしまったのだ。

「ぼく、家に帰りたい」

「アキちゃん」

伯母は両の眉をハの字にしていった。

「すぐに帰れるから、ここにいよう。ね」

「だって、父さんがいないんだったら、チビが死んじゃうもん。誰もエサをやる人、いないんだよ」

「じゃあ、今度の日曜日に、伯父さんと一緒に迎えにいきましょう。それならいいでしょう」

その日は木曜日だった。それは同時に、少なくとも日曜日まで瑛が家に帰れないことを意味している。一週間近く、誰もいない家でエサもないところで、チビが待っているかと思うと、瑛には耐え難かった。

黙っていると、瑛が納得したものと思ったらしく伯母は立ち上がり、店へと出て行く。

その姿が見えなくなると、瑛は自分のリュックの中を探した。庭で祖父が相手をしているのか、千春の声がする。

あった。

それは小さな郵便ポストの形をした貯金箱だった。そこに今年もらったお年玉が少し入っているはずだ。

底のゴムキャップを外して中味を取り出すと、お札とコインが畳の上に転がり出た。全部で二千円。それが瑛の全財産だ。それをポケットに入れ、ヤスさんからもらったロザリオを握りしめた瑛は、そっと松原の家を出た。

## *6*

少し先にあるバス停に向かう。

以前、母と千春の三人で祖父の家から自宅に帰るとき、店のクルマの都合がつかずバスで帰ったことがあったのを瑛は覚えていた。

バス停の埃《ほこり》っぽい椅子に座って五分ほど待っていると、向こうからもうもうと蒼い煙を吐きながら路線バスがやってくるのが見えた。

「どこまで？」

乗降口に若い車掌《しゃしょう》が立っていた。

「駅までお願いします」

子供料金の二十円を払って空いている席に座る。腹に「松原商店」の文字を入れたバンが通り過ぎたのはそのときだ。ハンドルを握っていたのは伯父さんではなかったが、店員さんたちも瑛のことは知っているから、少し遅かったら見つかるところだったかも知れない。

学校が休みになるたびに来ているからまんざら知らない街でもないのに、いまバスの窓から見える光景はまったくの別物に見えた。不安で一杯になり、引き返そうかという弱気の虫と戦わなければならなかった。

バスは終点の磐田駅に着いた。乗り合わせた何人かの客の後について降りる。いま瑛はぐっと顎《あご》をひき、ともすれば自分の胸に湧き上がってくる思いをねじ伏せ、切符を売る窓口へ真っ直ぐに歩いていった。

「河津《かわづ》まで」

切符を買った瑛は、それをもって改札に向かう。「どうやっていけばいいですか」切符を切るハサミを手の中でくるくる回しながら、駅員は上りのホームを指した。そして、「伊東《いとう》で乗り換えだよ」というと、もう瑛のことなど眼中から消えてしまったかのように次々にやってくる客の切符を切り始める。

瑛は教えられた通りホームへ上がった。向かいのホームには、本で見たことのある特急列車が止まっていて、そっちのほうが早く着くことは知っていた。だが、それに乗るだけのお金があるとも思えなかった。乗り換えもわからない。やがて入線してきた普通列車に瑛は乗り込み、ポケットの中のロザリオを握りしめながら、それが動き出すのを待つ。やがて発車のベルが鳴り、瑛を乗せた普通列車はごとんというひと揺れとともに走り出した。

不安だった。ちゃんと家までたどりつけるだろうか。どこかで間違えて、とんでもないところにまで行ってしまったりしないだろうか。父と、それからチビと会えるだろうか。

「何時につきますか?」

検札に来た車掌に、瑛はきいた。

瑛から見れば相当年配のその車掌は時計と時刻表を確認して、二時十五分という時間を教えてくれる。

「四時間はかかるからね」

四時間、か。瑛は考える。すると半ドンの学校が始まって終わるぐらいの時間を列車で過ごすことになるのだ。きのう母と一緒にこの列車に乗っているときには他のことが気になって時間のことまで考えなかった。ただ、長く乗っていたなという印象があっただけだ。

その時間を、瑛はずっと車窓の景色を見て過ごした。車内はぽかぽかと暖かく、眠気を誘われてもおかしくなかったが、眠るだけの気持ちの余裕はなかった。今頃、松原の家では瑛がいなくなったことに気づいているかも知れない。

祖父母たちに心配をかけたことを申し訳なく思うが、日曜日になるまで待ってはいられなかった。それはチビを見捨てることと同じだ。

いまこうしている間にも、チビは瑛が迎えに来るのを待っているに違いない。富田さんの車を必死で追いかけていたチビの姿を思い出すたび、胸苦しいほどの焦りを感じた。

列車に乗っている間、瑛は友達のことや学校のこと、釣りをして遊んだことなどを考え続けた。ともすれば頭に浮かんでくる父やチビのことを無理矢理心の片隅においやって、できるだけ感情を閉ざし、心配なことを考えまいと努力し続けた。

乗り換えの伊東駅は、あの日、富田さんがクルマで送ってくれた駅だった。

切符をもって近くにいた駅員に尋ね、ちょうどホームに入線していた車両に乗り換える。見慣れた伊豆急行の電車だ。

もう少しだ。

そんな思いが、ともすれば沈みがちだった瑛を勇気づけ、背中を押してくれるようだ。

瑛を乗せた電車がホームを滑り出し、やがて海に近い線路をくねりながら走り始めた。

瑛は海側のシートに腰掛け、きらきらと無数の輝きを反射させている伊豆の海に目を細める。

そうしながら河津駅に着いてからのことをあれこれと考え始めた。

まず、家までは歩いていく。普段ならクルマで行く距離だが、道はわかっている。家に着いたら、たぶん工場にいるはずの父に事情を話し、チビを連れて帰る。いや、もしかしたらもう磐田の家にもどらなくていいかも知れない。

昨日一日出掛けていた母が帰ってこなかったのは、家に泊まったからではないかとも思った。だとすれば、母も家にいる。あの日、男たちに荒らされた自宅を一日がかりで片付けていたから、帰ってこなかったのかも知れない。

海岸線に沿って電車は走っている。

伊豆半島を南下するにしたがって、空気が変わってくるのが瑛にもわかった。慣れ親しんだ海には、どこか瑛をほっとさせるものがある。

急峻《きゆうしゆん》な山肌が海の際まで迫る地形、段々畑を埋めるミカン畑。潮の香り。

父さんと会える。

母さんはいるかな。

チビは、ぼくのことを見たらきっと大喜びするぞ。

そんなことを思いながら車窓を眺める瑛を乗せた列車はやがて、河津駅のホームへと滑り込んでいったのである。

## 7

駅を出た瑛は、右手に海を見ながら歩いた。左手には山の上まで果樹園が続く道だ。その光景の中にいると、不思議と道中の不安は消えた。道路沿いにある駄菓子屋に寄ってパンと牛乳を買い、店の前で海を見ながら食べ、再び歩き出す。

ちょうど学校が終わる時間で、瑛が通っていた小学校の児童たち何人かとすれ違ったが、同じ学年の友達とは会わなかった。学校に寄ってキンカクに会って来ようかという考えが浮かんだが、それは後回しにすることにして先を急ぐ。

二十分ほど歩いただろうか、自宅へ向かう脇道が見えてきた。

左折し、片側にミカン畑が続く一本道を歩く。

富田さんの事務所の脇を通り過ぎると、道は急な上りになった。大人なら息が切れそうになる道を足早に歩きながら、瑛の目はいま、山の中腹に見えてきた建物を真っ直ぐに見据えていた。

父の工場だ。

ガラス窓が太陽光線をまぶしい程に反射しているのは、生まれてこの方、瑛が目にしてきた光景そのままだった。

違うのは——音だ。プレス機の立てる規則的な音はどれだけ耳を澄ませても、聞こえてはこない。

もしかしたら機械を返してもらい、父が工場を再開しているのではないかという期待はそこで裏切られた。

山肌を縫うようにして続く道を足早に歩いていく。

心臓がどくどくと音をたてているのが聞こえるようだ。次第に歩調を早め、工場の敷地内に入ったときにはすでに駆け出していた。

早春の陽射《ひざ》しが降り注ぐ明るい伊豆の山の中腹で、その工場だけが暗い影にすっぽりと覆われている。

窓に顔を近づけてみた。たった一日見なかっただけなのに、まるで数年の歳月が流れてしまったのではないかという気さえする。

ガランとした工場内に、かつてそこを埋めていた機械は一台もなかった。

それだけではない。

工場の奥まったところに無造作に積まれている残骸を見て、瑛は息を呑《の》んだ。視線を離すことができなくなり、心の奥底から込み上げてきた感情に体が震えた。

グルグルだ。

父が発明し、あんなに大切にしてきた機械がいま、破壊され分解されて鉄の塊となって打ち捨てられている。

――これを作るのに苦労したんだ。

得意そうに語る父の顔が瞼《まぶた》に浮かんだ。――世界中でウチの工場にしかない宝物だ。

「父さん――!」

はっと顔を上げた瑛は、その工場内に父の姿を探した。いない。工場の正面玄関に回ると、そこには侵入者を阻むように板が打ち付けられていた。

同じ敷地の奥にある自宅に向かった。

玄関には鍵がかかっている。

裏に回り、台所横にある裏口の戸をひっぱってみた。

開いた。

「父さん――!」

中に向かって叫んだ瑛は、一歩足を踏み入れた途端、立ちすくんだ。

そこは、数日前まで自分たちが住んでいた場所とは思えなかった。畳は踏み荒らされ、家具はひっくり返り、あるいは持ち去られている。ひどい荒らされようだ。

「父さん――!」

返事はない。

靴を脱ぎすて、中に駆け込んだ瑛は、一階を見て回った後、二階への階段を駆け上がったところで、足の踏み場もないほど物が散乱した自分の部屋に呆然《ぼうぜん》と立ちつくす。腹の底からとめどなく押し寄せてくる悲しみと悔しさ、それに心細さ。それまでなんとか耐えていた心の堤防はついに決壊し、がらんとした無人の部屋で瑛はひとり泣きじゃくった。熱い涙は涸《か》れることなく溢《あふ》れては頰を伝い、視界を歪《ゆが》ませる。崩れ落ちるように瑛は靴跡のついた畳に両膝をついた。涙の雫《しずく》がぽとぽとと畳に落ち、爪の間にささくれ立った畳が食い込む。頭の中は真っ白になり、ただ眼前につきつけられた現実を受け入れるしかない自分がいる。

どれぐらいそうしていただろう。

裏口から外に出た瑛は、母屋《おもや》の脇にある犬小屋を見に行った。

チビの姿はない。チビのエサを入れるボウルはからからに干からび、いつも水が入っているバケツはひっくり返ったまま転がっていた。

「チビ！」

裏の山のふもとまで行き、声を張り上げて呼んだ。しばらく待つ。木立を駆け抜けてきた風が首筋を撫でていき、低く唸《うな》るような自然のざわめきが伝わってきた。いつもなら、瑛が呼べば体を丸くして飛んでくるのに、いまその気配はまるでない。

今度は、眼下に見下ろすミカン畑に向かってチビの名を呼んだ。あの果樹園のどこか、ミカンの木の陰から、チビが駆けてくるのではないか。期待にじっと目を凝《こ》らし、音を聞いた。

しかし、どこからもチビは現れない。

「チビ……」

ミカン畑と海。三月の太陽がいま、瑛の表情をやわらかく照らしながら、西の空で輝いていた。

瑛の脳裏に、今まで慣れ親しんできた光景がまざまざと蘇《よみがえ》ってくる。プレス機の立てる規則正しい音。油の匂い。キャンディを差し出す、油にまみれたヤスさんの手。ロザリオ――。

瑛は工場の石垣に腰を下ろし、いつ帰ってくるとも知れない、いや帰ってこないかも知れない父を待ち続けた。すでに陽は西に傾いている。

どれくらい待っただろう。ついに、とっぷりと陽が暮れてしまうと、心にぽっかりとあいた空洞を抱えたまま、瑛は仕方なくミカン畑を下りた。国道沿いの道を駅に向かって戻り始める。

低木が幾重にも折り重なるように見えるミカン畑は、肌寒いほどの夜気を纏《まと》っていたのだが、あまりの不安と悲しみにからめとられた瑛には、何も感じられなかった。

やがて駅舎の近くまで辿《たど》り着いたとき、吸い寄せられるように中へ入っていった。屋根があって明かりのある場所が、こんなにも心強いものだろうか。

「ぼく、ひとりかい？」

そのとき、唐突に声をかけられ、瑛は声の方を振り向いた。いつの間にいたのか、若い駅員がそこに立って瑛を見ている。うなずくと、「お家のひとはどうしたの」、という問いになった。誰だって半べそをかいた小学生がこんな時間に、ひとりで駅にいれば不審に思うのは当然だ。

「どこまで行くの？」

瑛は答えられずに俯《うつむ》いた。それから、どうすればいいという考えもなく駅舎を飛び出した。

耳を劈《つんざ》かんばかりのブレーキ音がしたのはそのときだ。振り向いた瑛の視界を、ヘッドライトの白い光芒《こうぼう》が染め上げる。

気づいたとき、瑛は道路の真ん中で尻餅《しりもち》をついていた。

ちょうど顔の前にクルマのフェンダーが迫っており、ピカピカに磨き上げられたボンネットの中でエンジンの回る音が低く響いている。

「大丈夫かい、君」

そのときドアが開き、慌てた様子で運転手が飛び出してきた。

黒っぽい上下の服を着、帽子をかぶった男だ。男は、まだ道路に座り込んだままの瑛を白い手袋をした手で起き上がらせてくれ、服についた埃を払ってくれる。

「怪我しなかったかい」

あまりのことに瑛は答えられず、ただ小さく頷くことしかできなかった。運転手は瑛の様子を眺め、本当に怪我がないことを確かめると、ようやくほっとした顔になった。

「良かった。飛び出しちゃいけませんよ。あぶないからね」

丁寧な言葉遣《づか》いでそういうと、男は再び運転席に戻っていく。

道の真ん中に立っていた瑛は、そっと脇にどいて、見たこともないクルマを改めて眺めた。黒塗りの、見るからに高級そうなクルマだ。さっきは気づかなかったが、ボンネットの先端に、天使のような小さな像がついている。たぶん外車だ。クルマの後部座席の窓が開いて、小さな顔がこちらをのぞいたのはそのときだ。

瑛と同じぐらいの歳《とし》の少年が、後ろのシートからじっとこちらを見ている。

髪をおかっぱにしたその少年は、とても興味深そうな目で瑛をじっと見ていた。瑛の友達にはいない印象の子だった。見下すような目をしている。見るからに都会の金持ちの少年だった。その少年は、何か声をかけてくるかと思ったが、結局、ひと言も発しないまま、クルマは動き出した。

少年の視線がなおも瑛を追ったが、すぐにそれは見えなくなり、やがてそのクルマは向こうのカーブへと消えていった。

「アキちゃん！」

瑛が、唐突に名前を呼ばれたのはその直後のことだ。

はっとした瑛は、声のほうを振り返った。

いつのまに来たのか、道の反対側に白いバンが停車していた。磐田のおじいちゃんちのバンだと思う間もなく、その助手席から人影が走り出てきた。

母だった。

その姿を見た瞬間、瑛はわっと泣き出し、涙は止まらなくなった。

「アキちゃん！」

母は瑛を抱きしめた。「だめじゃない、勝手なことしちゃ。みんな心配してたのよ！」

「ごめんな……さい」

しゃくりあげながら瑛がいったとき、運転席から降りてきた伯父の、どこかのんびりした声が降ってきた。

「よかったなあ、無事で見つかって。大したもんだよ、ひとりでこんなところまで来るんだから。なあ、アキちゃん」

助手席に母と瑛を乗せ、バンは駅舎の前でターンして走り出した。母は、瑛が出て行って少ししてから祖父の家に戻ってきたのだといった。瑛らしい子供を見掛けたといって、富田のおばさんから電話があるまで、ずっと家の周辺を探していたらしい。

「母さんはどこへ行っていたの？」

しばらくして、瑛もようやく落ち着いてきた。

「坂本さんのところへ行ってきたのよ」

坂本さんなら知っている。たまに父の工場に来ていたひとだ。父の会社と取引をしていたお客さんのひとりで、会社はどこか遠くにあるという話を聞いたことがある。

「なにしに行ったの？」

「これからのことを相談しに行ったのよ」

そうこたえた母の顔は、もの悲しそうだった。たった一日会わなかっただけなのに、母は随分疲れ切った表情をしていて、助手席に座っているのもやっとといった感じだ。

「どうして父さんはおじいちゃんの家に来ないの」

自宅の荒れ果てた様子を思い出しながら瑛は心配になってきいた。

「忙しいから仕方がないの。お友達のところに泊めてもらってるからだいじょうぶ」

「チビは？」

母がもの悲しげに、首を横に振った。

ポケットの中のロザリオを瑛は握りしめる。

これをあのとき、チビの首輪につけてやればよかった。チビと離れるとき、どうしてそれに気づかなかったのだろう。

重苦しい空気が車内に立ちこめ、それを埋め合わせるかのように伯父がラジオのスイッチを入れた。『よこはま・たそがれ』が流れ出し、それにあわせて伯父が低い声で歌い始める。

やがてその歌が終わると、伯父はいった。

「アキちゃん。人生ってのはいろいろあるんだ。でも負けちゃいけないぞ」

人生。

そんな言葉を伯父がいうのを初めてきいた。瑛は思わず伯父にきいた。

「人生？」

すると伯父はどこかかしこまったような顔になる。

「アキちゃんはこれからずっと生きていかなきゃいけないだろ。楽しいこともあるけど、苦しいときもあるのさ。でも、それに立ち向かって、勝たなきゃいけないんだ。それが人生さ」

「負けたらどうなるの？」

瑛はきいた。

「負けたら、か」

伯父は少し考えてからいった。「それもまた人生ってやつかも知れないな」

父さんは負けたの?

問いを、瑛は飲み込んだ。

## 8

「あの子、どうしたのかな」

走り出したクルマの窓を閉めながら、階堂彬《かいどうあきら》はいった。

高速道路を降りたのは小一時間ほど前だろうか。いまクルマは海岸沿いに走る伊豆の道を走っていた。夕闇の中、くっきりと明るい駅舎が見えてきたと思ったら、突然、そこからひとりの少年が飛び出してきた。

急ブレーキとともに運転していた徳山《とくやま》が飛び出していったから肝を冷やしたが、後部座席から彬と弟の龍馬《りようま》が息を呑んで見守る中で徳山は少年を助け起こしてやり、そのズボンの埃《ほこり》を手で払うと、ひと言ふた言、言葉を掛けて戻ってきた。

ハンドルを握っている徳山の視線がルームミラーの中で動き、

「いやあ、びっくりしました。急に飛び出してくるんですから」

再びクルマは走り出したものの、徳山はよほど吃驚《びつくり》したらしくまだ顔が蒼ざめている。

「怪我がなくて本当によかったです」

徳山は、彬が生まれる前から、階堂家で働いている男だった。じれったくなるほど丁寧で善良。徳山が怒っているところを彬はいままで一度だって見たことがないぐらいだ。

「なんだか、普通じゃなかったね、あの子」

彬がいった。

「普通じゃないってどういうこと」

どうでも良さそうな口調できいたのは弟の龍馬だ。東京にある自宅を出た後、二時間以上も途中で休憩を挟《はさ》みながら乗りっぱなしで、退屈してふて腐れている。伊豆にある別荘へ行く道すがらである。

ふたりが通う私立小学校が春休みに入り、学習塾の春期講習が始まるまでの五日間ほどを伊豆の別荘で過ごすのは恒例行事のようになっていた。この日はその別荘で親しい取引先を招いてのパーティが開かれており、母は昨日からその準備で前乗りしている。

「とても淋《さび》しそうな顔してたな。迷子みたいだった」

「こんなところで迷子になったらいやだな、ぼくは」

いつの間にかとっぷりと暮れた窓の外を見ながら、龍馬がいう。

「そういえば、たしかに親の姿はありませんでしたね」

いまさらながら心配そうな口調で徳山はいったが、ならば戻りましょうとはいわなかった。彬たちを夜のパーティに間に合うように連れて行くのが母からの厳命なのだ。ところが、龍馬が学校から戻るのが遅かったために出発は二時間以上も遅れ、もうパーティはとっくに始まっている時間だった。別荘についたら、まずは母の小言を覚悟しなければならない。

同じ歳ぐらいの子供だった。ずっと見入ってしまったのは、その子の目に、彬がいままで見たこともないような感情の塊《かたまり》が浮かんでいたからだ。

単に悲しいというのではなく、単に困っているというのでもない。

もっと突き詰めた、真剣な——そうだ、あえていえばきっと、「絶望」に近い、そんな目ではないか。

「迷子にはならないよ。きっと地元の子だろうし」

彬はいった。時間は午後六時をとうに回っている。他所《よそ》から来た子供があんな顔をして、ひとりでいるはずはない。「このあたりに観光地とか旅館とかあるの、徳山さん」

「いやあ、手前の稲取《いなとり》ですとか、これから行く下田《しもだ》とかならわかりますが。このへんにはないと思いますよ」

彬は体を捻《ひね》り、リアウィンドー越しに背後を見たが、そこにはとうに少年の姿はなく、夜の暗闇があるだけであった。

「徳山さん、あとどのくらいで着くの」

龍馬がきいた。

「三十分はかかると思います。七時ぐらいじゃないですか。一時間遅れです」

到着した後のことを思ったか、徳山は浮かない顔になった。

龍馬が押し黙る。

「お前が遅いからだ」

舌打ちまじりにいった彬に、龍馬は鼻を鳴らしただけで答えなかった。修了式が終わった勢いで友達と遊び呆《ほう》けていたらしい。同じ私立小学校へ通う二年違いの弟だ。彬が五年生、龍馬は三年生。幼い頃から兄と比べられて育ったせいか、彬に対する龍馬の対抗意識には根深いものがある。

彬は何事も几帳面《きちょうめん》で慎重、そつなくこなす。一方の龍馬は、ひと言でいえばむらがある。得意なことは、彬がとてもかなわないほどの能力を発揮するが、ときに誰もやらないようなへまをやらかす。この日だって、「伊豆の別荘に出掛けるから早く帰ってきなさいよ」といわれていたにもかかわらず、そんなことはすっかり忘れて二時間近くも遊んでしまって帰ってこなかった。

何かに熱中すると、肝心なことまで頭から抜けてしまうところが、龍馬にはあった。

周囲からは、彬が父親似、龍馬が母親似といわれる。それもまた龍馬には気に入らないのだ。母は明るく社交的だが、気分屋でちょっと我儘《わがまま》なところがある。

なんとなく険悪になり、そのまま沈黙したクルマの中で、彬は車窓の左手に見える暗い海へと視線を投げた。

まあたしかに、伊豆の別荘へ行くのは嫌いじゃないが、親の仕事に付き合わされるのは正直なところ、気が進まない。

「なんでパーティなんだよ」

同じようなことを考えていたのか、龍馬が沈黙を破った。

「かれこれ二十年も前から続いている慣例ですからねえ」

慣例にしたのは、祖父の階堂雅恒《まさつね》だ。この時期、親しい取引先を招き、温暖な下田の別荘で一足早い春を楽しんで貰《もら》おうという企画で、三十人ほどの顧客を招き、今日は別荘に招いてのパーティ、明日はみんなでゴルフである。

立食のパーティだが、彬と龍馬のふたりは本来、祖父や父、そしてふたりの叔父たちと共にお客様をお出迎えし、挨拶をすることになっていた。家族ぐるみで迎えることに意味があるという祖父の考えあってのことだ。

階堂家は元来四国の出で、古くは水産物を扱う商家として栄えてきたが、明治時代に海運に進出して成功した家だった。おもに繊維業の海運を担って業容を拡大、日本の海運業の一翼を担うほどの企業へと急成長を遂げたのだが、それには祖父雅恒の、中興の祖ともいえる功績が大きい。

その祖父は七十歳になったときに会長になり、いま社長として東海郵船を率いているのは、彬の父、一磨《かずま》であった。

会長職に退いたとはいえ祖父の影響力と存在感は健在で、このようなパーティもまた祖父の意向に従ったものだ。

「よお、彬。お疲れ。お前も大変だな」

叔父の崇《たかし》に話しかけられたのは、母親に引き回されて客人へのひと通りの挨拶を済ませた後のことであった。

母は顧客の前では満面の笑みを浮かべていたものの、先ほど彬たちが到着したときに見せた怒りは相当で、「おお、来た来た。まあいいじゃないか」、と祖父が笑顔を見せてくれなかったら収まりがつかなくなるところだった。

「そういう叔父さんも、いいの、こんなところにいて」

リビングの続きにあるキッチンの片隅である。そのテーブルにかけ、彬と龍馬のふたりはようやくありついた夕食を前にしていた。その傍らのスツールにかけた崇叔父は、ウイスキーの水割りのグラスを傾けている。

崇は、学生時代は画家を目指してパリに留学していたこともあるという変わり種だ。その頃に身につけたのか、最初からそうなのかは知らないが、明るい色のジャケットに

スカーフを巻いた洒落《しやれ》た格好に、口ひげを蓄えている。ちょっと山っ気《やまけ》を感じさせる、階堂家には珍しいタイプだ。また、

「こんなパーティはくだらないね」

歯に衣着せぬのはいつものことであった。「お前のパパも本音のところでムダな散財だと思ってるさ。爺様《じいさま》の趣味に無理矢理付き合わされているようなもんだからな」

本当にそう思っていたとしても、父の一磨はそういうことを口に出す男ではない。

「おい、崇。いつまで油を売ってるつもりだ。早く戻れ」

そのときキッチンのドアが開いて晋《すすむ》叔父が神経質な顔を出すと、言いたいことだけ言ってさっと見えなくなった。

晋は学究肌という点では父と似ているが、父と相容《あいい》れないのはその細かさだ。晋と一緒にいるとまったく気が抜けない。どこか脇の甘いところがあって大雑把《おおざつぱ》な崇とは正反対で、晋叔父を彬は苦手としていた。

「はいはい。まったく、あんなにいつもカリカリして疲れないのかねえ」

誰にいうでもなくいって両手を広げてみせると、崇はおもむろに腰を上げてふたたびリビングへ出ていった。

まだ午後八時を回ったところで、パーティはあと二時間は続くだろう。そこでたいていの招待客は手配した下田のホテルへ引き上げていくが、居残った長っ尻《ちり》の客は午前零

時近くまで父や叔父たちとリビングで酒を飲み、賑《にぎ》やかに過ごすのが恒例だ。

この晩もご多分に洩れず、「明日もゴルフですし、そろそろ中締《なかじ》めといたしますか」、という祖父の一声で、一旦《いったん》パーティはお開きになり、三十人ほどいた客のほとんどが引き上げていった。

残ったのは、仕事の上でも、個人の付き合いでも祖父と親しくしている数人の経営者仲間たちだ。

その数人の客と、祖父と父、それに叔父ふたりがリビングのソファでくつろぎながらワインを開けて語らう。時間が遅いこともあって、彬ら子供たちがその歓談に加わることはなかったが、この日、水を飲みに自室からキッチンに降りたとき、

「会社の体制を変えてはどうかと思うんだが」

祖父の、いつになく重々しい声が聞こえて彬はふと足を止めた。それまでなんの話をしていたかはわからない。だがいま、父や叔父、さらに親しい友人たちも真剣な面差しを祖父の雅恒に向けている。いつにない雰囲気だった。

「この三十年ほどでウチも随分手広くなってきた。私が会長職でいるうちはまだなんとかまとまっているだろうが、私もそうそう長くは生きてはいまい。翻《ひるがえ》ってうちの業容を眺めてみると、本業の海運、晋がみている繊維関連の商事部門、崇の観光部門と、同じ会社の中にありながらやっていることはバラバラで、しかもそれぞれの独立性が高い。

自分の事業部門が儲《もう》かっても、他の事業部門が足を引っ張る。そんなことになれば、今後はお互いがお互いのやり方に何かと口を出したくもなるだろう。それでは我々だけではなく、従業員もやりにくい」

祖父の嗄《しゃが》れた声はさほど大きくはなかったが、静聴する客と父らの、緊張感のある沈黙もあってよく聞き取れた。

祖父は続ける。

「そこで、いまのうちにそれぞれの業務分野を東海郵船から切り離し、東海商会、東海観光という形で独立させてはどうかと思う。晋が商会の、そして崇は観光の社長。そしてお互いに独自のやり方で会社経営に取り組む」

祖父が言葉を切ると、その話を忖度《そんたく》するような間《ま》が挟まった。

「つまり、緩やかに結びつくグループ企業という体裁になるということですかいな」

そういったのは、戸田という名の祖父の友人であった。たしか、大阪のほうで何かの会社を経営しているひとだと聞いたことがある。

「まあ、そういうことです」

祖父はいうと、意見を求めるような眼差しを、父と叔父たちに向けた。

「それはいいいな」

真っ先にいったのは、晋だった。「兄貴のやり方に意見したくても、所詮《しょせん》、お前の事業とは関係ないといわれればそれまでですからね」

　その言い方には、どこか晋のほうが父一磨よりも経営が見えているといいたげな優越感が滲《にじ》んでいた。「どうだ、崇」

「望むところだな」

　こちらに背を向けている崇叔父の、一際《ひときわ》大きな声がこたえた。「社長は海運事業に関してはプロだと思うが、観光事業についてはぼくに言わせればシロウトだ。いまのままだと、ぼくが自分の事業に関してこうした方がいいということをいちいちお伺いを立てなきゃいけない。分社化すれば、経営のスピードがぐっと上がることは間違いないね」

「晋さんも、崇さんも、分社化で経営者としての実力が発揮できるから望むところというわけか」

　戸田は階堂家とは古い付き合いだから、晋叔父や崇叔父の性格はよくわかっていて、自尊心をくすぐる言い方をする。ふたりの叔父の、父や祖父に対する対抗心については、実際、彬もまたあらゆる場面で見てきた経緯があった。

　一方、彬のところから見える父一磨は、肘《ひじ》掛け椅子《いす》に深く収まって足を組み、右手の平を額《ひたい》のあたりに当てたまま身じろぎひとつしなかった。

　考えているときの、いつもの姿だ。

「どうだ、社長」

祖父が父にきいた。「そうですね」、とこたえ顔から手を離したものの、父はしばし考え、

「まあ、たしかに経営に対するスタンスの違いはあるでしょう」

そうこたえた。叔父ふたりと違って、即座に全面賛成というわけではなさそうだ。

「ただ、東海郵船の一部門として事業展開するのと、グループとはいえそれぞれが独立した会社として経営するのでは勝手が違うと思うんだが、ふたりともそこは承知してのことか」

「東海郵船がなければ何もできないだろうと、そういいたいのかな」

晋がきいた。プライドが高く、兄に対する対抗意識が時として剝《む》き出しになる。

「何もできないとはいっていないが、いままでと同じではないと、そういうことだ。自分たちで会社の信用を一から作っていかなければならないこともあるだろう」

「ぼくは逆にそこに意味があると思うね」

崇がこたえた。「晋兄さんの東海商会も、このぼくの東海観光も、東海郵船の一事業部門のくびきから放たれて、独自の成長を遂《と》げられるわけだからね。分社となれば準備に多少時間はかかるだろうけど、来年の今頃は、こうして戸田さんはじめ、親しい皆さんがいらっしゃる前で独立宣言したいもんだね」

「分社化すれば、当然だが一社ずつの規模は小さくなる。資金調達や事務負担もそれぞ

れが負うことになるわけだからコストは上がるぞ」

父の一磨がいったが、

「それぐらいのことは、会長も承知の上での提案でしょう」

晋は意に介さなかった。「そうですよね、会長」

祖父は小さく頷いたようだったが、彬のところからはよく見えない。

「組織をいじれば、メリットもデメリットもあるさ」

晋はいった。「問題は、そのどっちが大きいかってことだと思う。会長からの有意義な提案であることだし、前向きに検討すべきだと思いますね。飛躍するチャンスだ」

力強い言葉の裏側には、晋叔父が普段感じている苛立《いらだ》ちや不満が滲《にじ》み出ているように聞こえた。

いままで封じ込められていた感情や思いが、思いがけない祖父の提案によって噴き出したのだ。

いや祖父のことだ。父と叔父たちとの確執を知らないはずはない。知っていたからこそ、その解決策として、会社を分けて叔父たちに与えるという大胆な提案をしたのではないか。

そのとき、父の顔がこちらを向き、

「彬、もう寝なさい」

有無を言わさぬひと言が発せられた。パーティには顔を出せだの、遅れるなだのと好き勝手な大人の事情を押し付けるくせに、用がなくなれば邪魔にする。親の身勝手さに腹を立てた彬は、「おやすみ」、と寝室のある二階への階段を足早に駆け上がった。晋叔父と崇叔父に対して、父がどのように思い何を考えたのか、彬はきいてみたかった。

こんな会社がなければ父や叔父たちがいがみ合い、冷たく牽制《けんせい》しあうこともなかったはずだ。

恵まれているということは同時に、それに見合う運命を背負うことなのだ。生まれながらにして、そんな運命を背負ってきたのが父たちであり、そしてこれから背負うのが彬たちである。

会社なんか、なければいいのに。

彬はその運命を、ひたすら嫌悪した。

## *9*

河津への冒険から二週間ほど経った夜のことだった。眠っていた瑛は、夢のどこかでチビの声を聞いた。

チビ――。

目を開けると、小さな豆球がひとつついただけの電灯に、和室の天井がぼんやりと浮かんで見える。

何時だろうか。家の中は、静まりかえっていた。

どこかでチビの声がした――ような気がしたのは、夢か、それとも空耳だろうか。

隣の布団に千春と母が一緒に眠っているのが見える。母と子供たちのために伯父が家の二階の一室をあてがってくれた。いつ取りに行ったのか、母の鏡台や家で使っていた身の回り品などが運び込まれ、母の実家での慎《つつ》ましい生活がはじまろうとしていた。

その間、父がどこでどうしているのか、母は「知り合いにお世話になっているから」というだけで詳しいことは教えてくれなかった。

昨日の午後は、この磐田の家にまで若い男がふたり現れ、凄《すご》んだ。

「山崎を出せ」

そういった男は、茶色っぽい邪険な目をしていた。

「山崎さんはいません」

伯母が震える声で応じる。「出て行ってください。ウチは関係ないですから」

「ここに来てるんだろうが」

男はいい、店の奥へと視線を走らせる。

「山崎！　出てこい。いるのはわかってんだ！」

もうひとりの男が声を張り上げ、店の奥にいた伯父が飛び出してきた。

「なんですか、あんたたち！」

「山崎に用があるんだよ。おい、隠れてないで出てこい！」

「ちょっと待ってください。ウチは関係ないじゃないですか。これじゃあ、営業妨害です。帰ってくださいよ」

「関係ないだと？」

男の歯ぎしりが聞こえるようだった。「なら山崎の女房がここにいるだろ。出せ。関係なくはないだろうが。借金踏み倒して逃げてるんだからな」

「淑子は関係ありません。連帯保証人でもないし、ウチもそれは同じですよ。関係ないんです」

瑛は息を呑んで、奥の土間からじっと男たちと伯父を見つめていた。伯父の発した言葉の意味はよくわからなかった。だが、関係ないという言葉には、どこか突き放すような冷たさが込められていて、その冷ややかな感覚は鋭い切っ先となって瑛の心に突き刺さった。

ふいに男の視線が動いて瑛の上で止まった。眼底でちらちらする熾火《おきび》のような光を、瑛はまともに見た。今までこんなに怒った顔をした人を、瑛は見たことがなかった。ぎりぎりと奥歯を擦《こす》り合わせているその表情は、まるで牙を剝き、飛びかかるスキを狙っている野犬のようだ。視線を追った伯父がはっとした。

「あっちいってな！」

鋭く叱責《しっせき》するような口調が飛んでくる。だが、瑛は男の視線に射止められたかのように動けなかった。レジの内側にいた伯母がサンダルを鳴らして慌ててやってくると瑛を抱え、「行こう」とその場から連れ出す。伯母のセーターにしみついた石鹼《せっけん》の匂いとともに視界を塞《ふさ》がれた瑛は、追い立てられるようにして店を出た。

そのとき男たちが再び怒鳴り散らす声が聞こえたが、もう何をいっているかはわからなかった。店の裏にある家の玄関に入った伯母は、その戸をぴしゃりと閉め、ご丁寧に鍵までかけた。腰が抜けたようにその場にへたり込むように座った伯母が、震える吐息を漏《も》らす。瑛は何もいえなかった。

いま――。

暗い天井を見上げたまま耳を澄ましていた瑛は、布団から起き上がり、母の体を揺すった。

「母さん、チビの声がするよ」

熟睡していた母の目がぼんやりと開いた。千春の寝息が聞こえる。しんとした家の中は針の落ちる音ひとつでも聞こえそうだ。

そのとき、また聞こえた。

今度こそ、はっきりと。犬が鼻を鳴らすクーンという音だった。

「チビ!」

布団をはねのけて部屋を飛び出し、階段を駆け下りる。玄関の明かりを点けた。慌てて降りてきた母も瑛の背後で様子を窺っている。

いない。

空耳だったのだろうか。そのとき――。

クーン。

今度ははっきり聞こえた。

お勝手のほうからだ。間違いなく犬の鳴き声だ。チビの? まさか。でも――。

半信半疑のまま、だけどあれこれ考える余裕があるわけもなく、瑛は真っ直ぐにお勝手までいくと、戸を引き開けた。

瑛の体めがけて、茶色い塊が飛びかかってきたのはそのときだ。

「チビ――!」

信じられない。だけど、それは紛れもない現実なのだった。

チビは見たこともないほど興奮し、瑛の顔を舐《な》め始めた。狂ったようにぐるぐる走り回り、飛びはね、甲高く鼻を鳴らす。駆け寄った母は、何度も飛びついてくるチビを抱きしめ、「こんなに痩せちゃって。がんばったねえ。がんばったねえ、チビ。おかえり」といいながら、泣いた。

物音を聞きつけ、伯父たち、それに祖父母も起きてきた。

「犬ってのは、賢いもんだなあ」

伯父は感心したようにいった。「何度か連れてきたことはあったけど、それだけで覚えてたんだなあ。二百キロ近くもあるぞ」

二週間もかかってその距離を歩いてきたチビはボロボロになっていた。茶色い毛はところどころ汚れて嫌な臭いがした。あばらが出るほど痩せた体は怪我こそしていなかったが、ぽっきりと折れそうだ。興奮がおさまるのを待って夕飯の残り物でエサを作ってやると、チビはぐったりし、ついに横になってしまった。

「大丈夫かな、チビ」

瑛はその体をそっと撫でながらいった。ようやく家族に会えた犬の目は、母をじっと見上げたままだ。

「チビ、死んじゃったりしないよね、母さん」

「もう寝なさい。母さんが見ててあげるから」

瑛は首を横にふった。

「ぼくも一緒にいる」

言い張った瑛に、母はもう何もいわず、自分は側《そば》にあった椅子を引っ張ってきてかける。母はずっとチビに付き添うつもりのようだった。口にはしなかったが、子犬のときから可愛がってきた母にしてみれば、チビを河津に置いてこなければならなかったことは耐え難いほど辛《つら》かったにちがいないのだ。

物音がするたびチビは瑛と母の存在を確認するかのように目を開けるが、すぐに閉じて荒い息を繰り返しはじめた。

瑛は、椅子の上に置かれた座布団を二枚並べて床に敷くと、そこに座って膝小僧を抱えた。

ストーブに火が入れられ、やがて部屋が暖まってくると横になった瑛に、母は伯父の上着をかけてくれる。

いつのまにか眠りに落ちた瑛は、目覚めたとき、二階の部屋の布団で眠っていた。

ゆうべのことが夢だったのではないか、という気がした。

母の姿はなく、千春も起きていったのか、布団は空になっている。

階下から千春の笑い声が聞こえ、瑛は慌てて階段を下りていく。

お勝手にいった瑛は、千春に尻尾を振っているチビの姿に安堵《あんど》のため息を漏らした。

夢じゃない。

「お兄ちゃん、チビが来たよ！」

うれしそうに千春がいった。

「知ってるよ」

チビが元気になったことに安心した瑛はいった。その頭を撫でた。「知ってるよな、チビ」

チビの尻尾が二度、三度と振られ、昨日とは違う、落ち着いた喜びを表現する。

もうどんなことがあっても、離さないからな、チビ。

瑛は誓った。ぼくたちは友達だ。だから——だからずっと一緒にいよう。

## *10*

四月に入り、新学期がそろそろ始まる頃になると、だんだん磐田での生活に落ち着きが出てきた。

母は、実家の問屋を手伝うようになり、ちょうど松原の家の近くにあった空き家を伯父の口利きで格安で借りると、父不在のまま、瑛たち三人だけがそこに転居した。

古い造りの二階家で、ガラス戸の玄関を入ると裏手まで土間が続く商家の間取りだ。裏には小さな菜園もある。

転校の手続きが取られ、四月七日になると、瑛と千春は伯父の家から五分ほどのところにある小学校へ母に連れられていった。新しい学校は、河津で通っていた学校よりも人数も多く、クラス数もその分、たくさんあった。

転校するのはもちろん初めてで、キンカクや大作、それにクラスのみんなにちゃんとさよならをいうことなくこっちの学校に来てしまったのも心残りだった。そんな心境のまま新しい学校に通うのは、どこかちぐはぐで心細いものだ。

大人たちは誰も気を遣《つか》ってはっきりと説明はしなかったが、父の会社は倒産したのであり、工場も家もみんな取られてしまったのだということは、それとなく理解できた。父はまだ帰って来ない。ヤクザ者たちが現れ、伯父たちが苦心しながら追い払うというようなことが瑛が知っているだけで二度ほどあったろうか。

父がいつ帰ってくるのか、母に尋ねても相変わらずはっきりとは教えてくれなかった。いや、母自身もわからなかったのかも知れない。

いいこともあった。新しい学校で、すぐに友達が出来たことだ。みんなに苛《いじ》められるのではないかという瑛の不安はそれで少し薄らいだ。

高原雅弥《たかはらまさや》は、松原商店のすぐお向かいにある日用雑貨の店の次男坊で、クラスも同じになると、すぐに「マサ」「アキラ」と名前で呼び合う間柄になり、お互いの家を訪ねては遊ぶ仲になった。そのマサを通じて、その近くに住んでいる子供たちや他のクラスの少年たちとも友達になった。

そんなある日の放課後のことである。

「アキラ。お前んち、夜逃げしてきたんだろ」

いつものようにマサたちと遊んでいた瑛は、そのひと言にはっと体を強張《こわば》らせた。振り返ると、隣のクラスのガキ大将がにやにやしながら立っていて、瑛を見下したような目でみている。

みんなから「ガシャポン」という渾名《あだな》で呼ばれている図体《ずうたい》の大きな少年だった。いつも取り巻きを引き連れて歩いているガシャポンは、いわゆるいじめっ子で、転校してきたばかりの瑛にちょっかいを出したくてうずうずしていたらしい。

瑛は押し黙った。「夜逃げ」という言葉の意味が今ひとつわからなかったこともある。

「夜逃げってなんだよ、ガシャポン」

すかさずきいたのは取り巻きのひとりだ。よくきいてくれたとばかりに、瑛の顔に視線を置いたまま、ガシャポンはにやけた笑いを浮かべた。

「会社が潰れて、借金取りから逃げることだよ」

取り巻きの数人が、「へえ」という感心したような口調になり、あらためて瑛を見た。頭のてっぺんからつま先まで、何か珍しいものでも眺めるような態度だ。瑛はかっと顔が熱くなるのがわかった。ガシャポンは、得意げな表情で顎を突きだしている。

「逃げてなんかないよ」

瑛はかろうじて答えた。腹の中では悔しさと怒りが渦巻いていて、それを押さえ込むのに苦労するほどだ。

「嘘《うそ》つけ！　近所のおじさんがそういってたぜ。松原さんところのトシちゃんが子供連れて夜逃げしてきたってさ！　お前んちの父ちゃん、どっかに隠れてるんだろう」

瑛は、自分をからかっている図体の大きな少年を静かな目で見据えた。自分でも信じがたいほどの感情が凄《すさ》まじい勢いで腹の底から湧き上がってくるのがわかる。その不穏な心の変化に気づいた取り巻きが、「おい、ガシャポン」とそれとなく制したが、ガシャポンは聞く耳を持たなかった。

「こいつんちのお陰で、あの辺にヤクザとかが来るようになって、迷惑してんだってさ」

気づいたとき、瑛はガシャポンに殴りかかっていた。

だが、ガシャポンのほうが一枚上手だった。予想していたのか、その図体に似合わずすばやく体をかわし、足払いを掛ける。その技に、瑛はまともに掛かった。ふわっと宙に浮いたかと思うと、校庭の土の上に瑛は転がり、体の芯《しん》が痺《しび》れるような痛みに呼吸が止まりそうになった。

ガシャポンの取り巻きがわっと囃《はや》し立て、今まで一緒になって遊んでいたマサたちも集まってきていた。

「やめろよ、ガシャポン！」

誰かがいった。「かわいそうじゃないか。転校生なんだぞ」

惨《みじ》めだった。

「だからなんだよ」

ガシャポンは、悪意を込めて口答えした。「夜逃げしてきたのも、近所が迷惑してるのも本当なんだぞ」

そのとき、瑛は校庭の砂を握りしめ、それをガシャポンの顔めがけて投げつけた。

「うわっ」

ガシャポンは目を押さえて体を丸める。すばやく立ち上がった瑛は、その体に頭から突進していった。

大きな図体の少年が倒れるのはあっけないほどだった。馬乗りになった瑛に、ガシャポンは砂の入った目から涙を流しながらむちゃくちゃに腕を振り回しはじめる。運動神経には自信がある瑛にとって、ガシャポンの抵抗を避けるのはいともたやすかった。ぶんぶん振り回されていた腕が疲れて止まったところを見計らい、瑛が反撃に出ようとしたとき、

「やばい」

というマサの声にはっと動きをとめた。視線を上げた瞬間、振り回したガシャポンの腕がまともに顔面に当たって、目から火花が飛び散り、鼻がつんとなった。取り巻いていた友達がさっと散っていく。運動場の端から、真っ直ぐにこちらに駆けてくる担任教師の姿が見えたからだ。瑛は立ち上がり、怒りのこもった目でガシャポンを見下ろした。逃げはしなかった。逃げるのは嫌だった。

担任の舞村《まいむら》先生は、瑛とガシャポンを職員室に連れて行き、どうして喧嘩《けんか》になったのか、理由をきいた。

舞村は四十歳過ぎのベテランの先生だ。まだ転校してきて日は浅い瑛にも、この女教師がかなり厳格な先生として生徒たちに恐れられているのはすぐにわかった。その舞村先生が、品のあるきりっとした表情をして、いま瑛とガシャポンのふたりを厳しく見つめている。

まだしゃくりあげているガシャポンが何も話さないので、瑛が代わりにそれまでのやりとりを説明した。

「ごめんなさい」

最後に瑛が謝るとしばらく舞村先生は何事か考え、「あなたはもう帰りなさい」といった。

一礼をして、すごすごと職員室から出る。その後、舞村先生がガシャポンにどんな説教をしたのか、瑛にはわからない。

「どうだった？　怒られた？」

出て行くと校門の外で待っていたマサたちがきいた。

「いや。あんまり」

言葉では、はっきりとはいわなかったが、舞村先生は、やはり怒っていた。瑛が感情を爆発させたことを。だけど同時に、瑛がそうなった理由も、そして暴力を振るったことを反省していることも、わかっていたのだと思う。だから、何もいわなかったのではないか。

「ガシャポンは？」

「まだ残ってる。ぼくだけ先に帰れっていわれたから」

思わず顔を見合わせたマサたちは、もっといろんなことをききたいようだったが、話すことはもう何もなかった。校庭に春の西日が差しており、校舎の影は次第にその脚を伸ばしてきている。瑛はそれ以上の質問を拒絶するかのように顔を伏せると、足早に歩き出した。

夜逃げ。

その言葉はまだ、錨《いかり》のように瑛の胸に重く沈んでいた。

# 11

ガラガラッと、玄関の戸が開いたのは、ちょうど夕ご飯を食べ終わって図書館から借りてきた本を開いた時だった。

裏で寝ていたはずのチビが一声吠《ほ》えて、土間をかけていったから伯父さんが来たのかなと思った。だが、来客が発した言葉は、「ただいま」だった。

ただいま？

興奮したチビの声が土間から聞こえて瑛は飛び上がった。と同時に、居間のガラス戸に人影が立つのが見えた。

父だ。ちょっと疲れた表情の父が立っている。

「父さん！」

千春が父の胸に飛びこんでいった。

瑛も手にしていた本をほっぽり出し、千春に続いて父に抱きつく。

「すごい歓迎だな、これは」

父は相好を崩し、土間に立ったまま子供たちを両手で抱えるようにすると、ようやく靴を脱いであがった。

「大丈夫なの、もう」

不安そうに母がきいた。

「ああ、片付いた。もう大丈夫だ」

父はそういうと居間のテーブルの前にあぐらを掻《か》き、深い吐息を漏らす。笑顔を見せてはいるが父の顔には隠しきれない疲労がくっきりと刻まれていた。

「荷物は？」

「クルマの中」

父が入ってきた玄関の戸が開いたままになっており、トラックの荷台が見えていた。

「腹減ったな。何か食わせてくれ」

「あり合わせのものしかないけど」

母が台所に立つと千春は父の膝にちゃっかり乗って甘えはじめた。父はその頭を撫でながら、「元気だったか」、と瑛にきいた。

瑛はうなずき、「仕事、終わったの？」

「まあな」

父は遠くを見る目になった。こうなる前の父は刺々《とげとげ》しく不機嫌だった。しかしいま、父の表情からはその険しさが消えているような気がした。代わりに浮かんでいるのは、どこかさっぱりした安堵の表情だ。

「もう、どこにも行かないよね、父さん」

「ああ、一緒にいるぞ」

その返事には、父の腹の底から湧き上がってきたような温かさと、確信のような力強さがある。

夜逃げ――。

ガシャポンにいわれたひと言はずっと気になっていた。だけど、こうして父が帰ってきた今、もうそんなことはどうだっていい。壊れかけていたものがまたひとつになり、失いそうになっていたものを取り戻した。他人にどういわれようと、瑛にとっては今目の前にある幸せの方がはるかに大切なのだ。

「よかったね、お兄ちゃん。父さんが帰ってきて」

布団に潜り込んで横になりながら、千春はうれしそうだった。

「ほんとうによかった」

やがて千春がたてはじめた寝息を聞きながら、瑛は心からそう思った。


翌朝、瑛が学校へ行くと、隣の教室からガシャポンが顔を出して遠慮がちに瑛のところへやってきた。気づいた同じクラスの連中がそれとなく、こちらを窺《うかが》っている。きのう、瑛とガシャポンがとっくみあいの喧嘩をしたことは、もうクラス中に知れ渡っているに違いなかった。

「昨日は、ごめん」

ガシャポンから出たのは、意外な謝罪の言葉だった。舞村先生に謝れといわれたのだろうか。謝られたところで、簡単に許す気にはなれない。だから、瑛は黙っていた。

「オレんちも、店やってるんだ」

するとガシャポンはいった。「布団屋。お前んちの近くの交差点にある」

いわれて、ああ、あの店かと、瑛は思い出した。十字路の角にある店で、立派な看板がかかっていたはずだ。

いまガシャポンはいつものガキ大将ぶりとは打って変わってしおらしく、膨らませた頰からふうっと息を吐き出すと、昨日のことを話し出した。舞村先生に叱られた後、家に帰ってそのことを話すと、父親にもこっぴどく叱られたのだという。

「実はさ、オレんちもいっぺん潰れたことがあったんだって。オレ、知らなかったんだ」

それは逆に、瑛の好奇心をくすぐる話でもあった。

「でも、いまも布団屋さんやってるじゃないか」瑛はきいた。

「うちのおばあちゃんの家が金持ちで助けてもらったんだって」

「へえ。そうだったのか」

どうやら、ガシャポンは今まで知らなかった自分の家のことと、瑛が置かれている状況に共通点を見出《みいだ》し、親近感を持ったらしい。

「困ったときはお互い様だって、父ちゃんに怒られた。ごめんな」

照れたようにいったガシャポンを見て、こいつは悪い奴《やつ》じゃないなと思った瞬間、瑛の中にくすぶっていた怒りが消えていくのがわかった。

「ぼくも悪かった。ごめん」

瑛はいった。

気後れしたように顔を上げたガシャポンは、「今度、お前んち遊びにいってもいいか」ときいてきた。

瑛の代わりに反応したのは、ふたりを遠巻きにしていたクラスの仲間のほうだ。

「えっ、ガシャポン、瑛んちに遊びにいくの？　じゃあ、オレもいこう」

真っ先にそういってくれたのは、マサだ。それに何人かの友達が便乗し、あっという間に話はまとまった。

始業のベルが鳴り、ガシャポンは慌てふためいた様子で隣の教室へと駆け戻っていく。その見ようによってはちょっとユーモラスな後ろ姿を見送った瑛は、自分の机についてほっと胸を撫で下ろした。

河津の小学校では今頃、みんな何をやっているだろうか。ふとそんな思いが胸に浮かんだ。

さよなら――。

最後にそういったときのキンカクの顔。悲しみをたたえたような目で瑛を見ていた。

あのとき、キンカクは、瑛がもう学校に戻ってこないことを察していたのかも知れない。

さよなら、キンカク。

瑛は心の中でつぶやいた。

さよなら、みんな。

ぼくは、いま新しい学校で元気でやってる。

最初は不安だったけど、こうしてなんとか友達も出来た。みんなと同じように、いい奴ばっかりだ。

出席簿を抱えて入ってきた舞村先生が何事もなかったかのように出欠を取り始め、瑛の新しい生活にさりげない新しいページが追加された。

その夜、父が帰宅したのは午後九時過ぎだった。

あとで知ったことだが、父はその日、知り合いのつてを頼って新たな仕事を探す一方、伯父に紹介された磐田市内の弁護士事務所を訪ね、潰してしまった会社の法的整理について話し合ったのだった。

父孝造が磐田市内の電機部品メーカーに技術者として再就職したのはその翌月のことである。

父の技術を見込んで、是非《ぜひ》にと、自分の会社に誘ってくれたひとがあったのだ。取引先や銀行に見捨てられ一旦はドン底に落ちた山崎家に、そのとき新たな光が一筋、差した。

# 第二章　マドンナ

## *1*

　引き抜かれ捨てられた草花が見知らぬ大地で再びその根を張るように、山崎家もまた新たな土地に次第に馴染《なじ》んでいった。唐突につきつけられた現実に戸惑《とまど》い、翻弄されながらも、かろうじて身を寄せ、生きる場所を得たのだ。

とくに家を安定させたのは父の再就職だった。経営していた会社が倒産したことによって数千万円の借金を背負った孝造は、自己破産という形でその債務を免除されたのである。

　無一文からの再出発だった。それでも明るさが出てきた。会社が傾いているとき、人が変わったように神経質になり怒りっぽくなっていた孝造に穏やかさが戻った。近くの組み立て工場で働きはじめた母の収入も合わせれば、なんとか人並みの暮らしができるようにもなった。

両親の心配は、瑛《あきら》や千春《ちはる》がこの地の生活に慣れるだろうかということだったが、元来適応能力は子供のほうが上だ。

転校早々やりあったのがきっかけで、瑛はガシャポンと友達になった。ただの友達ではない、親友だ。瑛に対する遠慮やよそ者のイメージが消え、あっという間に受け入れられ、クラスの一員として認められる。すぐに馴染んだのは千春も同じだった。商店街には同じ小学校へ通っている子供たちが多くいる。学校が終わると、今日はどこの家、明日は誰の家と遊び歩くのに好都合で、瑛と千春の家にも代わる代わる友達が遊びに来るようになった。母がこの土地の出身だということも少なからず影響していた。古い知人は多いし、久しぶりに会った人から掛けられる言葉は、「おかえり」。この土地の温かさを、瑛は感じた。

磐田《いわた》に越してきてから五年の月日があっという間に過ぎていき、瑛は地元の公立高校に通う、十七歳になっていた。

この高校で、瑛は野球部に入った。ガシャポンも同じだ。この時代、子供たちの遊びといえばサッカーよりも断然、野球だった。

野球部は、入部と同時にポジションが割り振られる。瑛は運動神経と肩の良さを認められ投手になった。ガシャポンもまた投手を希望していたが、与えられたポジションは捕手だ。

ガシャポンは納得していなかった。

「でかい奴はみんなキャッチャーだという決めつけだ」

ポジションを決めた先輩たちの手前では黙っていても、瑛にはそうぼやいて悔し涙を流した。ガシャポンは本気でプロ野球の投手になりたいと思っていたのだ。

とはいえ、「投げてみろ」といわれていきなり〝里中智《さとなかさとる》〟のようなアンダースローでは、だれでもちょっと引く。ボールは二年生捕手の前でワンバウンドして、バックネットまで転がっていった。里中は『ドカベン』に登場する明訓《めいくん》高校のエースである。

瑛は、ごく普通の高校生だった。

河津《かわづ》にいた頃のように父や母、千春やチビと一緒にいると気詰まりで、それよりも友達と映画を見にいったり遊んだりすることのほうが楽しい。毎日、日が暮れるまでグラウンドで白球を追い、ガシャポンたちと冗談をいいながら歩いて帰る。

クラスの女の子を好きになったのも、この頃だった。その子は、ある日突然、瑛の前に現れた。転校生として――。

「オヤジから聞いたんだけど、うちのクラスに転校生が来るらしいぜ」

ガシャポンからそんな情報がもたらされたのは六月のことであった。雨でグラウンドが使えず、練習が中止になった瑛たち野球部は、いつもより早く学校の校門を出て、国道沿いの歩道を歩いていた。

ガシャポンの父親は、この年PTA会長にひっぱりだされていて、ことある毎《ごと》に先生と話す機会に恵まれていた。たいていPTA会長というと、時間のやりくりがつきやすい自営業者に役柄が回ってくるんだとガシャポンはいっていたが、何度か見たことのあるガシャポンの父、つまり布団屋のオヤジさんは、会長にうってつけの恰幅《かっぷく》のいい好人物だ。

「へえ、どっから転校してくるの」

俄然《がぜん》、興味をいだいて瑛はきいた。

「東京らしい。アキラ、お前行ったことあるか、東京」

「ない」瑛はきっぱりといった。

「オレも、ない」

ガシャポンはおどけた。「すごいな、オレたち。正真正銘の田舎もん」

「野球部に入りたいっていうかな、そいつ」

「それはないな、たぶん」

ガシャポンは意味ありげに瑛を見た。「女だから」

北村亜衣《きたむらあい》というのが、転校生の名前だった。

担任教師が亜衣を連れて教室に入ってきたとき、それまで騒がしかった教室は水を打ったように静かになった。

ぼくのときもそうだったなと、瑛は思った。小学五年生で自分がこの土地に引っ越してきたときだ。あのとき、「転校生」だった瑛は、みんなの好奇の視線に晒《さら》されて、とても緊張したことを覚えている。

くすくすと笑う声、あけすけな興味の眼差《まなざ》し。好奇心の対象にされ、なにをやっても注目されてしまう居心地《いごこち》の悪さに、しばらく耐えなければならなかった。

だが――。

いま目の前にいる亜衣は、そのときの瑛とは明らかに違っていた。担任の村橋《むらはし》先生が彼女のことを紹介しようとすると、

「先生、私、自己紹介を考えてきたので、自分でお話ししてもいいですか」

そういったのである。

瑛は驚いてしまった。村橋先生がきょとんとして、「ああはい。どうぞどうぞ」という様《さま》がおかしくて、クラスのあちこちからまた笑いが洩《も》れる。

亜衣は、黒板に大きく自分の名前を書いた。

「北村亜衣といいます。東京の都立南高校というところから転校してきました。よろしくお願いします。これから皆さんと一緒に勉強できるのを、とても楽しみにしています。

最初はわからないことばかりだと思うので、いろいろ教えてください」

場慣れしているというのか、亜衣は笑みを浮かべながらはきはきした口調で続けた。

さすが東京もんは違うな、と誰かがつぶやくのがきこえる。亜衣は続けた。

「趣味はピアノです。でも、引っ越しをして今までの先生に教わることができなくなったので、もしピアノをやっている人がいたら、良い先生を紹介してください。運動はあまり得意ではありませんけど、前の学校では軟式テニス部に入っていました。もちろん、補欠です」

くすくすっという笑いがまた起きる。「この学校では、音楽部か――」

そんなのないぞ、という声が上がり、みんなが笑った。

「え、ないの？――じゃあ、またテニス部に入れてもらうかも知れません。でも野球が好きなので、野球部のマネージャーもいいなと思います」

野球部いいなあ、という声が男子の中から上がったときの、ガシャポンのうれしそうな顔を瑛は見逃さなかった。

「おい、マネージャーだってよ」

ガシャポンが近くの席から瑛を振り返った。瑛もまた、にんまりとした笑みを浮かべている。亜衣のようなしっかりしたマネージャーがいたら、野球部はもっと楽しくなるだろう。そして、瑛の通う磐田西高校野球部にマネージャーはいなかった。いや、ちょっと前までいたのだが辞めてしまい、空席になっていたのだ。

新鮮な風が教室に吹き込んだ。

その日の放課後、野球部の練習でガシャポンは、グラウンドの外ばかりしょっちゅう気にしていた。彼女が来るかも知れない、と期待しているのが傍目《はため》からでもわかる。

ガシャポンは、どうやら亜衣に一目惚《ひとめぼ》れしたようだった。だが、その待ち人はついに現れなかった。そして翌朝、軟式ラケットをもって教室に入ってきた亜衣を見て、ガシャポンの期待は落胆に変わった。

「儚《はかな》い夢だったな、ガシャポン」

いや、ガシャポンだけではなく、瑛も内心かなりがっかりしていたが、彼女がテニスを選んだのならしょうがない。代わりに、軟式テニス部の男子生徒たちが、亜衣に熱い視線を送り始めている。誰もが彼女に興味を持ち、親しくなりたいと思っているのがわかった。

亜衣がクラスに溶け込むのに、時間はかからなかった。あっという間に友達を作り、クラスではいつも彼女を取り巻く輪ができた。転校してきたばかりだということを忘れさせ、ずっと一緒にいる古い仲間のように思える。そんな魅力を備えた女の子だった。

それに変化が訪れたのは、夏休みが終わって間もないある日のことである。

## 2

昼休みを校庭で過ごした瑛が教室に戻ってくると、数人の女子生徒に囲まれて隣のクラスの安田花織《かおり》が泣いていた。

事情はすぐにわかった。この近くの国道沿いで営んでいた家業の雑貨店を閉め、親戚を頼って三河《みかわ》へ越していくことになったらしい。

おかしいな、と思った。

家から比較的近いからその店のことは知っている。たしか最近改築したばかりで、綺《き》麗《れい》なショーウィンドー付きの店になった。それなのになぜ店を閉めるのだろう。

昼休みを過ごしてきた亜衣が教室に戻ってきた。

事件が起きたのはそのときだ。花織を囲んでいたひとりがつかつかと亜衣のところへ行き、

「花織ちゃんの家のことも考えてやんなよ！」

そう鋭い口調で言い放ったのである。

柳井《やない》塔子《とうこ》という、クラスではリーダー格のひとりだった。塔子は面倒見が良くていわゆる姉御肌だが、少し考えの足りないところがある。

ガシャポンが目を丸くして瑛を振り返った。わけがわからない。瑛は首を横に振った。

「スーパーの人って酷《ひど》いよね！」

塔子のひと言に亜衣は面食《めんく》らった顔をした。泣いている花織に気づいたが、「えっ」といったきり、口を噤《つぐ》む。

スーパー？

ガシャポンが目を見開いた。この近くに新しくスーパーができるらしいことは知っていた。それに亜衣が関係しているのか。

「亜衣、あんたんちが花織ちゃんとこを追い出したんだよ」

塔子の決めつけに、クラス中が息を呑んで塔子と亜衣を見守っている。

「あの……それって、どういう意味？」

亜衣は浮かべていた笑顔を消した。

「だからさ、あんたんちがスーパー作るんでしょう。商店街があるのにそんなことをするのは、人のことなんかどうでもいいって思ってる証拠じゃない。そんなのおかしいよ」

亜衣は深呼吸して、自分を落ち着かせようとしている。

「それはわかる。でも、うちはサラリーマンなんだよ」

亜衣は努めて冷静にいった。「会社の命令でそうするだけで、スーパーを作るかどうかを決めるのはうちの父じゃない」

どんな反論をするのかと思っていた瑛の頭に、この説明はすとんと落ちた。と同時に、斬新でもあった。いままでサラリーマンについてあまり深く考えたことはなかったが、なるほどそういうものかと、妙に得心がいったのである。

商店街の近くにスーパーを出すのは酷いという一事だけで感情を露《あら》わにしている塔子が浅く見える。気持ちはわからなくはないが、それを亜衣にどうこういうのはスジ違いだ。

「でも、あんたのお父さん、偉いんでしょう。自分で自慢してたじゃない」

「自慢なんかしてない」

亜衣は毅然《きぜん》としていった。「ウチの父がなにをしているのかきかれたから答えただけ。それが自慢なの？」

「自慢だよ！　とにかく、スーパー作るの、やめてよ。あんたんちのスーパーのおかげでみんな、すっごい迷惑してんのよ。自分たちが良い暮らしをするために、他所《よそ》の店を潰《つぶ》していいなんて話、おかしいと思う」

それはそれで、妙に説得力のある言い方だった。亜衣の頬に朱がさし、瞳が怒りに潤んでいる。五時間目のチャイムが鳴り出したが、ふたりとも動こうとしない。

亜衣が反論した。

「じゃあ教えてよ。どうしてスーパーができたらお店が潰れるの」

「それはスーパーが安売りするからに決まってるじゃない」

塔子はけんか腰で言い放つ。

「そんなの嘘《うそ》だ。商店にしかできないことだってあると思う。なのにスーパーのせいにするの？」

亜衣の反論は筋道立ったものだったが、多くの生徒には少し難しかったはずだ。それに対して、いま目の前で泣いている花織は説得力の塊のようなものだった。

その事件を契機に、亜衣の周りに人の輪はできなくなった。

女同士の力関係がどう働いたのかわからない。だが、亜衣がクラスの女子からそっぽを向かれるのはあっという間だった。それは塔子と亜衣のどちらが正しいかという問題ではなく、もっと別な類《たぐい》の、感情の産物だったのかも知れない。

こうして、亜衣はひとりぼっちになった。

朝学校へ来るのもひとり。授業が始まるまではひとりで本を読んでいる。仲の良い者同士が机を並べて食べる弁当の時間もひとりぽつんと食べ、昼休みは図書館か自席でほとんど本を読んで過ごす。やがて軟式テニス部でも嫌われているという噂《うわさ》が瑛の耳にも入ってくるようになると、亜衣からかつてのような明るさは消えていった。

その様子を瑛はただ見ているしかなかった。他の男子生徒も同じだ。瑛やガシャポンは亜衣に対して差別するような感情は全く抱《いだ》いていなかったが、もともと親しくしていたわけではない。どうすることもできないというのが正直なところだった。

その状況がさらにエスカレートしたのは、長く続いた残暑が去り、秋風が吹き始めた頃のことである。

部活を終えた瑛が、忘れものをとりに教室に戻ろうとしたとき、クラスの下駄箱の前で亜衣が途方に暮れていたのだ。

「どうかしたの」

「靴がないんだ」

亜衣が指した彼女の靴箱は空《から》だった。

ほとんどの生徒がすでに帰宅している下駄箱には靴のかわりに上履《うわば》きが入っている。下駄箱は、校舎の長い影に覆われていた。

「誰かが間違って履いてったんじゃない？　他の下駄箱、探してみた？」

「探してみたんだけど、見つからなくて」

瑛も探してみたが、亜衣のいう通りだった。

残された可能性はひとつ。悪戯《いたずら》だ。しかも結構悪質な悪戯だ。それは、亜衣もまた考えていたと思う。

　結局、この日、亜衣の靴は出てこなかった。担任の教師が用意した誰かの履き古しの運動靴で帰る亜衣を見送った瑛に、ある思い付きが生まれたのはこのときだ。

「あのさ、ガシャポン。北村のことなんだけど、うちのマネージャーに誘わないか」

　その考えをガシャポンに話したのは、その翌日の午後のことだった。

「なに？」

　ガシャポンは声を裏返すほど驚いたようだ。「で、でも――入るかな」

「それはわからない」

　瑛はこたえた。「でも、いまテニス部ではあまりいい感じじゃないことだけは確かだ。だったら、野球部のマネージャーのほうが北村にとっては居心地がいいかも知れないじゃないか。スカウトしたら来るかも」

「スカウトかよ。誰がスカウトすんだ」

　ガシャポンは腕組みをしていつになく難しい顔になった。そういうことになるとからっきし弱いガシャポンは、怖《お》じ気《け》づいたように首を振る。「瑛、お前がスカウトして来いよ」

「まあ、いいけど」

　自信はない。でも、今の状況ならテニス部にいるより、絶対に野球部のほうが楽しいはずだ。

「いつ話すんだ」

ガシャポンがきいた。「明日か？　明後日《あさって》か」

「そうだな……」

瑛は歩き出しながら考えた。商店街の屋根の上に、傾いた太陽が半分隠れている。風のない穏やかな夕暮れだったが、肌にふれる風は十分に冷たかった。

「タイミングを見て、話してみるよ。だから、先輩たちはガシャポンが説得してくれ」

「大丈夫さ」ガシャポンはいった。「前に話したら結構みんな乗り気になって、北村のこと見に来てたぐらいだから。盛り上がってたぜ」

「だったら部内は問題ないな」

そういった瑛に、

「頼んだぞ、瑛」

ガシャポンはいつになく真剣な眼差しを向けた。

## *3*

教室の外に呼び出して話せばいいじゃないか——というガシャポンの意見は却下した。

そう簡単な問題じゃない。第一、マネージャーに誘うところを他のクラスメートに見られたくない。

考えた末、瑛は、電話をかけることにした。

学級名簿で調べた彼女の電話番号にかけるとき、やけにドキドキして、何度か受話器を下ろした。

「なにやってるの、お兄ちゃん」

それを見ていた千春に怪訝《けげん》な顔をされたくらいだ。

口にすべき言葉を頭の中で反芻《はんすう》する。何度やってもうまくいきそうになかったが、〝えいや〟、でかけることにした。

「はい、北村です」

電話に出たのは、母親だった。

「あ、あの――ぼく、磐田西高二年の山崎といいます。亜衣さんいらっしゃいますか」

何かきかれるかと思ったが、電話の主は、瑛の慌てぶりにおかしそうにして、「ああ、山崎君ね。この前は、亜衣の靴を一緒に探してくれてありがとう。ちょっと待ってね」

というと、すぐに亜衣と代わってくれた。

「あ、もしもし――？」

少し待たされ、戸惑うような亜衣の声が出た。

「あ、あの、ちょっと話、できない？」

唐突すぎたか、電話の向こうで少しだけ間が挟まる。

「どんなこと？」

話をするかどうか決めかねているようなセリフだ。少なくとも、瑛からの電話を喜んでいるフシはない。

「部活のこと」

静かになった。

「部活のどんなこと？」

やがて硬い声がきいた。

「どっかで会って話さない？　もし、出られるんだったら、そのほうがいいと思う」

じっと亜衣は考え、「これから犬の散歩に行くの」といった。

瑛も知っている公園の名前を、亜衣は告げる。

「じゃあ、ぼくもそこへ行くよ。犬の散歩で」

「わかった。十五分後ぐらいでいい？」

受話器を置いた瑛は、しまった、と思った。土間で、すっかり老犬になってしまったチビが寝ころんでいた。

「なんて名前」

「チビ」

亜衣はチビの顔の前にしゃがみ込むと、「こんにちは、チビ」と挨拶した。どんな立派な犬を連れてくるかと思った亜衣だったが、連れてきたのは、チビと似たり寄ったりの雑種で、瑛はつまらぬ見栄《みえ》を張ろうとした自分が情けなくなり、チビに謝りたくなった。

犬の散歩のときはいつもその格好なのか、亜衣は、上下のジャージ姿だった。

「この前はどうもありがとう。靴探してくれて」

亜衣はいった。

「ああ、別に」

ぎこちない会話。犬のリードが絡《から》まないように離れて歩くふたりに沈黙が挟まった。

亜衣はそのときのことを思い出したか、寂しそうな顔をした。いや、そうではなく、最近の亜衣はいつもそんな顔をしている。

「私ね、本当のところはスーパーが出来て商店街の人たちが困るの、とてもよくわかるんだ」

亜衣はいった。

「でも、この前の北村の話、スジは通ってたと思う。そもそも、北村のせいじゃないだろ。お父さんの仕事なんだし」

そういった瑛に、

「父は、スーパーの開発部ってところにいて、新しい店をいろんな町で立ち上げてるのよ。だから私はそれについてあちこち転校して回っているってわけ。スーパーの反対運動が起きる町もあるし、そうすると、最悪の場合、今回みたいにいじめられる。本当は、こうなるかも知れないって思ってたんだ」

亜衣は意外なことをいった。

「スーパーと、商店か」

強い大スーパー、弱い商店――。父の会社の顛末《てんまつ》を見てきた瑛は、弱い者がなぜ弱いのか、という疑問をいつも抱えて生きてきた気がする。そのこたえが、この対立する構図の中にあるような気がした。父孝造が失敗した理由のようなものが。

「お店の立ち上げって具体的にどんな仕事しているの」

「工事の進み具合を管理したり、人を雇ったり、仕入れの業者と打ち合わせをしたり。地元の商店街と話し合ったりもするみたい。みんな勘違いしていると思うけど、父はただ会社の命令にしたがって動いているだけ。ただのサラリーマンよ」

「どうしてここにスーパーを作ろうと思ったの」

「わからないよ、それは。もし知りたかったら父に直接きいてみる？」

亜衣の提案に瑛は尻込みした。

「いいよ。別に」

「遠慮しなくていいよ。今日、仕事がお休みだから家にいるし。うちの両親はふたりとも私のこと心配してるから、できればお茶でも飲んでってくれるとうれしいんだ。全員に嫌われてるわけじゃないってこと、見せてあげたいのよ」

瑛は迷った。亜衣のいうことはわかるが、女の子の家に遊びに行ったことなど、今まで経験がなかった。遊び友達は大作やガシャポンといった男友達ばかりだ。

でも一方で、話は聞いてみたかった。商店にしかできないことだってある、という亜衣のひと言はずっと瑛の心の中できらりと光っていた。

「じゃあ、ちょっとだけ」

亜衣はこたえの代わりに、少し嬉《うれ》しそうな笑みを浮かべた。

## 4

結局、夕食までごちそうになってしまった。

亜衣の父親は、ブルドーザーを思わせる大柄でがっしりした体をした男だった。瑛の父親にはない威厳と落ち着きがあり、同時に知的。たぶん、サラリーマンでも相当地位が高いだろうことは、雰囲気だけでわかる。

その父親は、亜衣が突然友達を連れて帰ってきても、「おや、いらっしゃい」のひと言で平然と招き入れてくれた。ざっくばらんというか、他人が家に来ることに対する感覚は明らかに瑛の知っている家とは違った。新鮮だった。

「スーパーのことがききたいんだって、山崎君」

夕飯のカレーを食べながら、亜衣に話をふられ、瑛は口ごもった。

「ほう、そうか」

見かけは厳《いか》ついが、話してみると亜衣の父は鷹揚《おうよう》で楽しい人だった。「スーパーのどんなことが知りたいんだい?」

「商店との関係とか。ぼくは商店街に住んでるので……」

そういうと、父親は少し眉根を下げて神妙な顔をした。

「伯父は、繊維問屋の松原商店です」

そう告げると、「ああ、そうだったのか」という反応があった。どうやら伯父のことは知っているらしい。

「商店街の人たちとは何度も話し合いをしてるんだよ。伯父さんによろしく伝えておいてくれないかな」

亜衣の父親は気を遣ってそんなことをいった。

「話し合いって、どんな……?」

「反対されてるからねえ。法律上は問題がないから出店を取り消すことはできないけれども、誠意を見せておきたいと思ってね」

苦笑混じりの表情からは、話し合いがあまりうまくいっていないことがなんとなく窺《うかが》い知れた。

「スーパーが出来ると、商店街ってやっぱり潰れてしまうんですか」

瑛はきいた。

「なかなか鋭い質問だなあ」

亜衣の父親は少しユーモラスな調子でいった。「それには、なぜ、スーパーが出来ると商店が潰れるかということを考える必要があるよね。どうしてだと思う？」

「商店にお客さんが来なくなるから」

「それはなぜ」

「スーパーほど安くないからだと思います」

亜衣の父はうなずき、こんな問いを発した。

「君が何か欲しいものを買うとき、必ず安いほうを買いますか？」

瑛は言葉に窮《きゅう》した。だが答える前に亜衣の父が続けた。「そうとは限らないんじゃない？　それともうひとつ、スーパーには何でもあると思うかい？」

「違うんですか」意外な問いだった。

「もちろん、違うよ。スーパーにだってないものはたくさんある。一年に一個売れるかどうかわからない商品は置いておけない。それに、この辺りは海が近いけど、魚の鮮度は、漁港や卸に顔が利く商店街の魚屋さんには勝てない。だから、魚にこだわりを持っている人はきっとスーパーではなくて顔馴染《かおなじ》みで信頼できる商店街の魚屋さんで買うと思うよ。それに、スーパーは御用聞《ごようき》きはしない。でも商店街はやる。スーパーは何がいくら売れたかはわかるけれども、どのお客さんが何を買っていったかまではわからない。でも商店街はわかる。だから、こういうのはどうですか、といって新たにモノを売ることができる。いまのところ、スーパーにはそれができない。つまり、スーパーには弱点がたくさんあるってことなんだ」

面白い話だ。だがこの話に対してどんな反応をすればいいのか瑛にはわからなかった。もちろん、亜衣の父親に対する遠慮もある。

「こんなことをいうと冷たいようだが、商店が潰れるのはね、品物が高いからじゃない。工夫がないからだよ」

亜衣の父親の口調がほんのわずか熱を帯びてきた。「その店にしかできないことってあると思うんだ。それが何なのか真剣に考えていない店はだめなんだと思う。ものすごく誤解されているんだけど、近くにスーパーが出来ても平然と生き残っている商店っていうのは実はあるんだよ。そういう店には特徴がある。そこにしかない商品を扱っているとか、とても気の利いたサービスをしているとか、理由はいろいろだけどやっぱり他と違うことをしてるんだ」

瑛の父もまた工夫が足りなかったのだろうか。自分の会社のために身を粉《こ》にしてきた父。それでもやはり、工夫が足りなかったから、倒産してしまったのだろうか。

あのときの父は、とにかく張り詰めていた。一所懸命、がむしゃらに働きづめで働き、工夫をしろといわれてもそんな余裕すらなかった。

「工夫したくてもできないってこと、ないですか」

「もちろん。そういうこともあると思うよ」

亜衣の父親は認めた。「でもね、商売である以上、工夫ができなかったら、それは負けを意味する。工夫というと遠まわしだが、要はお客さんが来てくれるかどうかだからね。そうやって自然淘汰《とうた》されていくんだよ」

淘汰――その言葉は残酷な響きを伴って、瑛の心に刻みつけられた。瑛の家も、淘汰されたということか。そのとき、

「スーパーだって淘汰されるかも知れないんだよ」

父親のひと言に瑛は驚いて顔を上げた。

「上には上がいる。そもそも、ウチのスーパーは出来てまだ二十年も経《た》っていないんだ。最初は東京の下町にあった小さな商店だったんだよ。その商店を経営していた人がどん

どん店を大きくして、いまのスーパーを作り上げたんだ。元手はたった百万円だったらしい」

瑛は亜衣の父の顔をまじまじと見つめた。瑛の父は事業の失敗で何千万円という負債をかかえた。なのに、片やたったそれだけの元手で、社員をこんな家に住まわせるほどお金を儲《もう》ける人もいる。

「その人、どうやったんですか」

瑛は真剣にきいた。

「君は本当に興味があるんだね」

亜衣の父はカレーを口に運ぶスプーンを置いた。「商売の基本は簡単なことなんだ。どうすればお客さんに喜んでもらえるか——それを考えて提供すれば、喜んでお金を払ってくれるし、常連客にもなってくれる。それはスーパーでも商店でも同じ。あの商店からでも、うちのスーパーを脅かすようなすごい商売が生まれるかも知れない。でもその簡単なことが、実に難しいんだ」

言葉が出なかった。

やさしい言葉だが、亜衣の父親の言葉は商売の根本を言い当てたものに違いない。いままで見えなかった世の中の裏側の仕組みに触れた——それは瑛にとって初めての感覚だった。

「おもしろかった、君のお父さんの話」

亜衣の家を出てきたのは午後八時過ぎだった。瑛の声は軽い興奮に弾んでいたと思う。

「ウチのお父さん、すごく頑張ってるし、本当は地元の商店街とうまくやれたらいいって思ってるのよ。会社と商店街の間で板挟みになって、すごく苦労してる。私、ほんとはそういうこと、みんなにいいたいんだけどな」

「いえばいいんじゃない」

だが、亜衣は寂しげな笑いを浮かべて首を横に振っただけだ。いってもわからない――その表情にはそんな諦《あきら》めも見てとれる。

ふたりは亜衣の家の前にいた。その辺りは空いている区画の目立つ新興住宅地だ。街灯の輝きが弱々しく、瑛と亜衣を照らしている。

「本当は部活のこと、話したかったんだ」

この時になってようやく、瑛は切りだした。

「野球部のマネージャー？」

瑛はびっくりして亜衣を見つめる。

「なんでわかったの」

「電話で部活のこと話したいっていわれて、なんとなくそんな気がしたんだ」

「もしよかったら――」

「ごめん」

瑛を遮《さえぎ》って亜衣はいった。「私、もう少しテニス部続けてみる」

瑛はただ亜衣の横顔を見つめるしかなかった。

「私、ヘタなんだ。テニスも、それに人と仲良くするのも。でも、ここでやめちゃったら、そこで終わると思う。でも、続けてたら、みんなとまた仲直りできるかも知れない。だからもう少し頑張ってみるよ。それで、もうどうにもならなくなったら、私から野球部のマネージャー志願します」

「そうか、わかった」

瑛はいうと、亜衣に食事の礼をいった。

正直がっかりしたが、亜衣の考えはきっと正しい。

「うまくいくといいね――帰るぞ」

声を掛けると、玄関脇に繋《つな》がれていたチビがうれしそうに尻尾《しっぽ》を振った。

## 5

「父さんの会社、もっと工夫すれば倒産しなかったのかな」

ふと、瑛がそんなことをきいたのはその日の夜のことだった。

妹の千春はもう寝てしまい、再就職したメーカーでの仕事が忙しく、連日残業を強いられている父はまだ帰ってきていない。

倒産したときのことは、瑛の家では「話してはいけないこと」になっていた。はっきりそう禁じられていたわけではないが、そんな雰囲気があった。特に、父の前では。

布団をとっぱらったこたつをテーブル代わりにしている居間で、母は読んでいた本から顔を上げた。背表紙には図書館のシールがついている。

「さあ、どうかしらねえ。でも、難しかったんじゃないかしら」

「どうして？」

母はあまり口にしたくなさそうに、表情を歪《ゆが》めた。

「ほら、角田《かくた》さんっていらっしゃったでしょう。たまに真っ赤なクルマに乗ってきてた方」

今でも覚えていた。いつもぴかぴかに磨かれた赤いサンダーバードだ。ミカン畑の真ん中にある工場にあれほど場違いなクルマはなかった。

「父さんの工場で作った部品をね、角田さんの工場に納めていたのよ。角田さんの工場ではその部品を使った工作機械を作って売っていたんだけど、ある会社から、機械に不良があって使えないっていってきたの。それで角田さんが調べてみたら、父さんの作った部品に問題があるってことがわかったんですって」

「それで、どうしたの？」

初めてきく倒産の真相だ。

「その取引先から角田さんに損害を賠償するようにいってきたの。その賠償金を角田さんは全て父さんに払えって。ウチの部品が悪いからそうなったんだっていわれて、父さん、それを弁償したの」

「ほんとにウチの部品が悪かったの？」

目を閉じると、いまでもあの工場の光景を思い出す。プレス機の規則的なリズム。窓から一望できるミカン畑と河津の海——それは瑛の原風景だ。父の自慢のグルグルが軽快なモーター音とともに部品を吐き出し、それをせっせと検品しているヤスさんがいる。あの工場で作っていた部品が不良だったとしたら、ショックだ。

「そこが問題なのよ」

母は表情を曇らせた。「父さんはそんなこと絶対にないっていうの。ただ、角田さんの会社は一番の大口先だから、逆らうわけにいかないでしょう。だから無理して、いわれた通り、賠償したのよ」

納得できない。押し黙った瑛に、仕方がないのよ、と母はいった。

「角田さんから仕事をもらわなきゃいけなかったから。もしウチがいわれた通りにしなかったら、もう仕事がもらえなくなると父さんは思ったのよ。ところがね——」

母は、ふうっと短い吐息を漏《も》らした。「後になって、角田さんからもう取引できないっていってきたの」

「どうして？」

理不尽な思いに突き動かされながら、瑛はきいた。「賠償したんでしょう？」

「わからないけど、もっと安く部品を売る会社があったんじゃないかな」

母は、当時のことを思い出し、虚《うつ》ろな目になった。

「その角田っていう人の会社以外に、新しい取引先はできなかったの」

「父さんはがんばった。でもね、そんな簡単にはいかないのよ。父さんが発明した機械、あったでしょう」

「グルグルのこと？」

「そう。あれはもともと角田さんから頼まれた部品を作るために考案したものなの。角田さんの会社の代わりを探すっていっても、そう簡単じゃない。それに、角田さんとの取引が打ち切られたために、銀行はもうお金を貸してくれなくなっちゃったしね」

あのとき、家にきていた男たちのことを、いまも瑛は覚えていた。必死で融資を頼み込む父の声はいまも心のどこかでずっと聞こえている。みじめで、暗い日々の記憶として。

「角田さんに損害賠償するために、父さん、銀行から目一杯借りたおカネをつぎこんじゃったのよ。それを返すためには、角田さんから引き続き仕事をもらわなくちゃならなかった。それなのに、その仕事がなくなっちゃった。だから、あんなことになったのよ。銀行には返済を待ってもらえないかって頼んだんだけど、それもできないっていわれてね。銀行からお金を止められたら、もうおしまいなの」

父の嘆願が拒絶されたとき、山崎プレス工業の運命は決まったのだ。

「でもね。母さん、いまだに思うのよ」

読んでいた本を手にしたまま、母は居間のガラス戸を見つめた。胸にしまっていた思いを口にしようとしている母と、その言葉に真剣に耳を傾けている瑛が映《うつ》っている。

「結局、父さんは騙《だま》されてたんじゃないかって」

サンダーバードで乗り付けてくる角田は、ぴかぴかに磨かれた靴とズボン、それに少し派手なジャケットを着ている洒落《しゃれ》た男だったが、瑛に笑顔ひとつ見せたことのない男でもあった。

その角田がなくてはならない取引先だったのなら、それは父の悲劇だ。

瑛の胸に、嫌悪感が渦巻いた。あんな男のために家族全員が悲しく辛い思いをさせられたのかと思うと、どうしようもない怒りが湧いてくる。

「こんなこと、父さんにいっちゃだめよ」

押し黙った瑛の心情を推し量《お はか》って、母がいった。もちろん、父を傷つけることをいうつもりはない。

「どうして、角田さんみたいな人と仕事をしたの」瑛はきいた。

「以前勤めていた会社の取引先だったのよ、あの人は。最初はそんなに悪い人とは思えなかったんだけどね。でも、会社の社員として付き合うのと、下請けとして付き合うのでは違う。お金が絡《から》むと人は変わる。そういうものなんだね、きっと」

母の話に衝撃を受け、自分ではどうしようもないところで起きた現実の理不尽さに、布団に入っても遅くまで眠ることはできなかった。

亜衣の父が話してくれた工夫を、この場合、どこに凝《こ》らせばよかったのか、瑛にはわからない。

瑛の胸に繰り返し浮かんでくるのは、商売の基本を話す亜衣の父の顔と「その簡単なことが難しい」というひと言だ。その難しさの意味がいま、嫌悪感を伴って瑛の頭を埋め尽くそうとしていた。

## *6*

スーパーの工事が着々と進む中、安田花織が転校していったのは十月終わりのことだった。

花織の家が経営していた雑貨店は商店街から外れた国道沿いにある。建物というのは不思議なもので、人がいなくなった途端に老朽化したように見え、無惨な廃墟の雰囲気を漂わせ始めた。

シャッターが閉まった雑貨店の前を通るたび、瑛はそもそものきっかけとなった花織のことを思い浮かべ、スーパーと商店街、亜衣をめぐる学校での出来事を思い出さないでいられなかった。その店の向こう側には、ダンプが出入りしている工事中の土地があり、建物が次第にその骨格をあらわそうとしている。スーパーはその雑貨店の背後にある空き地に建設されていたのである。

瑛は、出来あがりつつあるスーパーの大きさに驚きを隠しきれなかった。こんなに大きなスーパーが出来たら、本当に商店街などひとたまりもないのではないか。商売は工夫次第で生き残れるという亜衣の父の言葉を信じようにも、もし瑛が商店主でこの規模を目の当たりにしたら足がすくむ思いだろう。

そして、このスーパーの出店を亜衣の父親が指揮していることに、瑛は畏敬《いけい》の念を抱いてもいた。

亜衣の父は、このスーパーを運営していくにふさわしい人物だ。もし自分の父が、亜衣の父のようだったら、どれだけ誇らしかっただろう。会社も倒産しなかったかも知れないし、もちろん、角田のような男に騙されることもなかったはずだ。亜衣の父は、角田など足下にも及ばない経営の専門家に違いない。

それからさらに半月ほどが過ぎ、

「そろそろ、出来るんだな」

部活の帰り道、いつものように国道沿いの道を一緒に帰っていたガシャポンが浮かない顔でいった。

二階建てのスーパーの建物はすでに完成しており、巨大な駐車場には目にしみるような白線で駐車スペースが区切られていた。商品を積んだトラックが敷地の裏手に入っていくのが見える。

スーパーでは布団だって売られるはずで、そうなれば布団屋を経営しているガシャポンの家も無関係ではいられない。

ふと亜衣の父が語ってくれた話を思い出した。東京の下町にあった小さな商店が、どんどん大きくなってこのスーパーを経営するまでになったのだという話は、忘れがたい印象とともに瑛の胸に残っている。いったいこの店をオープンするのにいくらぐらいのお金がかかるのか、それを何店舗も持てるほどの成功を、その社長さんは収めたのだ。そして亜衣の父親のような優秀な社員がいまその経営を支えている。

「勝てるわけないよな」

ガシャポンはいって、げんなりしたように肩を落とした。

「なんていってるんだ、オヤジさん」

「どうなるかわかんないってよ。いいよな北村んちは」

亜衣にどうこういうつもりはないのはわかっている。だが、スーパーの開発担当者の娘であるという事実は、ガシャポンにも少々割り切れない感情をもたらしているに違いなかった。

「北村には関係ないよ」

瑛はいった。

「ああ、オレもそう思ってるよ。どうでもいいけど早くテニス部なんか辞めて、うちのジャーマネやってくんないかな」

「今度はガシャポンが誘えよな」

瑛がいうと、ガシャポンは難しい顔になって歩き出した。

新たな事件が起きたのは、そんなある日のことであった。

「おいおい、本当かな」

いつものように居間の卓袱台《ちゃぶだい》で新聞を読んでいた父が怪訝《けげん》そうにいった。父は眉を顰《ひそ》めて記事を目で追っている。

「ほら、うちの近所にスーパーできるだろう。あの会社のことが載ってるよ」

そういって父は、紙面を母に向けて見せる。「買収されたんだ」

そのひと言で、瑛の眠気は一気に吹き飛んだ。

「デイリーキッチンが？」

父と母が覗《のぞ》き込んでいる新聞を、慌てて瑛も覗き込む。

「デイリーキッチン買収」という見出しが目に飛び込んできた。解説記事があった。

ケーズ食品は昨日、中堅スーパー「デイリーキッチン」を展開している上畑《うえはた》産業の株式の六十パーセントを取得し、実質子会社にしたと発表した。買収金額は二百億円。デイリーは、創業者で現社長の上畑吾郎《ごろう》氏が昭和三十年に創業。大型店舗の強みを生かし、関東と近県で約三十店舗を展開するまでに成長したが、近年は競争の激化と土地取得費の上昇などの環境悪化が響いて収益力が低下。一方で不採算店舗の整理が遅れるなどの経営問題が浮上していた。ケーズ食品は、デイリーを傘下におさめることで「ケーズフーズ」名で展開している自社スーパー店舗網の拡充を図ることができる。収益力の悪化についても、同社の経営ノウハウを注入し、仕入れから販売まで一貫した物流システムを導入することで解決可能としている。

この買収により上畑社長は会長へ退く。上畑氏は下町の小さな衣料品店を中堅スーパーにまで成長させ、「商売の神様」といわれた経営者だったが、最後は身売りという形で一線を退くことになった。

「買収されたら、あのスーパー、どうなるんだろう」

亜衣のことが心配になって、瑛はきいた。

「資本が変わっただけだから、たぶんスーパーそのものは予定通り開店するんじゃないかな。あれだけ作っておいて中止はないだろう」

父はいうと、さっさと新聞の次の頁《ページ》に目を向ける。

最近、亜衣の周りにはぽつぽつとまた人が集まるようになっていて、昼食もクラスメートと机をくっつけて食べる様子が復活した。テニス部でも球拾いから卒業し、普通にボールを打っている。帰るときも、友達と一緒だ。

続けてたら、みんなとまた仲直りできるかも知れない。だからもう少し頑張ってみるよ——そういっていた亜衣は、本当にやり遂げたのだ。

学校へ行くと、亜衣の周りに数人の女子が集まっていた。話題はもちろん、デイリーキッチン買収だ。

「よくわからないんだ」

亜衣が困惑した調子で話していた。「でも、スーパーは予定通り開くみたい」

父がいった通りだ。その答えに瑛は安心し、買収という言葉が持つ独特のニュアンスを胸から締め出した。買収されると戦争に負けたときのように、占領軍に蹂躙《じゅうりん》されるようなイメージを持っていたのだが、どうやらそういうものでもないらしい。

同時に、瑛は自分が恐れていたものの正体を悟った。

亜衣のことだ。

買収によって従業員が解雇されたりしたら、亜衣の父親だってクビになる。そんなことにでもなれば亜衣の家は困るだろうし、ここにも居《い》られなくなるのではないか。それを心配していたのである。

とにかく、良かった。

教室の片隅で、瑛は人知れず、安堵《あんど》の吐息を漏らした。ところが――。

## 7

デイリーキッチンが買収されて一週間ほど過ぎた日の土曜日のことである。この日は半ドンで、午前中のみの授業の後、雨で部活も中止になった。亜衣から電話があったのは帰宅してしばらくしてからだ。

「話したいことがあるんだ」

そういわれたとき、心が高鳴った。「会えないかな」

亜衣が告げたのは近くの公園の名だ。

「あ、いいけど」

飛び上がりたいほどうれしかったのに、何気ない調子を装うのに苦労する。出掛けていくと、亜衣は先に来て待っていた。公園のベンチは濡《ぬ》れていて座る場所もなく、ふたりで園内を散歩する。いまは無人で寂しげな遊具がいくつか置かれ、それを取り囲むように花壇があって、遊歩道がある。花壇に花はなく、冷たい雨に打たれた土が剝《む》き出しになっていた。

「私、転校することになったんだ」

瑛は衝撃を受けた。鼓動が聞こえて喉がからからに干上がり、「どうして」と力なく尋ねるのが精一杯だった。

瑛は足を止め、亜衣と向かい合った。

「お父さん、新しい店の準備をすることになったの。あのスーパーの担当は別な人がやるんだって」

「新しい店って——どこで」

「仙台」

瑛は言葉を失った。心にぽっかりと穴が空き、ただ亜衣を見つめることしかできない。

「あの、いつ――いつ、引っ越すの」

「来週の土日。土曜日に荷物を出して、日曜日の朝、私たちは列車で仙台に向かうことになってるんだ」

「そんなに早く？」

打ちのめされ、息苦しさを覚えたとき、

「ありがとう」

亜衣は笑みを浮かべていった。「山崎君にお礼がいいたかったんだ。ありがとうね」

亜衣は、何度も転校して、どこの学校でもこんな出会いと別れを経験しているのだろうか。そう思うと、胸が締めつけられるかのようだ。

「それとこれ、仙台の新しい住所。社宅だけど」

亜衣は、花柄のメモ用紙を瑛に差し出した。

「また……会えるかな」

ぎこちなく受け取って、瑛はきいた。

「どうかな」

亜衣は寂しげにいった。「でも、山崎君には本当に感謝してる。私のことを心配してくれてうれしかった」

そうして北村亜衣は学校を去っていき、その翌々週の日曜日、デイリーキッチンは、看板だけ「ケーズフーズ」にすげ替えられてオープンしたのだった。

そのオープン当日、来店者にはもれなくプレゼントがもらえるというので、ガシャポンに誘われて瑛も出掛けた。

もしかしたら、亜衣も来ているのではないかと期待したが、開店を待って並んでいる列のどこを探しても彼女の姿はなかった。

スーパーの正面玄関に、赤いテープが張られていた。テープカットのセレモニーがあるのだ。

仮設テントに準備された椅子に市長が座っているのが見えた。運動会などの行事になると必ず顔を出し、頼まれもしないのにスピーチをするので有名だ。さらに市会議員などこれまたどこにでも顔を出す地元政治家たちも一緒に並んでいる。

何気なくそちらを見ていた瑛は、そのテントの中にひとり、同年代の少年が座っているのを見て、おや、と思った。

ジャケットにネクタイをつけてパイプ椅子にかけている少年に、スーパーの店員らしい女性がお茶を持ってきたりして気遣っている。来賓《らいひん》の息子だろうか。場慣れしているというのか、落ち着き払っている少年は、どこか冷めた目をしてスーパーの前に並んでいる客たちを眺めている。

「ご来店のお客様、大変お待たせいたしました。間もなく午前十時になりますので、ご来賓によるテープカットで開店させていただきます」

スタンドマイクの前に立った進行役はそういって来賓の名を呼んだ。市長らが立ち上がってハサミを手にテープの前に出て行く。

「最後に、ケーズ食品の親会社であります、東海郵船代表取締役階堂《かいどう》一磨《かずま》も末席に加わらせていただきます」

紹介され、テントの中で立ち上がった人を凝視した。

ケーズ食品のさらにまた親会社となると、相当大きな会社の社長に違いない。どんな人物なのだろうかと、瑛は前に立っている人垣越しにのぞき見た。

名前を呼ばれて出てきたのは、瑛の父と同年輩のまだ四十代とおぼしき長身の男性だった。たしかに優雅な物腰の人物ではあるが、恰幅《かっぷく》がいいわけでもなく、眼光鋭い威圧的な雰囲気があるわけでもない。

どこにでもいそうなその姿に、瑛は心底驚き、不思議な現実を見つめているような気がした。

この人が、商売の神様とまでいわれた人の会社を買収したというのか。瑛の父や亜衣の父と同じような見かけのこの人物が——？

「ケーズ食品って、東海郵船の傘下だったのか」

背後でそんなつぶやきが聞こえ、瑛は思わず振り返ってしまった。

「東海郵船ってなんですか」

初老の男は「大手の海運会社だよ。階堂一磨はそこの社長として有名な人だよ。よく新聞とかにも出てる」と教えてくれた。

いまテープカットを終え、来客に深々と頭を下げたその人物は、ゆったりとした足取りで、客を迎えるために店員たちの先頭に立って並ぶ。

玄関のガラス戸が一斉に開き、列がぞろぞろと動き出した。スピーカーを通じてBGMが流れだし、商品で溢《あふ》れている明るい店内が瑛の視界にも飛び込んでくる。店員たちが来店客に粗品を配っていた。瑛ももらった。

「なんだ、ボールペンかよ」

さっさと包みをあけたガシャポンはいい、つまらなさそうにポケットに突っ込む。

亜衣の父は、きっとこのスーパーの開店を見届けたかっただろう。商店街の小さな商店ばかり見慣れた瑛の目に、そこは別世界に見えた。

「勝ち目、あるかな」

ガシャポンが不安そうにいった。

「あるさ。生き残っていく道はあるって」

瑛は、亜衣の父の言葉を思い出しつついう。

「オレにはそんな道がどこにあるのかわかんねえな」

ガシャポンがいった。

だが、世の中にはその道が見える者がいる。あるいは想像できないような力で、相手をねじ伏せることのできる者もいる。

たとえばあの階堂というひとがそうであることに、瑛は違和感を禁じ得なかった。だが、それが現実なのだ。亜衣の父も、商売の神様も敵《かな》わない知恵と財力を持った人物。それはおそらく、瑛の父とはまったく違う発想で世の中を見、商売のあらゆる要素を統べる能力を持っているに違いない。

そんな人物に瑛もなりたいと思った。

父が果たせなかった商売の夢を果たすのだ。そして、父を騙《だま》した角田、冷酷な仕打ちをした銀行、容赦《ようしゃ》ない取り立てにきた連中を見返してやりたい。それだけの実力をつけたい。あの階堂一磨のように——。

やっては来たものの何を買うあてもなく、広いスーパーの中を一回りしただけで出てくると、すでに仮設テントは取っ払われていた。瑛が見ても客足は上々で、駐車場はすでに満杯になって、引きも切らない客が建物の中へと吸い込まれていく。

そのとき十二月の淡い太陽光線を反射させ、一台のクルマが瑛たちの前を横切っていった。

「おっ、ロールス・ロイスじゃねえか」

ガシャポンがいい、眼前を徐行していくクルマを、他の客共々《ともども》、物珍しそうな眼差しで見た。瑛もまた目を見張ったが、それはその後部座席には階堂一磨と、そしてさっきの少年の姿があったからだ。

あんな父親を持つ子供の心境とはどんなものだろうか、と瑛は思った。

さぞかし誇らしいだろう。そして、瑛が知ることのできない様々なことを話して聞かされているに違いない。

「いいよなあ、金持ちは。運転手付きのクルマだぜ」

そんなことをいいながらガシャポンは、自転車にまたがってペダルを漕《こ》ぎ始める。チェーンが錆《さ》びて耳障《みみざわ》りな音を立てた。瑛の自転車も似たようなものだ。これがふたりの現実であった。

# 第三章　父と叔父たち

## 1

ルネッサンス時代について語る社会科教師の熱弁がそのとき、はたと止まった。教室前方の扉が開き、担任教師の田代《たしろ》が顔を出している。

クラス全員が注目する中、田代は教壇に向かって「すみません、授業中」とひと言詫《わ》びると、「階堂《かいどう》君、ちょっと」、と彬《あきら》に手招きした。

クラス全員の視線を受けながら、彬は教室の外に出る。

メディチ家の隆盛に対して抱いていた興味が潮が引くように失《う》せていき、暗い現実が自分に覆《おお》い被《かぶ》さるのを、彬は感じた。

田代の用件はわかっている。

祖父に何かあったのだ。

案《あん》の定《じょう》、彬と正対した田代は、厳粛《げんしゅく》な、まるでこれから大変なことを告げるのだぞと予告するかのような表情を向けてきた。

「いま、お家《うち》から電話があった。お祖父様《じいさま》が亡くなられたとのことだ。もうすぐ家の方が迎えに来られるから、君は今日、帰りなさい」

覚悟はしていても、いざ死を知らされると心臓の鼓動が激しくなり、全身から血の気が引いていくのがわかった。

庭いじりをしていた祖父が突然倒れたのは、三日前のことだ。蜘蛛膜《くもまく》下出血《か》だった。救急車で担ぎ込まれた病院で長時間に及ぶ手術が行われたが、容体は思わしくなく、「覚悟はしておけ」、と父にはいわれていた。

カリスマといわれ、従業員だけでなく親族にまで畏《おそ》れられていた祖父だったが、彬には優しかった。悪戯《いたずら》を見つけても叱《しか》られることはない。

「おじいちゃんは、お前たちの味方だからな」

これは祖父が彬や龍馬《りようま》によくいった言葉だった。そういって片方の目をつむり、悪戯っぽく笑って彬の背中をぽんと叩《たた》く。同じ敷地内に建つ祖父母の家は彬たち子供にとって最高の遊び場であり、唯一《ゆいいつ》甘えられる場所でもあった。

迎えにきた徳山のクルマの後部座席には、蒼《あお》ざめていまにも卒倒しそうな顔の龍馬がいた。徳山は先に龍馬の通う中学へ迎えに行き、その足でこちらに回ってきたらしい。

彬が帰宅したとき、すでに家には親戚や会社の人たちが大勢つめかけていた。晋叔《すすむ》父と崇《たかし》叔父のふたりが真剣な顔をして何事か話し合っており、それぞれの叔母たちは母と一緒に葬儀の準備に取りかかっていた。

祖父の遺体は、すでに病院から戻り、祖父たちが住んでいる家の奥座敷に安置されていた。線香と菊の香りが立ち込め、祖父は座敷の真ん中に敷かれた布団に横たわっている。

「おじいちゃん、おかえり」

祖父の傍《かたわ》らに座った彬は、病院から帰宅した祖父にささやきかけた。それは確かに祖父なのだが、別人のような印象を運んでくる。

突然のお別れだ。

彬の視界はたちまち涙でにじみはじめた。

どんなに話したくても、もう祖父と話すことはできない。その日にあったことをおもしろおかしく報告したり、意見を求めたりすることも。

人の死に、身内の死に、そのとき彬は初めて向きあった。

それと同時に、思い出したこともある。彬が小学生の頃の話だ。その頃の彬は、家族の誰かがいつかは死ぬということをひどく恐れていた。

祖父がいて、両親がいる。当たり前のように思っていたのだが、彼らはいつまでもいるわけではなく、一人また一人と死んでいなくなっていく運命にある。そのことに気づいたとき、家族が死ぬということが怖くてたまらなくなった。夜、ベッドに入ると、「おじいちゃんはいつまで生きているんだろう」ということが頭の中を回り始め、不安で眠れなくなってしまうのだ。

たまらなくなった彬は、ある時、それを祖父に打ち明けた。すると祖父は笑っていったのだ。「おじいちゃんは、死ぬことなんぞ全く怖くないぞ」、と。

「でも、ぼくはもしおじいちゃんが死んだら、悲しいんだ。それが怖いんだよ」

彬を見る祖父の目は、少し潤んでいるように見えた。

「おじいちゃんが死んでも、お前の中におじいちゃんはいるんだよ。お前がなにかをしようとするとき、なにかを考え、なにかを感じるとき、おじいちゃんも実は一緒にいるんだ。言葉とか、目に見えるものではない、もっと心の奥深いところで。いつも一緒だ」

そのときの彬は、祖父のいう、「お前の中にいる」という言葉の意味がわからなかった。自分の中のどこを探しても祖父はいない。

そして高校二年生になったいまもそれは変わらない。祖父のいったことは頭では理解できても、死という現実の前にそんな抽象的な考え方は無意味だ。

その証拠に、

「なんでこんなに悲しいんだろう」

世界の真ん中に巨大な隕石《いんせき》が落下したかのように彬の心は闇に閉ざされ、地の底から突き上げてくるような悲しみの波に呑まれていく。

「おじいちゃん」

彬は祖父の顔を見つめていい、それからふとその部屋の天井、襖《ふすま》、壁を眺め回した。体から抜け出した祖父の魂がそこにいて、彬を見ているかも知れないと思ったからだ。そんなことがあるはずはないと頭では理解していても、そう信じたい自分がいる。

「おじいちゃん」

虚空《こくう》に向かって彬はつぶやく。「いままでありがとう。ほんとに——本当にありがとう」

彬は、傍らでやはり蒼ざめ、言葉を失って祖父を見下ろしている龍馬などお構いなしに、声を上げて泣いた。

## 2

葬儀は、盛大に執《と》り行われた。

国会議員、聞いたことのある大企業の社長、会社の幹部や大勢の社員たち。生前、祖父と親交のあった人たちが大勢参列した葬儀の弔問者は、八百人を超えた。

だが、彬にはわかる。

こんな大がかりな葬儀は正直、祖父の趣味ではないはずだ。

もし祖父の霊がそこにいるなら、「こんな形式ばった葬式なんかつまらないが、付き合ってやるか」と祭壇の上で呆《あき》れているに違いない。

涙はもう流さなかった。

葬儀が終わり、出棺のときには彬が遺影を持った。火葬場で待つ間も、そして遺骨を拾うときも、自分の心とは関係のないところで時間が流れていくような現実離れした感覚にずっと彬はつきまとわれていた。それが悲しみによるものなのか、非日常的な違和感によるものなのかわからない。

とにかく、そのまま家族が亡くなった後の慌ただしさが過ぎていき、〝滞りなく〟祖父と別れを告げる一日は過ぎていった。

そして何事もなく粛々《しゆくしゆく》と進んだその葬礼の後、面倒な問題が起きた。

さっきから奥の座敷で、父とふたりの叔父たちが話し合っているのが聞こえる。

彬の実家が営む事業は、かつて東海郵船というひとつの会社として存在していた。

それがいまから五年ほど前、祖父の提案で、商事部門を東海商会、観光部門を東海観光として切り離した。

父の経営する東海郵船、二番目の弟である晋叔父が経営する東海商会、末弟の崇叔父の経営する東海観光――この三社が横並びに存在して東海郵船グループという緩やかな事業体を形成しているのである。

そんなわけで、叔父たちは、それぞれの社業に忙しく、父とも、そして彬ともほとんど顔を合わせることはなかった。

それが祖父の葬儀をきっかけに――いや、有《あ》り体《てい》にいえば相続をきっかけにここのところ頻繁なやりとりをすることになったのである。

「兄貴、それは違うんじゃないか」

別室のダイニングにいた彬の耳に、興奮した崇叔父の声が聞こえてきた。その声の鋭さにはっと顔を上げ、母を見る。弟の龍馬も目を丸くしていたが、父と叔父たちの興奮したやりとりを耳にするのは、それが初めてというわけではなかった。

祖父が亡くなって数カ月。誰が何を相続するかという話し合いが難航するのは、少しでも有利に相続を進め、自分たちの事業の糧《かて》にしたいという叔父たちの思惑《おもわく》があるからだ。

なぜそんなに揉《も》めるのか――。

「全部の会社がうまくいっているわけではないですからなあ」

そんな言葉で表現したのは、運転手の徳山だった。

母の手前では口数の少ない徳山だが、彬とふたりだけになるといろいろなことを教えてくれる。叔父たちの会社の業績について、父は彬たち兄弟に——おそらく母にも詳しい話はしていなかったと思う。徳山は、父からは聞かなくても東海郵船の社員だから、それとなく漏れ聞いて結果的に事情通なのであった。

「どっちがうまくいってないの。商会？　それとも観光のほう？」

階堂家では、それぞれの名前を縮め、「商会」、「観光」と呼ぶ。

「まあ両方ですかねえ」

彬を乗せて運転している徳山は、ハンドルを握りながらのんびりした口調でいった。

「大手だって苦戦してる時代ですから、繊維の専門商社となるとなかなか難しいですよ。それに、観光のほうはそもそもが過当競争で薄利多売ですしね」

それぞれ、本業の不振をなんとかしようと、新たな事業開拓に邁進《まいしん》しているらしいがそれがうまくいっていないらしい。

「商会は鳴り物入りで始めたスーパーマーケットがまったくダメみたいですね。観光のほうは最近、同業の旅行会社を買収したんですが、これが予想以上にダメなようで。どっちの会社も赤字かトントンって話ですね」

その一方で徳山の口ぶりが悠長なのは、親会社の東海郵船の業績がいいからだ。徳山にしてみれば、他の会社がどうなろうと彬の父が経営する会社さえうまくいっていれば職を失うこともない気楽さがある。

「でもさ、それって、叔父さんたちの責任でしょう。それがどうして相続で揉める原因になるわけ」

「要するにおカネが欲しいんですよ」

徳山の話は実に興味深かった。「相続の対象には会長が所有しておられたグループ会社の株もあるんです。株も相続税ではお金同様に価値があると考えるんですが、そんなのもらっても使えないでしょう。だから、ふたりとも自分が経営する会社以外の株は社長に譲って、その分の現金をくれと、こういっておられるわけです。だけど、そうすると株をたくさんもらった社長は、それに対する相続税を現金で支払わなければならない。まあ、東海郵船の株が会長から社長へそっくり渡るのは経営にとって望ましいことではあるんですが」

「叔父さんたちにお金が必要なら、東海郵船が貸すとかして助けてやれないの」

「社長はそういうことはしたくないんですよ」

徳山はいった。「そもそも亡くなられた会長は、身内だろうがなんだろうが、スジの通らない金の融通は絶対にしない主義でしたからね。イザというときには助けてもらえるなんて甘えがあっては、経営はできないと。ごもっともなお考えだと思いますけど。流通事業も新船の就航も、晋社長と崇社長がそれぞれ自分の考えではじめたことです。

だから、それが軌道に乗らなくても会長は絶対に手をさしのべようとは仰《おっしゃ》らなかった。おふたりともそれが気に食わなかったのです。商会や観光の社員の中には、会長が亡くなられて事業てこ入れのチャンスだというような不届き者もいるそうです」

祖父の死がチャンス？

彬は怒りを感じた。そんなことをいう奴は、ひとの命よりも金のほうが大切に違いない。

「彬さん」

徳山はわざわざ帽子をとると、薄くなった頭を白手袋の右手でなでつけた。「気になさいませんよう」

目的の駅が見えてきた。徳山はロータリーへハンドルを切り、駅舎に続く横断歩道の近くで静かにブレーキを踏んだ。

## 3

「早く食べてちょうだい。また、叔父さんたちがいらっしゃるから」

母はそういうと、食卓に皿を並べ始めた。

「まだ六時だよ」

龍馬が文句をいおうとしたが、母が向けた冷たい視線にその声は力なく萎《しぼ》んだ。昨夜遅くまで続けられた話し合いがまとまらなかったので、この夜はそれぞれの弁護士を入れて再度話し合いをもつことになったのだ。

早々と食事を済ませ、自分の部屋へ上がろうとした彬は、父の書斎の前でふと足を止めた。

裏庭に面したその部屋に、父がいた。彬を立ち止まらせたのは、肘《ひじ》掛《か》け椅《い》子《す》におさまり、ひとり窓の風景を眺めているその姿がやけに疲れて見えたからだ。

開け放した窓から夏の夕陽が差し込んでいる。椅子に座って足を組み、右手を顎《あご》に添えている父の姿はさながら彫像のようであった。

「彬か」

どれだけそうしていたか、父、階堂一磨《かずま》は廊下から自分を見ている息子に気づいていった。入れ、といわれているような気がして、部屋に足を踏み入れると、父は黙って、目の前にあるもうひとつの椅子を指さす。

座面に載っていた経営学の本をどけてかけると、父はどこかもの哀《がな》しげな眼差《まなざ》しで彬を見て、「困ったよ」とつぶやいて彬を驚かせた。

今まで、父がそんなことをつぶやくのを、彬は聞いたことがない。強靭《きょうじん》な精神力の持ち主である父は、決して弱音を吐くような男ではなかったはずだ。いつも会社のことばかり考え、朝から晩まで仕事に没頭する。本当は優しいところもあるのだが、周囲には常に強い面しか見せてこなかったのが父だ。それなのにいま目の当たりにしている父は、明らかに悩み、迷っていた。

「相続のこと？」

返事はない。

「私は社長になって十年、東海郵船を自分の力で引っ張ってきたと思っていたんだが、どうやらそれは錯覚だったらしいな。お祖父様《じいさま》の存在がこんなに大きかったとは……。亡くなってみて、はじめて偉大さに気づかされたよ」

自嘲《じちょう》気味にそういった父は、庭に視線を落とす。そして、

「私は、あのふたりの要求を呑もうと思う」

そういって彬の目を見開かせた。父は続ける。

「東海郵船の株は私が相続し、それぞれの会社の株はそれぞれの社長が相続する。といっても〝商会〟、〝観光〟とも業績はいまひとつで、その株を相続しても税金は大してからない。東海郵船株は違うがね。評価の差額は金融資産で穴埋めする」

「でも、そうすると相続税を払うのが大変なんじゃないの」

父は答えず、小さなため息を漏らした。

「将来的なことまで考えると、私が株を相続するのは間違っていないと思う。いま叔父

さんたちに東海郵船の株を分け与えたら、東海郵船の株主が分散してしまい、いまはともかくお前の代に面倒を先送りすることになりそうだ。いまうちの業績は好調だ。ならば、税金を支払う負担を私が背負って済むのなら、それで済ませたい。こんなことで、長く揉めるわけにはいかないからな。そんなことはお祖父様も望んではいまい」

父の話は、彬もまたこの東海郵船という会社の経営に携わり、巻き込まれていく運命を受け入れることを前提としている。

彬にはそれが気に入らなかった。

「ぼくのことは考えなくていいよ。自分で決めるから」

冷ややかにいった彬を、父は静かにやり過ごし、

「そうか。そうだな」

そうこたえた。「だが、私はいま自分が正しいと思うことをしたいと思う。二十年後にそれが正しいかどうかは、そのときになってみないとわからないがね」

「お父さんが折れることで、相続は解決できそうなの」

「おそらくな」

父は静かにこたえた。「ただ、一方的な妥協をするつもりはない。それでは、晋や崇たちにとってもよくない。本来、相続の問題と会社経営は別の話なんだ。叔父さんたちの会社経営に問題があるからといって、それを相続の条件に持ち込んだのは、ちょっと

どうかと思う」

だが、父の口調はそれを怒るでもなく、悟《さと》りでも開いたかのように淡々としていた。散々揉《も》めたものの、すでに腹を固めた——そんな表情だ。

父がそこまで折れれば、簡単に話し合いは決着するのではないか——と思いきや、その夜階堂家に集まった叔父と叔母、それに弁護士を含めた話し合いは、十二時を過ぎてもまだ終わらなかった。

父の予想を超えた波乱要因があったからだ。

叔父たちだけではなく、叔母らも参戦したことである。叔母たちにけしかけられ、本当なら父の譲歩を受け入れるつもりだったかも知れない叔父たちも、つい強情になってしまったらしい。

予想外に話がややこしくなっているらしいことは、時折、部屋から出てくる母のカリカリした雰囲気でわかる。

「ほんっとに、強欲な人たちだわねえ」

そんなことをいって飲み物を新しいグラスに入れ替えながら、母はまた戻っていくのであった。

激昂《げっこう》したような声が聞こえてくるのは、たいていは崇叔父だが、この日は、学究肌で大人しい印象の晋叔父のそれだったりした。誰かが話しているところへ、別の声が被《かぶ》さり、それを誰かが非難がましく咎《とが》める。反論があり、おそらくは弁護士らしい落ち着いた太い声が間に入る。

話し合われている内容は、彬にはわからない。会社、経営、株、権利。それぞれの言葉は、夜のしじまに割れ散らばった破片のように彬の元に届いてくるのだが、意味を成すことはなかった。

「本当にどういう人たちなんでしょうねえ」

その翌朝、朝食を取るためにキッチンへ降りていった彬に、母は疲労と怒りを滲《にじ》ませた顔を見せた。

どうやら、ゆうべの話し合いも途中で物別れに終わったらしい。

「現金は欲しい、自分たちの会社の株だけじゃなくてウチの、つまり東海郵船の株も一部欲しい。かといって、できるだけ相続税は払いたくない――冗談じゃないわよねえ」

母は、いかにも腹に据えかねるといった調子でいうと、続けて叔父たちへの辛辣《しんらつ》な評価が続く。

「あんな人たちがウチの株を持つなんてとんでもないわ。晋叔父さんは学者みたいで経営者ぶってはいるけど堅いばかりで箒《ほうき》の柄《え》みたいでしょう。崇叔父さんのほうは、若い頃から遊びは得意だけど勉強はいまひとつ。どっちも経営者ってタイプじゃないのに」

自分はロクに働いたこともない典型的な有閑《ゆうかん》マダムであることは棚に上げ、辛辣な見立てである。笑ってしまったのは、それぞれ言い得て妙だったからだ。

「で、お父さんはなんていってるの」

「さすがに東海郵船の株は譲らないって。あのふたりに経営に口出しされたらたまったもんじゃないから当然ね。それにしても、叔母さんたちは何様のつもりなんでしょう」

怒りにまかせてそんな話を子供にしてしまう母の薄っぺらさは置いておくとしても、そもそもこんな諍《いさか》いを祖父が喜ぶはずはない。金を巡る親族間の争いの醜悪さを、このとき彬はひたすら嫌悪した。

## 4

「よう、彬。邪魔するぞ」

それから暫《しばら》くたった日曜日の午後、居間で本を読んでいた彬は、突然声をかけられて顔を上げた。痩《や》せこけた晋叔父は叔母を伴って部屋に入ってくると、向かいのソファにどっかとかけ、「どうだ、学校は」ときいた。

二時から親族間の話し合いがあるという話はきいていた。晋叔父は少し早く到着したらしい。

「まあまあかな」

学者肌の叔父は、「しっかり勉強したほうがいいぞ」とありきたりなことをいって、お手伝いの初江《はつえ》さんが運んできた茶を礼もいわずに受け取る。初江さんは、階堂家で働いているお手伝いさんで、今年五十五歳になる。いつも元気で愉快な人だが、このときはふたり分の茶を出すと、晋叔父とひと言も交わすことなく部屋からでていってしまった。母の入れ知恵か、どうやら初江さんも、叔父たちに対していい感情を抱いていないことはなんとなくわかった。

「叔父さんこそ、会社はどうですか」

少し意地悪な気持ちになって彬がきくと、晋叔父はこたえる前にだまってお茶を一口啜《すす》った。

「まあまあかな」

「じゃあ、話し合い、なんで揉めてるの」

お澄《す》まし顔でお茶を飲んでいた叔母の顔が強張《こわば》る。晋叔父の顔から客人のマスクがはらりと剝《は》げ落ち、その下の醜悪な本性を現すと彬を睨《にら》みつけた。

「誰か、何かいってるのか?」

「別に」

彬は平然と受けた。「みんな順調なら、揉めるわけないと思ったからさ」

「順調だろうがなんだろうが、正当な権利は主張するのが当然なんじゃないかな」

晋叔父は努めて平静な声を出そうとしたようだが、目の中には小さな怒りの焔《ほのお》が揺らいでいる。だが、彬のほうにも叔父に対する憎しみがあったので、余計なこととは思いつつ、もうひと言つけ加えることにした。

「社員のひとにきいたんだけど、流通事業が大変なんだってね」

「なんだって?」晋が顔色を変えた。

「いろいろと話してくれる人がいるんだよね。ぼくにしてみれば結構、いい迷惑だけど。順調ならいいけど、そういう問題があると、それに絡《から》めて状況を判断されちゃうから、叔父さんも辛《つら》いよね」

彬は皮肉を込め、いかにも頭でっかちのインテリっぽく、眼鏡《めがね》を中指で押し上げた叔父を見た。叔父がいたくプライドを傷つけられたことは明らかだ。叔母もお堅い女教師のような目で彬を見ている。

「お前にはわからない事だろうが、経済は生き物なのさ。商売の環境ってものが大きく物事を左右する。商売をしているとそういう運、不運で予測がぶれる。それはどうしようもないことなのに、全ての責任を取らされるのが経営者というわけだ。覚えておいたほうがいいぞ。お前だって他人事《ひとごと》じゃないだろ」

「社長なんだから責任を取るのは当然のことなんじゃないの?」

彬のひと言で、叔父の怒りがさらに増したことがわかった。「誰かが責任を取らなきゃいけないんなら、社長が取るしかないでしょう」

「お前は、お父さんそっくりだな」

晋叔父は、嫌悪感も露《あら》わにいった。

「そんなの常識だよ」

怒りに蒼ざめた叔母がさっと晋叔父のほうへ視線を走らせる。叔父は、憎々しげに彬を睨《にら》み付けていたが、やがてふっと肩の力を抜いて茶を啜った。

「常識ね。そんなこといつまでいってられるかな」

社長になればわかる、とでもいうんだろう。そう思った彬に、叔父は意外なことをいった。

「お前のお父さんは景気なんか関係ないっていう硬派な意見でね。経営次第でどうにでもなるといって譲らない。そんなこともあってウチのスーパーは君のお父さんに譲ることになりそうだよ。ひとを非難することは簡単だが、それがどれだけ現実離れした意見か、いまにわかるだろうさ。お前もそのときは考えが変わるな、たぶん。なあ、そう思うよな」

叔母に同意を求めた叔父は、彬に横顔を向けたまま、お茶を啜る。

今度は彬が顔を強張らせる番だった。

詳しくはわからないが、相続の帳尻合わせのために本来関係のない関連会社まで叔父たちは取引の道具にしているのだ。

「それと、ひとつ忠告しておこう」

晋叔父は冷ややかな表情でいった。「いまのような話、崇叔父さんにはしないほうがいいと思うぞ。あっちは気が短いから、ぶん殴られても文句はいえない」

「あ、そう」

彬も冷ややかに言い返す。「気をつけておくよ。世の中には自分の都合の悪いことを指摘されると怒り出す人がいるからね」

叔父が怒りに蒼ざめ、叔母が目をつり上げた。だが、また何かいわれる前に彬は膝の上の本を閉じ、さっさと居間から出た。

翌朝母から聞いたところによると、この日階堂家の相続は大筋でまとまったらしい。父は東海郵船の株を。そして叔父たちは、自分たちが経営する会社の株の他、預金や株式などの金融資産は多めに相続することになったというのである。

だが、それだけではなかった。

「ほんとに、叔父さんたちの強欲にはイヤになるわ」

母はいまいましげにいった。

父はこの財産の分け方をふたりの弟たちに呑ませるために、それぞれが抱えていた赤字事業を東海郵船で引き受けることを条件にしていた。それによって、ふたりは垂れ流しの赤字から解放され、巨額の初期投資を回収することができるという。結果的に叔父たちは、目論見《もくろみ》以上の金をせしめることに成功したのだ。

「ともかくまとまったのならいいじゃない。お父さんだって、それでいいと思ったから賛成したんでしょう」

「冗談じゃないわ」

母はきっとなっていった。「叔父さんたちが始めた赤字事業を買うのよ。ばかばかしい。赤字なんだから、そんな事業に本来、価値なんかあるもんですか。それに値段をつけてもったいぶってるんですから。ほんと、図々しいったらありゃしない」

晋叔父の、どこかひとを小馬鹿にしたような表情が、彬の脳裏に浮かび上がった。

「お父さんならきっと、なんとかするよ」

母は、珍しい者でも見るような目で彬を見た。

「あら。えらくパパの肩を持つのね。いつもは認めてないくせに」

階堂家では、母は父のことを〝パパ〟と呼ぶが、彬たちは〝お父さん〟と呼ぶ。もともとは〝パパ〟だったが、高校に入るくらいから気恥ずかしくなって呼び方を変えたのだ。

「そんなんじゃないよ」

ただ、叔父たちに負けて欲しくないだけ。祖父の死を利用するような人たちを見返して欲しい――ただそれだけだ。

「でも、パパも正直、困ってるのよ。だいたい、無謀なのよ、あんな事業に手を広げて。いくらパパでも、できることとできないことがあるわよ」

それを父は引き受けた。何故《なぜ》か――。

彬にはわかる。

これは祖父のための戦いだからだ。祖父は、三兄弟の中で父だけを認めていたフシがある。たとえ長男だろうと、力量のない者に会社を継がせるほど祖父は甘い人ではなかった。

父親のことはそれほど好きになれないけど、ここは父の経営手腕で叔父たちを見返して欲しかった。

「お父さんはなんとかするさ。いつもあれだけ偉そうなことをいってるんだから」

彬はぼそりというと、さっさと朝食を済ませ、学校へ出掛けていった。

## 5

祖父の相続が片付くと、階堂家には一見、以前と同じ日常生活が戻ったように見えた。

だが、それは単なる見かけにすぎず、相続によって父一磨が背負ったものは思いの外、重かった。

相変わらず忙しく全国を飛び回っている一磨だが、たまに家にいるときにも書斎に籠《こ》もるようになった。締め切られたドアの向こうで果たして父が何を考えているのか、もちろん彬には想像もつかない。だが、徳山からは「とても難しいこと」になっているという話はきいている。

社長がそれを乗り切れるかどうか——そうつぶやいたときの徳山の唇は不安で震えていた。

ききたいことはたくさんあったが、父と話す機会はなかなかないまま、月日だけが過ぎていく。父は自ら家族に仕事の話をすることはほとんどなかった。

それについて父と母が以前、こんなやりとりをしていたことがある。

どういった経緯からかは忘れたが、

「あなたって仕事のこと、ほとんど話してくれないわよね。そういうことをきちんと話してくれるお父さんもいるのに。子供たちだってききたいんじゃない」

そんなことをいった母に、仕事が早く片付いたといって珍しく家にいた父の返事は、「聞いておもしろいなら話す」、だ。要するに、つまらないから話さないだけだといいたいらしかった。

間違っていると、彬は思う。なんでも自分の中で抱え、家族に話しても意味がないとばかりに包み隠してしまう。そんなことをするから、近寄りにくい孤高の存在になってしまうのではないか。父の経営上の悩みなど彬がきいたところでどうなるものでもないだろうが、誰かにそれを話すことで、気晴らしくらいにはなる。

ところが、九月になったある日の朝、珍しいことが起きた。

眠れなかったのか、疲れた顔で現れた父が食卓につく。

「朝からそんな疲れた顔を見せないで欲しいわね」

そういった母に、

「出来れば私も見せたくないさ。経営上の難問を押しつけられて、本当に参ってってね」

そういって珍しく仕事の話を続けたのは、よほどわだかまっていたものがあったからだろう。

「東海観光の不良資産は、うちの事業で使い道を考えてなんとかする。問題は、ケーズフーズだな。こっちは無謀としかいいようがない」

ケーズフーズは、晋叔父が始めたものの頓挫《とんざ》しかかっていたスーパーマーケットだ。ケーズは、階堂のKからきている。

「はいはい」

仕事の話をしてくれないと非難していたことも忘れ、母はめんどくさそうにいった。

「そんな事業とっとと売っちゃえばいいのよ」

「ケーズフーズ、売るの？」

彬がきくと、父はコーヒーカップをあげかけた手を止め、

「いや」

小さく首を横に振った。「売らずになんとかならないものか、それをずっと考えてるところだ」

「叔父さんたちにいいようにやられたってことなのよ」

「お母さんはうるさいよ」

彬がいうと、

「ケーズフーズは、今期五億円以上の赤字が出る」

父のひと言に、それまで黙って聞いていた龍馬も顔を上げた。「思いつきの出店計画、土地から建物から全て自前で購入して巨額の無駄金が投じられたため身動きが出来ず、顧客サービスを徹底するという名目の下、不要な従業員を山ほど抱えている。経営は杜《ず》撰《さん》のひと言。すべきことも、顧客が何を求めているかもまるでわかっていない。何からなにまで、経営の甘さが出ている」

「腐った会社だね」

めずらしく、龍馬にしては上出来のひと言が出た。

「お父さんが、社長になれば変わるんじゃない？」

彬はきいた。ケーズフーズは、相続時の約束通り東海郵船が買い上げ、とりあえず東海郵船の役員を社長に据《す》えたという話は聞いている。

「残念ながら、私には流通業のノウハウがない」

父は自分で認めた。

「じゃあ、誰かよく知っている人を雇えば」

「そんな人はそう簡単にはいないよ。世の中に人材と呼べる人は実はめったにいない。そもそもそんな才覚があるのなら、自分で会社を経営してるだろうな」

「じゃあ、晋叔父さんはスーパーマーケットの業界には詳しかったの？」

彬がきくと、「いいや」、と父は首を横に振っていった。

「その代わり、ひとりスーパーマーケットの専門家という人間を雇い入れた」

「その人がいても、ダメなの？」

彬の問いに、父のこたえは意外だった。

「その人がいるからダメなんだよ。その人はかつてあるスーパーの新規出店担当だった。それでそこそこの成功を収めた人物だ。でも、当時と今では、スーパーマーケットが置かれている環境はまるで違う。なのに、その人はその環境の違いに適応できないんだ。なぜだと思う？」

「頭が固いからでしょ」龍馬が横から口を挟む。

「違うよ」

彬がいった。「考えようとしないからさ」

このとき、父は唖然《あぜん》とした顔で彬を見つめた。大袈裟《おおげさ》ではなく、その表情には驚きが滲《にじ》んでいた。

「その通り。考えようとしないからだ。もうひとついうと、挑戦しないからだ。いままで成功してきたことにしがみついて、新しい環境に挑戦しようという気概《きがい》がない。だから、パパは真っ先にその人に辞めてもらった。晋叔父さんから電話がかかってきたよ。なんでアイツを辞めさせるんだ。気はたしかかって」

そのときばかりは少し愉快そうに、父はいった。「だからいったのさ、考えない奴には用がないって。これはお祖父様の口ぐせでもあったたんだけどね。考えればなんとかなる――」

「そんなの状況次第よ」

母が知ったような口をきいたが、父は黙っていた。母に腹を立てたところで仕方がないからだ。

「でも、ケーズフーズにもいいところがあるんじゃないの？」

彬はきいた。

「たしかに物流は得意だな。仕入れたものを店に運ぶまでの一貫体制はよく出来てる。

これだけはその専門家の功績といっていいだろうね。問題は、他にある」

「ひとつききたいんだけど」

彬は視点を変えた。「そもそもスーパーって儲かる仕事なの？」

「大儲けはできないな。薄利多売という言葉があるだろう。あれはまさしくスーパーのためにあるようなものだ。ケーズフーズでは規模が小さすぎる」

「だったらどうするの？　頑張って大きくするわけ？」

彬がきくと、おそらくそこをずっと考えていたのだろう、父はしばしの沈黙のあと、いった。「大きくしていくのは難しい。だから逆に、こう考えた。どこかのスーパーを買ったらどうかと。ケーズフーズひとつなら小さいが、ふたつ合わせれば大きくなる」

会社を買う——。

父のこの考えは、正直、彬にとってある種の衝撃だった。

そして同時に、

「おもしろい」

と思った。

それまで彬は、会社の経営をひたすら堅苦しいものだと考えていた。

だが、そうじゃない。このときの父の発想は、予想を超えて柔軟で自由だった。

ケーズフーズのその後の展開について彬が聞いたのは、例によって運転手の徳山からだ。

その後一磨は、ケーズフーズの費用という費用を見直して、極限まで無駄を省こうとしたらしい。

「社長のお考えでは、とりあえずすっきりさせることが肝心だということで。そうすると、何が悪いのか、その悪いところが見えてくるとおっしゃるのです。要するに悪いのにもふたつあって、簡単に修正できることと簡単には修正できないことがあると」

それはわかる。

彬は祖父の手ほどきで小さな頃からゴルフを始めた。祖父は彬によくいったものだ。

「ゴルフで悪いところにはすぐに直せるものと直せないものがあるからな」と。コース上で直せるものは次のショットからよくなるが、直せないクセや悪い点は、即席の修正では無理で、正しくするのに時間がかかる。そして、そのゴルファーが伸びるかどうかのポイントになるのは往々《おうおう》にして、すぐに直らないクセのほうなのだと。

そういうときに祖父が必ずつけ加えた言葉があった。

――それは会社も同じことなのだ、と。

祖父からは様々なものを学んだが、とくにゴルフを通じて得た教訓は数知れない。蘊《うん》蓄《ちく》もあれば、精神的なこともある。悪いクセの話は、そんな無数の教えのうちのひとつだ。

徳山の話をきいた彬は、もしかすると自分は父が走ってきたレールの上を走っているのではないかという気がした。祖父はよく、帝王学ということを口にした。その帝王学は、等しく父にも授けてきたはずだ。

「社長曰《いわ》く――」

徳山は続ける。「どんな手を打つにせよ、まずどこが悪いかを発見するのが最初で、次にそれが直るかどうかの見極めが必要だとおっしゃるんですよ。中には直らないものもあるそうで」

「直らないもの？」

彬がきくと、

「たとえば、社風だとおっしゃっていましたな」

徳山は意外なことをいった。

「社風？」

彬は拍子抜けしたような声を出した。

「それをどう変えていくのか悩んでおられたようで」

父が悩むとしたら、難しい数学の問題のようなものだろうと考えていたのに違った。

「そんなんで悩むかな」

「悩むんですよ」

徳山は笑いながら、いった。「そこが会社のおもしろいところで――。なんといいますか、社員がたるんでいるというか、諦《あきら》めてるとおっしゃるんですよね。そもそも薄利多売の厳しい商売にもってきてそのやる気のなさが致命的だと」

「やる気のない奴なんか辞めさせればいいんだよ」

「社長の考え方は少し違いますよ、彬さん」

徳山はやんわりといった。「社長はやる気をなくすだけの理由があったはずだとおっしゃっています。最初はやる気があったのに、一所懸命やっても儲からない。頑張っても報われない。いろんな理由があったはずだと」

「それで、お父さんはどうしようっていうの？」

「さあどうされるんでしょう」

徳山は肝心なところで首を傾《かし》げた。

## *6*

「やあ、彬。久しぶりだな。どうだい、期末テストは終わったか」

部屋に入ってきた崇叔父はそういうと、「大変だなあ。これからまだまだ勉強で」とつけ加えた。

「いいさ、彬は兄貴に似て成績がいいらしいから」そういったのは晋叔父だ。「それをいうなら、晋兄もそうじゃないか。オレぐらいだな、お祖父様の血を受け継いで立派に遊んでるのは」

「バカいえ」

晋叔父は小馬鹿にしたように小さく吐き捨てた。「オヤジはああ見えても帝大卒だぞ。何年ぶりだっけ、本家で私学へ進んだ奴は」

親戚の中で唯一、慶應《けいおう》をでている崇は、そんな揶揄《やゆ》など気にもとめず、「学歴なんぞにこだわっていては社業が傾くよ、兄貴」とさらりと反撃した。

暗に、晋が経営する東海商会の業績悪化を指摘しているわけだが、案の定、「それはお前も同じだろ」という救われないやりとりになる。

この日は、階堂家で祖父の法要が行われ、親戚たちが集まってきていた。一足早くきた叔父たちは、かといって準備を手伝う気はさらさらないらしく、居間のソファでくつろいでいる。

「そういえば彬、お父さんも経営手腕の発揮のしどころだなあ」

彬に話題を振ってきた晋は、眼の奥底に黒光りするような意地の悪さを張り付けていた。

元来、執念深いところがある晋叔父が先日の彬とのやりとりを忘れているはずはなく、意趣返しでもしてやろうという意識がありありだ。

「どっかの誰かさんが始めたお荷物スーパーのこと？」

そういってやると、晋の目に怒りが滾《たぎ》った。

「お前はどうやら勘違いしているようだね。まあ、高校生が世の中のことを知らないのは当然だから、驚きはしないが。いいかい、事業なんてのはな、やってみないとわからないところがある。大手のコンサルティング会社に何億も払ったところで、結果は大ハズレなんてこともザラなんだよ」

「だから責任をとる必要もないといいたいわけだ」

彬は皮肉たっぷりにいってやった。その言い草に、にやついていた崇までコワイ顔になる。

自分のこともいわれていることに気づいたからだ。

「兄貴はな、ケーズフーズを再建させるって断言したんだ。覚えてるだろ、お前も」

そう崇にいうと、「ああ、あれね」と大きくうなずく。

「いいか、彬。どうせお前もいつかは経営者になるんだろうから良いことを教えてやろう。ケーズフーズはどうも採算ラインに乗らなかったが、そういうときは即座に売却するなりして処分するのが正しいと思うね。拘《こだわ》ってああだこうだとやっても、余計に金が出て行くばかりで、成功する見込みはない。その意味で、君のパパはちょっと意固地《いこじ》になりすぎてないか。今日、ちょっとアドバイスするつもりでいるがね」

「敗軍の将、〝敗因〟を語るか」

彬の皮肉に、

「ほう。しばらく会わないうちに一丁前のことをいうようになったじゃないか」

ふたりの叔父たちは冷ややかな視線を向けた。

「でも、お父さんはスーパーを売るつもりはないと思うよ」

「友原《ともはら》を切ったんだぜ」

ふいに晋が崇を振り向いていった。

「ああ、それは聞いた。ひどいな」

崇がこたえる。

「友原って?」

友原良昭《よしあき》はケーズフーズにいた取締役だと晋叔父がいった。

やがて法要が始まり、その後食事の会が開かれたが、その間、彬はほとんど叔父や叔母たちと口をきかなかった。

表向きは和《なご》やかに過ごしているように見えるが、ここには冷笑や憎悪が渦巻いている。叔母たちのちょっとした目配せや、叔父の目つき、お手伝いさんたちのどこかよそよそしい態度。全てがちぐはぐで、居心地は最悪だ。生来能天気な弟の龍馬だけが、従兄弟《いとこ》たちと仲良く打ち解けていたが、彬は食事を終え、酒が回り始める頃になると席を立つ機会をうかがいはじめた。

「そういえば兄さん、友原を切ったんだってね」

崇がきいた。近くできいていると場の空気がすっと冷えていくのがわかる。父は手にしたグラスのワインから崇へと視線を向けた。

「会社のためだ。仕方がない」

「だけど、スーパーの専門家、他にいないだろう」

「まあ、そうだな」

このまま何事もなく終わるかと思った矢先、厄介な口火を切ったのは晋だった。

「それじゃあ土地鑑のない場所に道案内なしで彷徨《さまよ》い込むようなものじゃないか」

「そうかもな」

父はさらりというと、「まあいいじゃないか」と話をやめようとした。だが――。

「オレのことも考えてくれ、兄貴」

そういったのは、崇だ。相当酒が回っているのか、眼が据わっている。「友原は友達なんだぞ。晋兄から頼まれたから、是非いってやってくれって説得したのに、都合が悪くなったらハイサヨナラじゃあ格好が悪い」

彬は、じっと父親たちのやりとりをきいていた。座敷には親戚たちが大勢集まっていたが、酒が入ったことで賑《にぎ》やかだ。その片隅で、兄弟三人がやりあっている。声は低かったが、そこだけ張り詰めている空気は痛いぐらい刺々《とげとげ》しかった。

「格好で経営はできん。それにお前、ケーズフーズはどこかに売却するしかないっていってなかったか。そのときは友原をどうするつもりだった」

痛いところを突かれて晋叔父は俯《うつむ》いたが、「売却するにしても、雇用は守ってくれというつもりだったさ」とかろうじて反論する。

父の横顔に、身勝手な叔父たちへの怒りが滲《にじ》んだ。

「だったら、お前、雇ってやれ」

父のひと言を晋はあえて無視し、体をぐいっと父に向けた。

「オレの手から離れた会社だが、これだけはいわせてくれ。ケーズフーズの経営、兄貴は間違えてるぞ」

「ほう。そうか」とだけ父はいった。叔父とやりあっても仕方がないと思っているのがわかる。

プライドを傷つけられたか、晋の顔つきが変わった。

「そうか、じゃないだろう」

叔父の声高なひと言で座敷が静かになった。繰り広げられている兄弟間の諍《いさか》いに気づいたのだ。

「オヤジの法事だぞ。そういう話はやめよう。ゆっくりしていけ」

父は人前での争いを避けて席を立ってしまった。

「まったく！　オレたちの顔に泥塗って、反省の色もないとはな」

友原という友達のクビを切られたことが余程腹に据えかねているのか、崇は晋叔父の肩を持った。

「兄貴だって、友原を入れた経緯は知ってるはずなのに！」

父の中座で座敷は緊張状態から解放されたが、晋と崇のやりとりにその場の全員が耳を傾けているのがわかる。

「失敗するに決まってる」

晋が断言した。「友原がいてうまくいかなかった事業を、トーシロの人間が成功させられるもんか」

「自分はなんでもできると思いこんでるところがあるからな、兄貴は。オヤジのいう帝王学って奴だ。オレはさしずめ家来学ぐらいしか教わらなかったが」

崇の自己憐憫《れんびん》に、晋はさも不愉快そうに舌打ちすると、傍らで様子を窺《うかが》っていた彬に視線を向けた。

「あんまり深入りして、この家屋敷が取られてしまうようなことがなきゃいいけどな！」

# 7

その週の水曜日、父と彬のふたりを乗せたクルマが自宅を出たのは午前七時前だった。平日ということもあるのか、ゴルフに行くには少し遅めの出発だ。

ふたりのゴルフバッグを積んだクルマは、東名高速道路に乗ると西へと向かう。行き先は静岡にあるゴルフ場だ。胸が高鳴った。これから向かうのは、父が会員権を所有しているゴルフ場の中でも、文句なしに最高のコースである。

だが、不可解なこともあった。

父がそのコースに招待する取引先は、本当に大切な相手だけだ。

そこに彬も同伴するというのはそもそも変だった。父は、取引先との会食などに母を連れて行くことはあったが、子供を仕事の場に連れ出すなどということは決してしなかったからだ。もしかすると相手もまたゴルフ好きで同年代の子供を連れてくるのかとも思ったが、それなら父もひと言ぐらい言うだろう。

その父は、前夜遅く帰宅した疲れが取れないのか、瞼《まぶた》を閉じてシートにもたれかかっている。彬とふたりだけのときはおしゃべりの徳山も、白手袋で帽子をかぶり真《ま》っ直《す》ぐに前を向いたまま素知らぬ顔でハンドルを握りしめていた。徳山と父、徳山と彬、それぞれふたりずつだとよく話をするのに、三人だと黙り込むというのも変な話だ。だが、ここで彬が余計なことをいうと徳山の立場を悪くすることにもなりかねないから要注意だった。徳山は彬にとって重要な情報源である。

八時過ぎに到着したゴルフ場で彬と父を待っていたのは、老人ともうひとり、父と同世代の男性だった。

彬の目をひいたのは老人のほうだ。祖父に似た目をしている。

真っ直ぐな、澄んだ目だった。戦時中は作戦司令部にいたという祖父には、背中に鉄《てつ》芯《しん》が通ったような矍鑠《かくしゃく》としたところがあったが、それはこの老人にも共通している。

「息子の彬です。こちらの方は上畑《うえはた》さんだ。そしてこちらが北村さん」

頭を下げようとした彬の前に、老人の右手がすっと差し出された。その右手を握り返す。驚くほどの力が手から伝わった。見かけは老いていても、強靭《きょうじん》な体力と精神力が伝わってくる。

「よろしく、彬君。今日は楽しみにしているよ」

「こちらこそ、よろしくお願いします」

老人に倣《なら》って、北村という男とも握手をした。いかにも馬力がありそうながっしりした体をした男だった。よろしく、という言葉に力がこもっている。

老人はどこかの会社の経営者で北村はおそらくその会社の人間なのだろうが、父は説明を一切加えなかった。ゴルフ場では肩書きも地位もなく純粋にゴルフを楽しむ。それがゴルファーだと父が考えているからに他ならない。

ゴルフにはその人の性格が出る。熟練のゴルファーには人生がにじむ、とかつて祖父が彬にいったことがある。

老人は颯爽《さっそう》としていた。ショットの豪快さはないが的確。戦略的だ。グリーンで丁寧に芝をよむ姿は、一打たりとも無駄にしない誠実さと真剣みに溢《あふ》れている。ミスショットをしても言い訳じみたことは一切口にしない。それがこの人のゴルフであり生き方なのだろうと彬は思った。

おもしろいと思ったのは、老人が連れてきた北村さんのゴルフだった。こちらは力もあるが、攻め方が奇抜で面白かった。普通なら狙わないようなところにボールを運び、あっと驚くような小技を繰り出して楽しませてくれる。

上畑という老人も北村も、彬を一人前のゴルファーとして扱い、敬意を払ってくれた。コースが空いていたこともあって、前半の九ホールを終えたとき、スルーで回りませんかといったのは驚いたことに上畑老人のほうだ。

「上畑さんがよければ」

父が同意し、四人のゴルファーは、クラブハウスに立ち寄ることなくそのまま残りの九ホールへと向かうと、昼食を挟まず十八ホールを回りきったのであった。

「彬君、まだ高校生なのに凄《すご》い腕前だね」

ホールアウト後、北村が声をかけてきた。

「いいえ、北村さんこそ、素晴らしいゴルフでした」

「私にもゴルフ好きの息子がいたらなあ。うちは娘ひとりで君と同い年なんだけど、ピアノとテニスに夢中で、ゴルフなんか見向きもしてくれない」

彬は苦笑しながら、北村さんはどちらにお住まいですか、ときいた。

「磐田《いわた》市内なんだ。いつまでそこにいられるかわからないんだけれど」

クラブハウスにある食堂、その窓際の席に座ると、大人たちはビールで乾杯を始めた。

話題はもっぱらゴルフのことばかりで、仕事の話はしない。彬も時々話に加わった。たしかに接待ゴルフのようだが、彬だけが蚊帳《かや》の外に置かれることがないよう、上畑も北村も気を遣ってくれる。ゴルファー四人が、好きなゴルフの話をしながら、和気藹々《わきあいあい》と時間が過ぎていく。

やがて食後のコーヒーが出てきたところで、上畑老人はしみじみといった。

「今日は本当にたのしかった。どうもありがとうございました」

テーブルに両手をついて礼をいう。北村もそれに倣《なら》い、父がそうしたように彬も「こちらこそ」と言葉を交わす。

だが、顔を上げた彬ははっとなった。

上畑老人の目に涙が見えたからだ。戸惑《とまど》った彬に、老人の言葉が続いた。

「今日一日、おつき合いさせていただいて、はっきりとわかった。あなたになら、安心して任せられる。どうか私の会社をよろしくお願いします」

そういうことだったのか。

彬は驚いて一磨を見た。

父はこの老人の経営する会社を買収するのだ。それが何の会社なのか、彬にはすぐにピンときた。

スーパーだ。

「ありがとうございます。なんとかがんばってより良い会社にしていくつもりです。北村さん、よろしくお願いします」

背筋を伸ばし、真っ直ぐに上畑と北村を見据《みす》えた父は、深々と頭を下げた。

## 8

彬が父とともにあるスーパーの開店式に招かれたのは、それから数カ月を経た、冬のことであった。是非、彬君にも来てもらいたい、という上畑からの誘いもあったらしい。

来賓席《らいひんせき》に父と並んでいた彬は、明るく透明だけれどどこか寂しげな冬空を見上げた。

新しいスーパーが開店し、その陰でひとつの社名が買収により消えていく。その瞬間に彬は立ち会ったのだ。

それは同時に、ケーズフーズという業績不振企業に再生の扉が開かれた瞬間だということも、彬にはわかっていた。

「デイリーキッチンのノウハウはすばらしい。ウチは資金を出し、デイリーがノウハウを出す」

父の言葉ではないが、それはまさに理想的な組み合わせで、あの日ゴルフに同席した北村という人が、デイリーキッチンの開店準備を取り仕切る責任者だということは後できいた。

磐田市内に出来上がった新しいスーパーも、北村の手によるものらしい。

だが、久しぶりの再会を楽しみにしていたその北村の姿は式典の間見ることはなかった。

「彼には仙台へいってもらった。磐田店は問題なく立ち上がるだろうし、ここまで行けばうまく成長していくだろう。だから、新たな仕事をしてもらおうと思ってね」

娘さんがひとりいたと聞いたことを思い出したのもそのときだった。自分と同い年の高校二年生。すると、その娘さんも一緒に、磐田から仙台へ引っ越していったのだろうか。

式典と、それに続くパーティを終え、高速道路へ向かって市内を走るクルマの後部座席で父の横顔に冬の淡い陽射しが当たっていた。

「磐田から仙台じゃ、北村さんも大変だね」

彬はいった。「会社の都合で振り回してるみたいだ」

父は少々ばつの悪い顔になる。

「北村さんにだって、自分の都合があるだろうに」

彬は多少の非難を込めていった。

「まあ、そうだな」

反論の代わりに父はいい、眼を閉じて黙りこくる。どれだけそうしていたか、再び目を開いた父の顔にはある種の決意が滲んでいるように見えた。

「彼もわかってるさ。仙台出店は、ケーズフーズにとって絶対に押さえておきたい重要な一歩なんだよ」

まるで自分に言い聞かせるような言葉だった。

だが、その仙台出店に思いがけない障壁《しょうへき》が立ちはだかることになったのである。

彬がそれを知ったのは母と初江さんの世間話からだった。

「それにしても、いやらしいことをするわねえ」

呆れたような母の声にまじって、「信じられないですよねえ」という初江さんの声が聞こえてくる。

キッチンからだ。

「どうしたの」

コートを脱いで椅子の背にかけた彬は、冷蔵庫から牛乳を出しながらきいた。

「晋叔父さんがね、うちの商売敵《がたき》の後ろ楯をしていることがわかったのよ」

「商売敵の後ろ楯って、どういうこと？」

「ケーズフーズに以前、なんとかっていう崇叔父さんの友達がいたでしょう。スーパーの専門家だったんだけど、パパがクビにした人。あの人が新しいスーパーを立ち上げたのよ、仙台で」

思わず、飲みかけた牛乳を噴き出しそうになった。

「なんで仙台なの、よりによって」

「でしょう」

母が意味ありげにいった。「ケーズフーズに対抗しようとしているらしいのよ。出店場所が近いんで、商圏がかぶるんですってよ」

どうやら父に直接聞いたらしく、母はなかなか詳しかった。

後でわかったことだが、友原という男が設立したスーパーの大口株主に東海商会の名前があったのだという。事前の相談はなく、突然降って湧いたライバルの出現に、ケーズフーズの目論見が大きく狂った。

ふと、あの北村のことを彬は思い出した。

転勤を命じられた挙げ句《あ く》、つまらぬ親族間の争いに巻き込まれて苦労させられる。その意味で一番の被害者は北村かも知れない。

「で、お父さんはそれをどうしようと思ってるの」

彬は、きいた。

「晋さんにはどういうつもりなんだって、電話をしたらしいわ」

「そしたら?」

「その崇叔父さんの友達がどこに出店しようと、そんなことは知ったことじゃないって。なにとぼけたことをいってるのかしら」

「共倒れにならなきゃいいですね」

初江が表情を曇《くも》らせた。

この件について彬が父と話したのは、それから何日か経った夜のことだった。

零時過ぎ、父の書斎の灯《あか》りが廊下に漏れていた。ノックすると、どうぞ、という、どこか虚ろな返事がある。

「北村さんのお店が大変だってきいたんだけど」

「ママか」

苦笑した父は、「まあ、そうだな」といった。

「それで、お父さんの見通しはどうなの」

返事まで数秒かかった。即答できないのは、父自身、出店を見合わせたほうがいいのではないかという思いがあるからではないか。

「正直いって、私はこの世界の素人《しろうと》だ。だから、自分で可能性があるかないかは分析できない。それを考えて結論を出すのは北村君だ」

「北村さんはなんて」

北村がどんな意見なのか、それを知りたかった。

「北村君は勝てるといっている」

そのとき父がいった。「理由はいろいろあるから省略するが、私はその意見を信じて、予定通り出店することにした」

「でもさ、それって、叔父さんたちのスーパーが負けるという意味でもあるわけでしょう」

すると、さも意外そうに、父は彬を見た。

「不服か?」

「まさか」

彬はにやりと笑っていった。「こてんぱんにやっつけてよ」

## 9

慌ただしく年の瀬が過ぎていき、年が明けた。

晋叔父が、正月の恒例で階堂家にやってきたのは正月二日のことだ。相続でのごたごた、スーパー出資の件もあって今年は出す顔がないのではないかと母は洩《も》らしていたが、なんのことはない、いつものようにのうのうと叔父は階堂家に現れた。

形式通りの挨拶《あいさつ》と仏前の焼香を済ませた叔父は、年賀の訪問客のためにセッティングされた大広間で酒を飲み始める。

「どういう神経なんでしょうね」

キッとする母に、「仏壇に手のひとつも合わせようと思ったんだろう。いいじゃないか」と父は鷹揚《おうよう》に構えていた。

正月二日に社員や取引先が新年の挨拶にやってくるのは階堂家の伝統のようなものだが、そこへおみやげの包みをもって北村が現れたのは、昼過ぎのことだった。正月休みで、仙台の社宅から中野にある自宅に家族で戻っていたらしい。

「晋、紹介しよう。ケーズフーズの北村君だ。いま仙台の新規出店を担当してもらっている」

父が紹介すると、顔見知りと談笑していた晋は席を立ち、年賀のハンコを捺《お》した名刺をポケットから出して片手でひょいと出した。

「どうも。お噂《うわさ》はかねがね」

素っ気ない態度だ。ケーズフーズと聞いただけで、晋叔父は、北村を気にくわない存在として分類したに違いない。

「デイリーキッチンにおられたんですね。でしたら友原良昭はご存知ですか」

そうきいた晋は腕時計を一瞥《いちべつ》して、「呼んでおいたから間もなく来ると思うが」

「ええ、業界の有名人ですから」

こたえた北村は、事の成り行きに当惑気味の表情を浮かべている。

何百人もの人がやってきては三々五々引き上げていく。社員もいれば取引先や関係者もいるから、誰が来ても同じようなものだが、さすがにこのとき父の目からふっと光が消えた。

友原は、ケーズフーズに対抗して出店してきているライバル会社の社長になっている男である。そんな男を勝手に招く晋の意図は嫌がらせ以外の何物でもない。

「おお、来た来た」

ちょうど大広間の入り口辺りに、がっしりした体格の男が立ったのを見て晋叔父が手を挙げた。やけにゆっくりとした足取りでこちらに歩いてくる男が身に纏《まと》った雰囲気には自信とふてぶてしさが同居している。それはそうだ、いかに晋叔父が誘ったとはいえ、自分をクビにした社長の、年賀の会に堂々と参加してくるのだから、神経の図太さは並《なみ》大抵《たいてい》ではない。

「どうも階堂社長。あけましておめでとうございます」

友原は、自分がクビになったことなど微塵《みじん》も感じさせない笑みを浮かべた。

「元気でご活躍のようですね」

淡々と応じた父からも、本心を窺うことはできない。

「友原社長、紹介しよう。こちらケーズフーズの新規出店を担当されている北村さんだ」

晋叔父に紹介されて北村もまた笑顔で頭を下げた。

「仙台対決だ、なあ、おい」

晋のひと言に反応したのは、友原のほうだった。浮かべていた笑みを歪《ゆが》めたかと思うと、ふっと真顔になる。

「ご存知かも知れないが、私はついこの間まで御社の企画担当役員でね。それがふとした縁で古巣と争うことになろうとは思いませんでしたよ、ケーズフーズさん」

友原は、北村を社名で読んだ。

「ひとつ、お手柔らかにお願いします」

そういった北村に、「徹底的にやらせてもらいますから」と友原は不敵な笑みとともに言い放った。

「私としても、階堂社長に無能の烙印《らくいん》を押されてケーズフーズを追い出されたわけだから、ここで負けるわけにいかないんですよ。わかるでしょう、あなたも。どうですか、買収された会社のために働くというのは」

「私は自分に任された仕事をするだけです」

友原は灰汁《あく》の強い男だった。しかし、北村がその挑発にのる気配はなく、穏やかな表情で対峙《たいじ》している。彬はそんな北村の態度にひそかに感心し、好感をもった。ライバル企業の社長の失礼な言動にも、場をわきまえて感情を露わにすることはない。

「ケーズフーズは、あの仙台山手店に相当力を入れているときいてるが、大丈夫かな。もしそれが失敗したら、さぞかし困ることになるだろうに。あなた、責任重大ですよ」

「友原さん」

父がそのときやんわりと割って入った。「仙台への進出は私の決断です。そのために最高の人材を投入している。もし、業績が思うように伸びないことがあっても、彼にその責任を負わせるつもりはありません。責任は全て社長である私が持つ。だから、彼には思う存分、やってくれといってあります」

父が北村への信頼を口にすればするほど、友原はおもしろくないに違いない。

「それはうらやましい。ですが、私なら経営不振の責任はしっかり取りますね。きっと北村さんもそのくらいの覚悟はお持ちでしょう」

「さて、どうなるか見物《みもの》だな。私は高みの見物《けんぶつ》をさせてもらうよ」と晋叔父。

「かなりの出資をしておきながら、高みの見物とは余裕だな、晋」

ようやく反論した父に、晋叔父の顔色が変わった。

「スーパーの進出には金がかかりますからな」

友原が当然だといわんばかりの口ぶりでいった。「その大部分を借入ではなく資本金で賄《まかな》えたことは当社の財務体質に大いに寄与するところです。晋社長にはその点、ご理解いただいて大変お世話になっています。おかげで幹線沿いの一等地の良い土地を買うことができましたし、建物も立派に出来上がった。良い人材も確保できたし、お宅より中心地に近い、高所得者層の住宅街に近い最適地に出店することができた。もうこれ以上ない条件が揃《そろ》いましたよ」

「まず、出店場所では君の勝ちだ、友原さん」

溜飲《りゅういん》を下げたらしい晋がいった。

だが、父はそんなふたりの話にまったく反応しなかった。それどころか、「考え方がまったく逆だな」というそっけないひと言に、ふたりが顔を見合わせる。

「実は、ウチは土地も建物も買っていない。土地は賃借で、地主さんに建物を作ってもらい、ウチがそれを借りる形にしてもらった。そのほうが身軽で初期投資を抑えられるからな。北村君のアイデアだ」

勝ち誇ったような友原の表情が強張《こわば》っていく。父は続ける。「コストの差は結局のところ商品の値段の差になる。最終的にそれは体力の差になって出るはずだ。いまはっきりとわかったよ、友原社長。君のクビをきって正解だったとね」

はっと友原が息を呑んだとき、失礼、と背後から声がかかった。新たな客が名刺をもって父の背後に立っていた。晋叔父の唇が怒りと悔しさに震えている。

その様子を穏やかな表情で見ながら北村が彬に話しかけた。

「彬君。開店のセレモニーに来ないかい。仙台にもいいゴルフ場があるよ。実はもう一度君とラウンドしたいと思っていたんだ。この前の借りを返したい」

彬はにっと笑って、うなずいた。

「ありがとうございます。是非、伺わせてください。開店は三月、でしたね」

「待ってるよ」

軽く右手を挙げた北村は広間に知った顔を見つけ、挨拶のために離れていった。その背中を見送った彬はそのまま自室に戻ったが、今しがたのやりとりが幾度も思い出され、こみあげてくる笑みを抑えることができなかった。

# 第四章　進路

## *1*

「ほらよ」

前に座っているガシャポンは、ろくに瑛の顔を見もしないでプリントを滑《すべ》らせてきた。一枚取って後ろに回す。

進路調査票と書かれたその紙を机に広げた瑛は、自分の頬の辺りが強張ってくるのを感じた。

父の事業の失敗で、図らずもこの磐田の地に来て六年の歳月が過ぎようとしていた。いま瑛は地元の公立高校の二年生になり、そろそろ高校卒業後の進路について決めなければならない時期に来ている。

用紙には、大学進学か就職希望かの選択肢があり、さらに大学進学の場合、志望校を記入するようになっていた。

提出期限は一週間後だ。

「さて全員に、行き渡りましたかな？」

担任教師の村橋《むらはし》は、教室をぐるりと見渡していった。自分も同じプリントを右手に持っている。大学時代、落研《おちけん》——落語研究会に所属していたという村橋の口調は、まるで落語を演じているかのように滑《なめ》らかだ。

「それでは説明をするから、よおく、聞いてくださいな。いよいよ、みなさんも進路、というものを決めなければなりません。ご存知の通り、ウチの学校の三年生は、その進路に合わせ、三つのコースを用意しています。国立大学進学理系、同文系、私立一般ですな。そしてもし就職を希望する場合は——」

説明を聞くまでもなかった。就職希望者はとりあえず私立一般コースに振り分けられる。そのコースは、就職組と、落ちこぼれの生徒とのごった煮コースといわれていた。

瑛の通う学校は、一学年四百人。このうち、ほとんどの生徒が大学へ進学し、就職する生徒は十人に満たない。

だが、その少数派に、瑛は入ろうとしていた。

いまはひと息ついているとはいえ、一旦は破産した家である。法律上の決着はついていたが、知人や親戚からの借金もあって、そういう相手に父は給料から幾ばくかの金を返済しているのだった。その父は、地元の電機部品メーカーに職を得ていたものの、大した給料をもらっているわけではなく、家計は依然として厳しいままだった。

とても、大学へ進学できる状況ではない。

「いいですか、いい加減に書かないでくださいよ。家の方と、よくよく相談して期日までに提出してください。この調査票に基づいて、三年生のクラス分けもしますから、そのつもりで。もし先生と相談したいという人は、遠慮なく申し出てください」

村橋はそういうと、次の連絡事項へと話を移していく。

瑛はいま一度そのプリントをじっと見つめてから、ふたつに折りたたんで鞄《かばん》のポケットに突っ込んだ。


その日帰宅した瑛は、早々に夕食を掻《か》き込むと自室に閉じこもって参考書を広げた。

屋根裏部屋を改造して作った六畳ほどの部屋だ。天井は屋根の傾きに応じて斜めになっており、窓からは商店街の雑然とした裏手が見える。夏は暑く、冬寒い部屋だが、瑛はこの部屋が気に入っていた。千春は二階の八畳間をあてがわれていたが、そっちよりこの部屋のほうがずっとしっくりくる。いかにも自分の城という感じがするのだった。

参考書のページには、第一次世界大戦当時の世界情勢について詳しく書かれていたが、さっきから視線は繰り返し同じ箇所を往復している。集中できず、瑛はため息をついた。

「進路、か」

いつかそれに悩む日が来ることは、わかっていた。

瑛が地元では一番の公立高校に行くことが決まったとき、父も母も喜んでくれた。瑛もそれが嬉《うれ》しかったし、いまの学校に入れたことが誇らしかった。だが、一旦高校に入ってしまうと、それまで考えもしなかったことが視界に入ってきたのだ。

それが、進路だった。

瑛の父も母も、最終学歴は高卒だ。地元の会社に入り、父はそこで技術を学び、母はお見合いをして父と結婚するまで事務職で働いていた。

伯父夫婦も含め、瑛の周りは高学歴とは無縁。受験だの偏差値だのといってもピンと来ないひとばかりだ。

「卒業後はカタイところに就職して、独立して欲しい」

はっきりと話し合ったことはないが、それが両親の本音だと思う。

とはいえ、いままで、父と母も、「就職してくれ」というひと言を瑛にいうのを躊躇《ためら》っていた。たぶん踏ん切りがつかなかったのだと思う。瑛はよく勉強していたし、実際成績も良かったから、教師からはトップ校を狙ってくれといわれる。本来ならうれしいひと言が、そうならないところに山崎家ならではの事情があった。

逆に瑛にも、両親に遠慮していえないことがあった。

大学に行かせて欲しい――というひと言だ。

参考書から顔を上げた瑛は、机の抽斗《ひきだし》から、以前学校で配られたパンフレットを引っ張り出した。

地方から出て東京で下宿している学生の生活を、事例中心に紹介したものだ。大学の学生課で紹介してもらう四畳半の下宿がいくらで、親からの仕送りがいくらで、どんなバイトをして、それぞれバイト代がいくらかというような収支がわかりやすく紹介されているのである。

いくつかのことを学んだ。育英会だけではなく、各大学がそれぞれ奨学金制度を設けていること。

私立の授業料は学校によって違うが、年間約四十万円。この額は大きいが、たとえば住み込みの新聞配達をすると、授業料を全額支払ってもらい、かつ毎月幾ばくかの給料が支給される。これなら家計に負担をかけることもないだろう。

だが――。

負担をかけなければいいというものでもなかった。就職して給料の一部でも家に入れるのと比べたら、大違いだ。千春のこともある。千春はまだ小学六年生だが、これからもっと教育費だってかかるだろう。両親にこれ以上、負担をかけるわけにはいかない。

そのとき――。

玄関のガラス戸を引く音がして、ただいま、という父の低い声が聞こえてきた。

午後十時だ。

一階へ下りると、残業で疲れ切った顔の父が遅い夕食をとっていた。

父が再就職をした電機部品メーカーは大手の大日《だいにち》電機の下請けだ。父によると大日電機の景気はすこぶるよく、おかげで下請け企業も仕事が溢《あふ》れているという。それは結構なことだが、おかげで帰りはいつも遅く、ときに深夜になることもあった。

「忙しいのはいいけど、忙しいばっかりだよ」

父はその会社で製造部というところの部長職にあった。部長といっても、社員百人に満たない会社の部長だからさして偉いわけでもない。知り合いのつてで入社が決まったとき、その会社の社長が、「いままで社長をやっていたのに、ヒラじゃあ、やる気も出ないだろう」というので、肩書きだけもらったようなものだった。

その父はいま食卓で小難しい顔をして箸《はし》を動かしている。

なにかあったな、ということは聞かなくてもわかった。

「父さん、会社、辞めなきゃいけないかも知れないんだって」

母の言葉に瑛ははっとなって父を見る。

「おい」

父にしては珍しく声を荒らげた。

「なんで」

瑛が問うと父は顔をしかめ、

「取引先から、損害賠償を求められてな」

そういった。「もしかするとウチの会社、大損するかも知れない」

その日、父の会社で〝事件〟が起きたのだ。

納めた部品に不良があって、一億円近い損害が先方で発生したというのである。その取引先から、部品を製造した父の会社に対して損失の穴埋めをするよう求められ、取引の担当を命じられていた父が責任を負わされそうになっているという話だった。父が以前経営していた会社の事情と話が重なって聞こえ、嫌な予感がする。

「そもそも、先方では検収してたんだ。それはつまり、品質には問題が無かったということだろう。それが今頃になってこっちのメッキののりが悪いのが原因で不良が出たといってきた。おかしな話だ」

父の表情は腹立たしげに歪《ゆが》んだ。

「そういえないの」

母がきくと、

「なんせ専務が珍しく自分で取ってきた案件だからな」

父は悔しげにいった。「メッキがいまひとつなのは事実だし、なぜそうなってしまうのか、原因がわからない。そもそも採算割れしてるのを押しつけられたような取引だったのに、問題が起きれば契約を楯《たて》にとってとにかく賠償しろの一点張りだ。こっちが断れば裁判にするとまでいってる」

「契約？」瑛はきいた。

「専務が結んだ契約なんだが、この内容がマズかった」

専務というのは社長の息子で、二年ほど前、それまで勤めていたデパートを辞めて入社した人物らしい。何にもわかっちゃいない、というのが父の専務評だ。

学校を出て、父親の会社を継ぐのを拒否してデパートに入ったものの、そこでの仕事に嫌気が差していまの会社に入ってきた。社長の息子だからと肩書きは最初から専務。ところが入った途端、好き放題やり始めたものだから、社員がそれに振り回されることも少なくないという。

「それで、父さんが責任をとらされるの？」

瑛はきいた。

「さあな」

苦り切った顔で父はいうと、それ以上の質問を拒絶するかのように、目の前に出されたお椀《わん》を手に取った。

もし父がいまの会社を辞めさせられたら、誰がこの家を支えるのか。誰が千春を学校に行かせてやるのか。

自分の部屋に戻り、鞄から進路調査票を出してしばらくそれを眺めていた瑛は、意を決したように「就職」という項目をマルで囲んだ。

## 2

「山崎君、後で職員室に来てくれますか」

翌日、帰りのホームルームが終わった後、担任の村橋がいった。

「まあ、そこに座んなさい」

職員室に行くと、村橋は自分の机の脇にあったパイプ椅子を瑛に勧める。担任教師の机の上には、その朝提出した瑛の進路調査票が出ていた。

「君は就職するんですか」

単刀直入な質問が出た。

はい、とだけ瑛が答えると、

「どうして？」

すかさず村橋は質問を繰り出してくる。

「大学には興味がないので」瑛はこたえた。

「じゃあ、何に興味があるんです？」

「何にといわれても……」

瑛は返答に窮《きゆう》した。「それを、就職先で探そうと思います」

村橋はじっと瑛に視線を注いできた。

「ほんとうにそれでいいんですか」

「はい」

返事はない。釈然としないような、怒っているような、そんな村橋の視線と向き合うのは苦痛だった。

「そうですか。わかりました」

やがて村橋はいうと進路調査票を手に取った。「結構です。これは受理しておきましょう」

「ありがとうございます」

立ち上がった瑛は一礼し、その簡単な面談は終了した。


「まずいことになってきた」

その夜。午後十一時過ぎに帰宅した父はそういうと、血走った目を天井に向けて細く長い息を吐いた。

「どうしたの」

母は不安を隠しきれない表情だ。

「今度のことが銀行に知られちまったんだ」

まあ、というように母の目が大きく見開かれた。父によると、大日電機の静岡工場の担当者がうっかり銀行に話してしまったらしい。

「もし損害賠償となれば、今後金を貸すのは難しいかも知れないといってきた」

父には銀行に対する根強い不信感がある。河津《かわづ》で工場経営をしているとき、頼みの綱と頼んだ銀行に支援を拒絶された経験があるからだ。

「もし、銀行が貸してくれなかったらどうなるの」

瑛が尋ねると、父はぐっと押し黙った後、「どこかが貸してくれるさ」と捨て鉢なひと言をはき出した。根拠も何もないセリフだ。

父は立っていくと、台所にあった酒を一升瓶からコップになみなみとついで戻ってきた。父が家で酒を飲むのは珍しい。父自身、自分を見失いかけているような気がして、瑛の不安はますます募った。

もし、銀行がお金を貸してくれなくなったら、父の会社は倒産してしまうのではないか。それでなくても、父は責任をとって辞めさせられるかも知れない。

「銀行ってのは、ほんとに鼻持ちならんな」

父は憎々しげにいう。「オレとさして歳《とし》も違わない支店長が運転手付きのクルマで会社に乗り付けてきて、ああだこうだと言いたい放題だ。融資担当ときた日には、大学出かなんか知らんが、現場のことなど知りもしないのに経営に口出しする。ウチの為《ため》だといいながら、結局、自分たちのことしか考えちゃいない。銀行ってのはそういうところだよ」

父の表情には暗い陰があった。いつの間にか深くなった顔の皺《しわ》が年輪のように刻まれ、苦労のあとを滲《にじ》ませている。

そんな父の横顔を瑛は窺《うかが》い見て、ひそかに息を呑んだ。歳を取ったな、と思ったからだ。

変わってしまったのは、外見だけではない。

幼い頃、瑛が見上げていた父は、もっと生気に満ちていた。

昔の父は、夢を持った若き経営者だった。だが、いまの父は違う。技術屋のプライドにしがみついている偏屈なサラリーマンだ。

「ねえ、あなた。こんなときになんだけど、今日、学校から電話がかかってきたの。瑛の進路のことで」

そのとき、父の話を黙って聞いていた母が口を開いた。

突然の話に、父はコップ酒を手にしたまま、話の先を促すかのように沈黙する。

「就職希望を考え直してくれないかって」

父は、じろりと瑛を見た。

「就職？　そんなことお前、きかれてたのか」

「まあね。進路調査票ってのがあったから、就職希望で出しておいた」

担任の村橋が電話をしてきたという事実に内心驚きながらも、瑛は平静を装った。先生との面談で、進路については結論が出たと思っていたが、村橋は瑛が考えている以上に、慎重だったのだ。

「もったいないって先生はおっしゃるのよ」

父は腕組みをして、じっとテーブルの一点を見つめている。

「もったいないってなんだよ」

反論したのは瑛のほうだ。「大学へ行くだけが全てじゃないと思うけど」

「アキちゃん、本当にそれでいいの」

「じゃあきくけど、もしぼくが大学へ行きたいっていったら、行かせてくれるの？　そんな余裕、ないでしょう？　そこまでして行くだけの価値があるとは思えないんだ」

父が何事か考え込んで目を閉じた。

母は途方に暮れたように眉を下げ、そんな父を見たままこたえない。気まずい沈黙に耐えかね、瑛は席を立つと自分の部屋への階段を駆け上がった。

### 3

父が珍しく早い時間に帰宅したのは、それから数日が経《た》った夜のことであった。

「今日は早かったね」

まだ食卓にいた瑛はいったものの、へたり込むように椅子にかけた父を見て口を噤《つぐ》んだ。またなにかあったに違いない。

「工場が止まった」

案の定、父はいった。

「なんで」

「部品問題で揉《も》めていたという受注がついに取り消しになったんだ。早く穴埋めしないと大損失が出る」

父の表情は切迫し、手に取るような緊張が浮かんでいる。父の前に置こうとした器を手にしたまま母が動きを止めた。

「会社、大丈夫なの」

母がきく。

「わからん」

父はかすかに顔を左右に動かした。「全部の売上げの一割ぐらいがこのまま吹き飛ぶかも知れん」

「一割、売上げが減るとどうなるの？」

不安になって、瑛はきいた。

「赤字になるだろうな」

父はいった。受注前提でひとを雇い、設備投資もしている。それがすべて浮いてしまうから、というのが父の説明だった。

「ということは、すぐにどうこうって話じゃないんだよね」

安心したくて、瑛はきいた。赤字になることと倒産とは違う。倒産さえしなければなんとかなるはずだ。

だが、

「そんな簡単じゃない」

父の意見は否定的であった。「赤字になれば銀行がカネを貸さなくなるかも知れない。ウチみたいな小さな会社はな、銀行からの融資を絞られたら、それだけで終わりだ」

「でも、もし父さんの会社が倒産したら銀行だって困るんじゃないの」

「困るもんか。担保を処分して貸し金はとっとと回収、それで終わりさ。銀行ってところは所詮《しょせん》、その程度のものなんだよ」

父はいまいましげにいった。「まったく、いままで通りやっていれば良かったんだよ。社長への対抗心があるのかも知れないが、専務も功を焦ったな」

父は、舌打ちまじりに皮肉っぽくいった。

社長の息子である専務の粗《あら》は、父にはよく見えるのだろう。だが、それを抑止するだけの力は、父にはない。部下としてただ傍観し、挙げ句、不良品や損害賠償の責任だけ負わされる損な役回りだ。

そんな父の立場が、瑛にはもどかしかった。

「銀行は助けてくれないってこと」

「今日も朝っぱらから融資担当者がきて、今後の受注計画だの業績の見通しだの、資金繰りだのと、根掘り葉掘り状況をヒアリングしてったよ。あれは、あわよくば資金を引き揚《あ》げようって腹だと思う」

だが――。

玄関の戸がガラガラと鳴り、誰かが訪ねてきたのは、ちょうど瑛が風呂から上がって自室に上がったときだった。

応対に出た母と話す男の声が聞こえる。母が父に何かいっているのがわかった。

夜の九時近くだ。

「誰だろう、こんな時間に。

「まだききたいことがあるのか」

すると苛立《いらだ》つような父の声が答え、瑛は顔を上げ、耳を澄ました。

「全くあんたもしつこいな」

父の声に、今度は、「お願いします」という若い男の声がはっきりと聞こえてきた。

自室の屋根裏部屋から二階に下りると、妹の千春も部屋の外に出て、一階の様子を窺っている。

「誰?」

尋ねた瑛に、千春はもの珍しそうな顔のまま首を横に振った。「男の人が来てる。会社のひとかも」

瑛も一緒に階段から覗《のぞ》くと、ひとりの男が居間に座っているのが見えた。座卓を挟んで父と向かい合っている男はきちんとしたスーツ姿で、黒い鞄を脇に置いている。

「もう、山崎さんだけが頼りなんです」

そのとき男がいったが、父は黙っている。

「このままだと、本当に西野《にしの》電業さんに融資できなくなってしまうんですよ」

西野電業というのは、父が勤務している会社だ。

「そんな言い方をしないでくれ。融資するかどうか決めるのはあんたたち銀行なのに、できなくなってしまうとはなんだ」

「すみません、銀行内の事情がいろいろありまして。しかし、私は西野電業さんに融資したいんです」

男は訴えるように父を見た。

「だったら、オレじゃなくて社長か専務に話をきけよ。オレにきいてどうする」

「山崎さんが一番正確に、状況を把握されていると思うんです」

きっと父がいっていた銀行員だろう。どうやら、まだなにかききたいことがあってわざわざ家まで訪ねてきたということらしい。

「たしかに、今回の受注減は痛いと思います。しかしですね、きちんとした再生計画を作成して業績復活の道筋さえ明確にすれば、支店長を説得できると思うんです」

「支店長はなんていってんだい」

父がきくと、男は首を肩に埋《うず》めて口ごもった。

「ぶっちゃけ申し上げますが、融資には消極的です」

「だったら無理じゃないか。一度決めたら動かない、頑固なひとだって聞いたけどな」

懐疑的な父に、

「だからといって、このまま諦《あきら》めてしまっていいんですか、山崎さん」

男の態度は真剣そのものだ。「私は、なんとか西野電業さんの力になりたいんです。お願いします」

父の返事はない。

ただ相手をじっと見据《みす》え、いったいどれだけそうしていたか、

「おい、工藤《くどう》さんにお茶、出してやってくれ」

男の熱意が、父を動かした瞬間であった。緊張がすっと緩み、「すみません、奥さん」、と母が出した熱い茶を啜《すす》った男——工藤武史《たけふみ》は、正座したまま傍《かたわ》らにおいたカバンから書類の束を取り出して食卓の上に広げる。

「おい、足崩して楽にしてくれ。上着も脱いで。家の中でそんな堅苦しいカッコをされたんじゃ息が詰まる」

「すみません、失礼します」

工藤が脱いだ上着を母が受け取って、居間の壁にかけた。

「で、何がききたいんだ」

「西野電業さんの製造コストにどれだけの削減余地があるのか、細かく見極めたいんです」

「経費削減の計画なら、昨日、専務がまとめて提出していたんじゃなかったか」

父がいうと、「山崎さんは、それをご覧になりましたか」、と逆に工藤は挑むような眼《まな》差《ざ》しを向けた。

「いや」

父がこたえると、

「これが専務からいただいた経費削減計画です」

工藤は一通の書類を、父の前へ滑らせた。黙ってそれに目を通していた父はやがて、吐息とともにそれを工藤のほうへ押し戻す。

その父に、

「この計画に書かれた数字には、正直申し上げて信憑性《しんぴょうせい》がありません」

工藤は断言した。「見栄えばかりいい数字を、状況を無視して並べているに過ぎないからです。我々だって融資審査のプロです。これで支店長を納得させるのは不可能に近い。私が欲しいのは、西野電業さんの将来をきちんと見据えることのできる、本物の計画です」

重々しい沈黙が落ち、やがて、「わかった」、という父の低い声がこたえた。

それから、父と工藤との間で、瑛には理解できないやりとりが始まった。

「おい、行こう」

階段から身を乗り出して覗き込んでいる千春を促して部屋に帰し、自分も屋根裏部屋への階段を上る。

こんな時間に訪ねてきて細かな数字を詰めようというのだ。工藤の態度からも、状況が相当差し迫っていることがわかる。

いま、西野電業という会社も、父も、そして瑛たちも、路頭に迷うかどうかの瀬戸際にいるのではないか。

事態は差し迫っている。とてもじゃないが、大学進学云々《うんぬん》などといえる状況ではなかった。

## 4

「なあ瑛。お前、就職するんか」

歩きながらそうきいたガシャポンは、瑛と目を合わせることなく車道の遥《はる》か向こうに目を凝らしていた。

「まあな」

学校の校門を出たところだった。

「なんで」

ガシャポンに尋ねられ、それにどう答えようかと瑛は考えた。部活が終わったのか、級友たちの一団が賑《にぎ》やかに自転車で追い越していき、

「じゃあな」

「また」

ふたりして応え、手を上げて見送ってから、どう話したものか瑛は考えた。

瑛の本音は、ガシャポンもわかっている。その気持ちを隠すことも取り繕うことも無意味で、気がついたとき、

「いま大変なんだよな、うち」

そう瑛はつぶやいていた。

ガシャポンが返してきたのは、遠慮するような、少々重たい沈黙だ。

「お前がそういうんなら、きっとそうなんだろうな」

やがてそんなことをいったガシャポンはしばし黙りこくり、「辛《つら》いよな」、と空を見上げる。

「仕方がない」

瑛はいった。「どんな家にだって事情はあるだろ。それをいったらキリがない」

半分は自分に言い聞かせた言葉だ。

「そうだな――」

ガシャポンは、言葉少なに瑛と並んで歩いている。

黙っていても、ガシャポンが心から瑛のことを心配してくれているのは良くわかる。

そんな親友の存在は瑛には有難かった。

いま山崎家が直面しているのは、正真正銘の窮地に違いない。

だが、その窮地に瑛が出来ることは何もない。

ただ、固唾《かたず》を呑んで、息を殺しながら、成り行きを見守ることだけだ。そして、結果

を受け入れる——。

お互いの家がある古びた商店街が近づいてきた。

「うまく行くといいな」

ガシャポンはそうひと言いうと、ポンと瑛の肩をたたいて、自宅である布団屋へと入っていった。そのどこか淋《さび》しそうな背中が店の奥へと消えるのを見送り、瑛はしばらく店の前に立って、「三原《みはら》寝具店」という看板を見上げていた。

寂れた商店街の布団屋だ。さして流行《はや》っているとも思えないが、それでも息子を大学へやるぐらいの余裕はあるに違いない。

いいなあ、お前は。

それを見上げていると悲しくなってきて、瑛はおもむろに踵《きびす》を返して歩き出す。

自分が何もできない子供であることが、どうしようもなくもどかしかった。

いま自分の周りには、見えないガラスの壁がある。窮屈《きゅうくつ》で、残酷な壁だ。外で起きていることを、為《な》す術《すべ》もなく指をくわえて見ているしかない壁だ。

「うまく行くといいな、か」

さっきのガシャポンのセリフを、瑛は口にしてみる。

そう、ひとつだけできることがあるとすれば、それは祈ることだけなのだろう。祈ってその通りになるのなら、どれだけでも祈ろう。だが、この世の中には、祈りが通じないことがあることを、すでに瑛は知っている。

ただ現実の波に攫《さら》われ、流されていくしかない運命があることもわかっている。果たしてその運命とは、変えることができるものなのか。それとも、どれだけ頑張っても、苦労しても、結局は最初から決まっているものなのか。

瑛にはそのどちらとも判じかねた。そして、自分の無力さがひたすら、悔しかった。

驚いたことに、その夜もまた、工藤が訪ねてきた。

午後九時過ぎのことだ。

父はその少し前には帰宅していたが、工藤の来訪は最初からわかっていたのだと思う。

昨夜と同じように居間へ上げると、すぐに熱を帯びたやりとりが始まった。

瑛の屋根裏部屋の扉を開けていると、「その数字では弱い」とか、「実現可能性」とかいう階下の言葉が、時折、聞こえることがあった。

十二時過ぎになって屋根裏部屋への階段を上ってくる音がしたかと思ったら、ひょいと千春が顔を出した。

「お兄ちゃん、父さんたちまだやってるよ。大丈夫かな」

心配そうな顔でそう告げる。千春は千春なりに、父のことを心配している。

「大丈夫だよ」

千春を心配させないよう、あえて気楽な口調で瑛はいった。「それよかお前、もう寝ろよな」

「お兄ちゃんは？」

千春は、瑛が机の上に広げている問題集を見てきいた。工藤が来てからというもの、まったく手につかないままだ。

いま階下で家の将来を左右する話し合いをしているというのに、勉強などしている気分ではなかった。

「もう少ししたら寝るよ」

瑛は無駄とは思いながらも広げていた数学の問題集に向き合う。打ち合わせをする声はより大きく、ときに興奮を交えて、瑛のところにまで漏れ聞こえてきていた。

一度トイレに下りたとき、工藤と目があった。午前一時を過ぎた頃だ。父が背中を向けて書類を覗き込んでいる。

「遅くまですみません」

工藤が頭を下げた。改めて見るとまだ若く、おそらく二十代前半ではないかと思われた。瑛の兄といっても通る歳だ。

「こちらこそ、お世話になります」

父は瑛と工藤とのやりとりを聞き流したまま、難しい顔をして腕組みをしている。

「やっぱりダメか」

父からそんな言葉が洩《も》れたのは、瑛が部屋に引き返そうとしたときだった。

「契約内容が悪すぎますよ」と工藤。「この内容では相手にばっかり有利で、反論の余地がないですから。山崎さんもこの契約書に目を通されたんですよね」

「オレは技術屋だ。契約書の内容がいいとか悪いとか、そんなことまではわからんよ」

「通用しませんよ、そんなの」

工藤ははっきりいった。厳しい口調だ。父からの反論の言葉はない。「専門だからとか、契約は苦手だとか、そんな言い訳が通用するぐらいなら、裁判所は要りません。今さらいっても何ですが、脇が甘すぎる。いくら費用削減計画を立てても、そうした会社の甘えを撲滅《ぼくめつ》しない限り同じことはまた起きるんじゃないですか」

父は、工藤の叱責《しっせき》とも取れる言葉をじっと聞き入れている。

「すまんな」

やがて小さな声で父が詫《わ》びた。「それについては、社員教育を徹底するように社長に申し入れるよ。それなら融資は受けられそうか」

しばし沈黙が挟まり、ガラス戸越しに書類に真剣な眼差しを向けている工藤の横顔が見えた。

「わかりません」

やがて、その口から期待はずれの言葉が洩れ、父の肩ががっくりと下がる。

「ここまでの書類を作っても、ダメか」

「山崎さん」

嘆息まじりに、工藤はいった。「これぐらいの資料は、別に珍しいものでもなんでもありません。単なる数字合わせの資料を作ってくる会社もありますが、そもそもそんなのは論外です。私は今回の不良が西野専務の個人的な責任だとも思っていないし、まして山崎さんの管理が悪かったわけでもないと思っています。だけど、世間はそう思わないでしょう。山崎さんは優秀な技術者だけど、それに留《とど》まってはいけないと思います。組織を動かすには、その組織の論理があるんですよ。西野さんの会社で、それをやるべき立場にいるのは山崎さんじゃないですか。専務まかせにしたツケといったところで、結局、それを払うのは社員なんです。山崎さんは、もっと積極的に経営に関わっていくべきじゃないんですか」

穏やかな口調だったが、工藤の発言は堂々としていて、芯が通っている。

「オレなんかダメだよ。一介の雇われ人だ」

西野電業は、経営していた会社を倒産させ路頭に迷いかけていた父を拾ってくれた会社だ。社長もその息子である専務も、父にとっては恩人であり、いまの仕事は、慈悲によって父に与えられたものだ。決して自らが動かしていく会社だとは思っていないと思う。

だがそのとき、

「山崎さんは一介の雇われ人なんかじゃないですよ」

間髪《かんはつ》をいれず、工藤は返した。「みんな山崎さんのことを信頼してついてきてるじゃないですか。いま西野電業さんは創業以来の危機に瀕《ひん》しているのに、遠慮している場合ですか」

思いがけず強い口調で、工藤はいった。「明日の朝——いや、もう今日の朝ですか——経営会議があると聞きました。そこで、山崎さんから今回の件を総括し、問題提起してもらえませんか。社内体制を見直してもらいたいんです。それを報告してください。それが融資承認の条件になるはずです」

父は難しい顔をしたまま腕組みしている。

「それを言えば、専務の顔を潰すことになる。今回の件は、オレにも責任があるしな」

「山崎さんひとりに責任を押し付けて解決ですか。それでいいんですか」

工藤は挑むようにいった。「そんなことしたって、何の解決にもなりませんよ」

瑛は、体を硬くして耳を傾けている。

「山崎さん」

改まった声で、工藤は身を乗り出した。「もし、山崎さんが引責退職されるような事態になれば、私は断固としてこの融資に反対するつもりです」

「そうか……」

そういったきり、父の返事は途切れた。胡座《あぐら》を掻《か》いて背中を丸めている父は、両手を膝の辺りに置いたまま俯《うつむ》いている。

瑛はそっとその場を離れ、足早に階段を上がった。

ぽっかり穴の空いた心を揺さぶられている気分だ。

もうダメだ——そう思った。工藤の銀行がお金を貸してくれたところで、父が職を失うことになるのは間違いない。

山崎家の家計はますます苦しくなる一方だ。とても、進学云々《うんぬん》などといっていられる状況ではない。

——じゃあ、何に興味があるんです？

担任の村橋とのやりとりが、唐突に脳裏に蘇《よみがえ》ってきた。

なんだっていい。

瑛は思った。この家を助け、父を、母を楽にできるのなら、どんな仕事だっていい。

「生活のために働いて何が悪い」

瑛はつぶやいた。「いまのオレにそれ以外の何がある?」

## 5

「銀行から何かいってきたか」

西野電業社長の西野義春《よしはる》が経理部長に向けた目には、複雑な感情が入り交じっていた。

いま会社が置かれた窮地に対する危機感と怖《おそ》れ、この事態を招いたことへの後悔と憤り、絶望、そして救済への期待。あらゆる感情が入り交じる中で、唯一欠けているものがあるとすれば、それは反省かも知れない。

「いま工藤氏のところで稟議書《りんぎしよ》を作成中と聞いております」

稟議書とは、一般企業における企画書に相当するものだと思えばいい。

「まだやってるのかよ」

抑えきれない苛立ちを声に出したのは、専務の西野義尚《よしなお》であった。

社長の義春は今年六十九歳、息子の義尚は四十六歳とまだ若い。巨額の損害賠償を請求された磐田電機との取引は、昨年、義尚が独断で話を決めてきたものだ。磐田市内に本社がある上場企業である磐田電機は、取引額こそ大きく、話が決まった当初、向こう十年の収益の柱になると義尚は鼻高々だった。ところがいざ蓋を開けてみると、原価見積もりの甘さから、取引は赤字。功名心から誰にも相談することなく、全てをひとりで仕切った義尚の力不足が図らずも露呈した形になったのである。

挙げ句、いまだ原因不明の不良発生による巨額の損害賠償だ。

これとて、本来は磐田電機内部の技術的な問題である可能性が高いのに、義尚はそれを主張しないどころか相手の要求を鵜呑《うの》みにして反論らしい反論もしていない。

「この前、経費削減計画を出せだのなんだのと言われたから出したのに、いったい銀行は何を考えてるんだ」

エンピツを舐《な》めて作った義尚の計画の信憑性《しんぴょうせい》が低いために工藤が苦労しているというのに、見当違いの怒りを口にしてみせる。

「あの、その件なんですが」

山崎孝造が挙手とともに発言すると、義尚の不機嫌そうな視線が向けられた。「工藤さんから、今回のような事態を防ぐために受注段階も含め、社内体制の見直しをして報告してくれないかとの要望がありました」

たちまち、

「そんなこと、山崎さんがいうことじゃないだろう」

孝造に向けられた義尚の目に明確な怒りが浮かんだ。義尚は続ける。「そもそも、不良は製造部の責任なんだぞ。ちゃんとした製品を出荷していればこんなことにはならなかったのに、それを棚に上げて会社のせいにするのかよ」

義尚の言葉は、そのひと言ずつが孝造の胸に刺さるようだ。

「製造部として事態は重く受け止めております」

孝造は絞り出すようにいった。「これほどのクレームになりながら、未《いま》だに指摘されたメッキ不良の原因がどこにあるのか、解明にまで至っておりません。製造工程や材料、人員も含めなんの変更もありませんでした。停電、異物の混入その他考え得る可能性を検討しております」

義尚は嫌悪感も露《あら》わに、孝造を睨《にら》み付けている。社長は瞑目《めいもく》して腕組みをしたまま、じっと聞いている。

「だからなんだ。製造部には責任がないと、そういうことか」

「いえ、そうはいっていません。過失があるのでしたら、それは当然、責任を負うべきだと思っています。ただ、材料となる基盤は磐田電機側から支給されたものです」

その発言に、会議に参加していた他の部課長たちが、かすかに頷《うなず》くのがわかった。表だってはいわないが、誰もがこのトラブルに割り切れないものを感じている。不良が出れば下請けのせい——それは発注元である磐田電機の横暴ではないのか。

「じゃあ、磐田電機に問題があるとでもいうのか」

「いまさら、同社の検証作業云々をいっても仕方がないことは承知しています。ですから、このようなことが今後起きないよう、受注時の審査体制や条件面の検討を複数の社員の目を通して行うとか、試作段階での検証をみんなで一緒に進めるとか、社内を変えていくべきではないでしょうか」

「それは要するに、オレがひとりで受注してきたから悪いといいたいわけか」

「いえ、悪いといっているわけではありません。今回の件を糧にして、新たな行動指針を作るべきではないかということを申し上げているんです。そのたたき台となるものを作ってみましたので、検討していただけませんか」

工藤とふたりで徹夜で仕上げた書類だった。社長と専務、出席者全員に書類を回す。

「私が思いつく内容は、すべて盛り込んだつもりです。まだ足りないかも知れませんし、至らないところも多々あるでしょう。皆さんの意見を聞いて、きちんとしたものを――」

「要するに、銀行が欲しいと、そういってるわけだろう」

孝造を遮り、専務がいった。「だったら別にこれでいいじゃないか。これに社判を捺《お》して銀行に出せよ。それでいい」

「専務、それでは抜本的な解決にならないと思うんです」

異議を唱えた孝造に、

「責任転嫁だろ、こんなもの」

鋭い一声が発せられた。「不良はウチの製品で出たんだ。なのに製造部門の責任者として謝罪のひと言もない。挙げ句体制が悪いだの、受注のやり方がまずかっただのと、ひとのせいにばかりする。それでいいのか、山崎さん」

孝造は唇を噛んだ。

思い切って提案してみたものの、義尚の反応は、予想通りだ。

磐田電機に対する極度の遠慮、自ら締結した契約書の不備、不採算取引を断行した判断ミス。その責任を、いま孝造ひとりが背負い込まされようとしている。

西野電業は、西野親子の同族会社だ。誰かが損失の責めを負い、責任を取るとすれば、それは社長でもなければ専務でもない。社員の誰か——今回でいえば孝造本人だ。

「それで？」

いま再び義尚が口を開いた。「経費削減計画に、この行動指針を銀行に提出すれば、それで融資は承認されるのか」

尋ねられた経理部長は、慌てて居住まいを正し、

「可能性はあるかと」

心許《こころもと》ない答えに専務は閉口し、社長の顔が天井を向く。

「銀行次第か」

刺々《とげとげ》しくいった義尚は、ちらりと社長と目配せすると孝造に向かい、「山崎さん、こ

の後、社長室に来てくれるか」、そういうや会議の終了を告げた。

社長室に入った孝造を見る社長の目はどこか虚《うつ》ろで、この一カ月ほどで急に老けたように見えた。

一方の専務は、会議での不機嫌を引きずったまま肘掛け椅子に体を埋め、足を組んでいる。

「今回の件、本当に困ったことになった」

おもむろに口を開いたのは、父親である義春社長であった。「山崎さん、あんたにもいろいろ言いたいことはあるだろう。だがそれぞれの思いはどうあれ、数億円の賠償を抱え、うちの会社が危機に瀕《ひん》している現実は現実として認めるしかない」

「交渉してはいるが、磐田電機がなかなか取引再開に応じないんだ」

義尚が苦々しく口を挟んだ。「いまの生産体制に問題があるから、やり方を変えろってな。磐田電機の取引を継続していくためには、それに応じていくしかない。どういうことかはわかるよな」

息苦しいほどの緊張を覚え、孝造はしばし押し黙った。

「辞めろと――ということでしょうか」

その重苦しい沈黙の中、孝造が応える。すぐに返事はない。

「社内体制を変えるべきだと、あんたさっき自分からいってたじゃないか」

義尚は、さきほど孝造が提出した書類をあざ笑うように手に取るや、ぽんとテーブルに放り投げる。「あんたはどう考えてるか知らないが、社内の手続きなんか変えたところで外から見れば同じなんだよ。変わりましたというのなら、責任者を下ろしてきちんとけじめを付けるしかない。それは銀行にしてみたところで同じだと思う」

工藤と議論を重ねてきた孝造にすれば、そうとは思えない。だが、それを主張したところで詮ないことだった。

いま孝造は、ひとり荒野にぽつんと放り出されたような絶望を感じた。それはかつて、自分の会社を倒産させ、為《な》す術《すべ》もなく債権者に頭を下げることしかできなかったときに味わったのと同じ感覚だ。

妻とふたりの子供たちのことを考えると、胃が捻《ねじ》り上げられるような苦痛を覚えた。これからどうやって生きていけばいいのかわからない。社会の荒波に放り出され、その厳しさにただ足が竦《すく》む自分がいる。

辞めます——。

そのひと言を自分が口にするのを促されているかのような沈黙の中で、孝造は両の拳《こぶし》を強く握りしめ、言葉を発することもなくただテーブルの一点を見つめるしかなかった。

ドアをノックする音が聞こえたのは、そのときである。

「社長、磐田銀行さんがいらっしゃいました」

経理部長が顔を出して告げ、ようやく孝造は顔を上げた。社長が慌てた様子で立ち上がるのと、

「お忙しいところ、すみませんなあ」

聞き覚えのあるだみ声とともに支店長の速水《はやみ》が入室してきたのはほぼ同時だ。見れば、その背後に黒い集金カバンを提げた工藤の姿もある。

孝造と目が合うと小さく頷いてみせた工藤は、勧められるままソファの下座にかけた。

「このたびはご迷惑をお掛けしております」

深々と頭を下げた西野親子に倣《なら》った孝造は、

「いや、迷惑ではありませんよ。仕事ですから」

そう受けた速水の鋭い眼差しを見て、これが何か期するものがあっての訪問であるらしいことを瞬時に悟った。

融資を断るつもりか。

同じことを思ったのだろう、西野親子も表情が強張っている。

横に掛けた工藤が鞄《かばん》を開け、黙ったまま資料を速水に手渡した。

それがなんであるか、中味を確かめるまでもない。孝造とともにまとめた経費削減の

計画書だ。

「計画書、拝見しました。我々も今回の融資についていろいろと検討を重ねてきましたが、いま一度、今後の見通しについて伺えればと思いましてね。磐田電機さんとの取引は、今後どうされるおつもりです」

まさに単刀直入の質問である。

「もちろん、継続して取引をしていくつもりです」

義尚が応えると、

「こんな不採算のまま、ですか」

間髪をいれぬ鋭い指摘だ。

「いえ、今後は採算を改善していくつもりですから」

取り繕う義尚に、

「どうやって」

速水の質問は容赦《ようしゃ》ない。

厳しい男だということは工藤から聞いてはいたものの、速水とのやりとりを目《ま》の当たりにするのは初めてであった。

孝造の脳裏を過《よぎ》ったのは、かつて窮地に追い込まれた自分の会社に融資をしてくれと、取引していた信用金庫の支店長に懇願したときのことだ。

あのときの支店長は、「融資はできない」、の一点張りであった。業績の予測をきくでもなく、まして具体的な理由を話すでもない。どれだけ業績が上向く余地があると説明しても、どれだけの書類を提出しても、結論ありきの融資拒絶の前に、そんなものはなんの意味も持たなかった。

銀行は信用できない——。孝造のその思いは銀行審査のわかりにくさに深く根ざし、融資審査に対する無理解とも関係していた。

速水支店長が融資に否定的なことは工藤から聞かされている。

だが、それに拘《こだわ》ることなく、ここでのやりとりで融資を決めようというのなら、それはフェアだと思うのである。

「今後は、採算の悪いものはお断りして、好採算のものを中心に受注していこうと」

「そんな都合のいい話が簡単に実現すると思いますか」

義尚の答えを、甘いとばかり、速水は退《しりぞ》けてみせた。不敵な態度である。だが、その態度には、長年融資現場で数多くの会社を見てきたという自信が滲み出ていた。

この男に、口先だけの方便は通用しないに違いない。工藤が、融資の書類作りに腐心するはずである。

「どうも専務の業績予測は、いまひとつだなあ」

速水からそんな感想が飛び出して、怒りと恥ずかしさに表情を変えた義尚は、

「どこがいまひとつなんでしょうか」

挑むように問うた。

「おい、あれ」

促され、工藤がまた別の書類を取り出して速水に手渡す。

速水は、専務の前でそれを広げてみせた。赤エンピツの書き込みで埋まったその資料がなんであるか、孝造もすぐにピンとくる。専務が銀行に提出した業績予測などの書類だ。

「磐田電機の不採算取引を引き上げ、儲かるものだけを受けられる。専務はいまそうおっしゃいましたね。ならば磐田電機向けの取引は一時的に縮小するはずだ。どこにそうなってますか」

義尚の顎《あご》がぐっと引かれるのがわかった。答えはない。速水が畳みかけた。

「あなたの予測は、ずっと右肩上がりの数字ばかりが並んでいるじゃないですか。矛盾していませんか」

いまや顔を真っ赤に染めた義尚だが、反論の余地もない。

「こういうザルみたいな計画書を出されると融資したくてもできないんですよ、専務」

挑むような口調で、速水は続けた。「あなたにとって事業計画ってなんなんです？ただ銀行を納得させるだけの書類ですか？　それは違いますよ。事業計画というのは、会社を発展させ、成長させるために必要なロードマップなんです。今朝になって、この経費削減計画書を見なければ、今頃、融資はお断りしますと申し上げていたところです」

「酷《ひど》い言われようですが、経費削減計画書だって私が提出したものじゃないですか」

表情をねじ曲げて笑いを浮かべた専務に、速水は黙って計画書を広げて見せた。

一瞥《いちべつ》した専務の顔色が変わり、工藤に問うような眼差しを向ける。

「すみません、頂いた計画書ではちょっと……」

工藤が言葉を濁《にご》す。

「ちょっとなんなんです」

そういいながら、孝造に向けられた義尚の視線には煮えたぎった怒りが見えた。

「拝見しましたが、あれは専務の希望的観測に過ぎないという印象ですな」

工藤に代わり、速水がいってのける。「根拠もなく原材料費を一割カットするだの、外注費を半分にするだの、それで利益になるといわれても説得力の欠片《かけら》もないわけですよ。そんなものは単なる夢物語だ。専務——」

改まった口調で速水はいった。「あなたに本気で会社の将来を予測しようという気持ちがありますか。行き当たりばったりで、目先の必要資金さえ手にすればなんとかなるというお考えだ。そんな会社に融資をして、きちんと返済していただけるんでしょうか。

あなたの書類をいくら精査しても西野電業の将来像が見えてこない。見えてくるのは、経営者としての杜撰《ずさん》なスタンスばかりだ」

そういうと速水は、孝造のほうを向き、

「工藤が自宅にまで押しかけてご迷惑をお掛けしました」

そういって頭を下げる。

西野親子の驚きの視線を受け、「いえ、こちらこそ」、孝造は遠慮勝ちに応じるしかない。

「工藤から聞きましたが、朝の会議で今後の社内体制の見直しについて話し合っていただくことになっていたそうですが」

速水の質問に、気まずい沈黙が挟まる。

「私のほうから提案しておりますので、少々、時間をいただけませんか」

孝造の申し出に、

「わかりました」

速水はいうとぽんと膝を叩《たた》き、「それをお待ちした上で、今回の融資、やらせていただくことにします」

まさかの言葉に、孝造が目を丸くした。

その傍らで、

「ありがとうございます」

社長がテーブルに頭をこすりつけんばかりに礼を言う。

おそらくは断られると思っていたはずの義尚も、「あ、ありがとうございます」、半ば信じられない様子で頭を下げた。

「これも、工藤さんのお陰です。何とお礼をいったらいいか」

再び頭を下げた社長に、

「いや、礼をいうのなら、山崎さんにおっしゃってください」

工藤はいった。「ここ二晩ほど、夜遅くまで山崎さんと一緒に計画を再検討して練り直したんです。昨夜は徹夜で」

「そうだったんですか」

驚きに見開かれた社長の目が孝造に向けられた。

一方の義尚は、唇を噛《か》んだまま横顔を向けている。

「いつも業績好調の会社などありません」

そのとき重々しく速水がいった。「どんな会社にも、もちろんウチのような銀行にも、必ず何かの問題が発生し、時に危機に陥《おちい》ることがある。そんなときにこそ会社の、経営者の真価が問われるんじゃないですか。——正式に稟議を承認したら工藤が〝金消《きんしよう》〟をお持ちします」

金消とは、金銭消費貸借契約書の略である。「工藤から、社長と専務に事務的な確認事項がありますから、もう少々お時間を頂戴しますがよろしいですか。私は次の約束がありますので、ここで」

「わかりました——。山崎さん、お見送りを」

社長に言われ、玄関先にまで速水を見送った孝造は改めて礼をいった。

「助かりました。ありがとうございます。工藤さんにもなんとお礼を申し上げてよいやら」

するると、

「山崎さんには、高校生の息子さんがいらっしゃるそうですね」

意外なひと言に孝造は、

「ええ。今年高三になります」

戸惑いながらそうこたえた。いったい瑛とこの融資がどう結びつくのかわからない。

「工藤ってのは、当行内でも少々変わり種なんですよ」

速水はいった。「あの男はお宅の息子さんと同じ高校を出て、一旦東京の大学に入ったんです」

孝造も知っている一流大学の名を、速水は挙げた。「ところが大学二年生のとき、家業が倒産したもので大学を退学してウチの銀行に入ってきた。高卒の資格でです。できれば息子を大学へ行かせてやりたいと、以前、山崎さんはおっしゃったそうですね。ぜひ、そうさせてやりたい。だから頑張るんだと、工藤はいってました」

孝造はしばし言葉を失った。

工藤とたまたまそんな話をしたのは、去年のことだったろうか。それをいまだに覚えていてくれていたとは。

そのために、夜を徹してこの西野電業を救ってくれようとしたのか。

「そうだったんですか。ありがたいことです。本当に、ありがたい」

胸底から込み上げてくるものを堪《こら》え、孝造は何度も頷《うなず》き、感謝の言葉を口にした。

その孝造の肩をぽんと叩くと、「会社、頼みますよ」、そう言い残した速水を乗せた支店長車が会社の敷地を出ていく。

そのクルマが見えなくなった後も場に立ち尽くす孝造の頬を、そのとき一筋の涙がこぼれ落ちていった。

その夜、父はいつもより早い午後七時過ぎに、自宅に戻ってきた。ちょうど瑛も食事を済ませ、そろそろ部屋に上がろうかという頃である。

昨夜一睡もしていないという父は疲れ切っているはずなのに、その表情には何か吹っ切れたようなものがあった。

果たして会社で何があったのか。それを問う前に、

「なあ、瑛」

父が真っ直ぐに瑛を見据えていった。「お前は大学へ行け」

あまりのことに声がでなかった。

「でも……」

「うちのことは心配するな」

父はいった。「会社は大丈夫だ。父さんも、いままで通り、いまの会社で頑張ることになった。だから——お前は大学へ行け」

「うまく、行ったの」

「なんとかな」

胸のつかえが取れて、すっと楽になった。呪縛の魔法が解け、心を覆《おお》っていた分厚い雲が切れていく。

父は、その日、会社であったことを瑛に語って聞かせた。

社内で厳しい立場にあったこと。速水という支店長の話、その後、考えを改めた社長と専務から水に流してくれと慰留があったこと。そして、工藤のこと。

「工藤さん、悔しかったんだと思うよ」

そのとき父はいった。「せっかく入った大学を辞めて、働かなきゃならなかった。だ

けど、その話をきいて父さんにもわかったことがある。お前も同じ気持ちなんじゃないかってことだ。それをわかってやれなかった。すまなかったな、瑛」

母が出したビールを注《つ》いだコップを置いて、父はいった。「それを、工藤さんに教えられた。今度、あの人に会うことがあったら礼を言ってくれ」

父孝造にとっても、瑛にとっても、そのとき新たな道が眼前に開けた。

自分の力だけでは決して開けなかった道だ。

かつて父は、銀行に全てを奪われたといった。

ある意味、そうかも知れない。

だけど今度は、その忌《い》み嫌い続けた銀行が、孝造を助け、瑛に新たな進路を与えてくれた。

「修羅場をくぐり抜けた気分だよ」

父は震える息を吐き出した。「それにしても、人生ってのはいろんなことが起きるもんだ」

まったくだ。だが、それに人は立ち向かっていかなければならない。果たして自分にそれだけの力と勇気があるだろうか。深い安堵《あんど》に胸をなで下ろした瑛の胸中には、再び開かれた将来への期待と不安が入り混じっていた。

# 第五章　就職戦線

## 1

七月中旬のとある木曜日、立花耕太《たちばなこうた》は東京大学の本郷キャンパスに、恩師である上山《かみやま》雅治《まさはる》教授を訪ねた。

例年よりも長引いた梅雨であったが、昨日の午後は雷を伴う横殴りの雨となって、都内のあちらこちらでは冠水などの被害が出た。

一夜明け、東京の上空は雲ひとつない晴天となり、真夏の到来を思わせる太陽がさんさんと輝いている。

立花は、キャンパスのあちこちにある水たまりが真っ青な空を映しているその美しさに、心洗われるような気分に浸りながら、歩いた。

たまの出張を除き、ほとんどの平日を丸の内の四角いビルの中で朝早くから夜遅くまで過ごしている立花にとって、こうした季節感のある風景を肌で感じるということ自体、あまりないことであった。

正門を入り、少し遠回りをして三四郎池《さんしろういけ》を横に見て歩いた立花は、大学時代を懐かしみながらも、やがて経済学研究科棟の建物を見るとこの日の用件を思って表情を引き締めた。

この日、立花が上山を訪ねるのは、学生たちに産業中央銀行を推薦してもらうことが目的で、これは人事部勤務となって五年も続く恒例行事と化している。

「先生、ご無沙汰しております」

その上山教授の研究室を訪ねた立花は、ドアを入ったところで深々と頭を下げた。

立花が経済学部の学生だったころの上山はまだ助教授になりたての新進気鋭だったが、その後の輝かしい業績によって今では計量経済学の泰斗《たいと》としてその名が知られるようになった。

当然、有名になった上山のゼミには、優秀な学生が集まる。

「君は、年々頭の下げ方が深くなっていくな。いよいよ、本物の銀行員になったか」

散らかり放題のデスクにかけている上山はそういって、立花をからかった。

ちょび髭《ひげ》にごつい顔。大学の先生というより、土木作業のほうが似合いそうに見えるが、これほど頭脳明晰《めいせき》な人物を、立花はいまだかつて知らない。

「私はずっと本物の銀行員ですよ、先生。これ、フルーツゼリーです。お口に合うようでしたらいってください。いくつでも持って参ります」

「おお、いつも悪いな。だが、そう気を遣われるとくすぐったくなる」

「まあそうおっしゃらずに。冷蔵庫に入れておきます」

研究室の冷蔵庫を勝手に開けた立花は、そこに包装紙に包んだままの箱を入れ、部屋の中央にある長テーブルについた。

「もう今年も君が訪ねてくる季節か」

「はい。早いものです。人事部に入って五年目。銀行に入って二十年になります」

デスクを立った上山は、自らコーヒーをいれて出してくれた。安物のインスタントコーヒーだ。

「かくして革命の敗北者は、資本主義の手先に成り下がったというわけだ」

かつて学生紛争にそれなりに没頭したものの、日和《ひよ》って挫折。立花が迎えた最後の学園祭では、橋《はし》本治《もとおさむ》の「とめてくれるなおっかさん」の有名なコピーが躍り、学生たちの間では『ゲバラ日記』が売れていた。もちろん、立花もみすず書房版を購読した口であるが、いま思い返すと、あのときの浮かれたような熱は何だったのだろうと思う。まるで白日夢《はくじつむ》の中であてどなく彷徨《さまよ》っていたかのような青春であった。

立花は胸の奥に浸み出してきた少々ほろ苦い学生時代の記憶を曖昧《あいまい》な微苦笑で誤魔化《ごまか》しながら、「先生、もういい加減、革命の話は勘弁してください。今日は、今年の採用に関するお願いにあがりました」と本題を切りだす。

立花は、産業中央銀行の人事部にいて採用担当の現場を任されていた。肩書きは採用グループ次長だ。

銀行就職を目指す学生からすれば泣く子も黙る権力者に映るだろうが、往々にして欲しい学生にはそっぽを向かれ、要らぬ学生には言い寄られる、そんなジレンマに立花もまた悩まされつづけている。

上山ゼミの学生といえば、都市銀行の採用担当者にしてみればまさに宝の山なのだが、案の定、毎年産業中央銀行に入行してくれるのは、せいぜい一人ないし二人である。

「今年は、三人でも四人でも、採用させていただきたいと思います。是非、先生からご推薦をいただけないでしょうか」

黙ってきいた上山は、いつものことだが、「しかし、銀行になんか入っておもしろいのか」と今年もきいた。

「銀行には銀行のおもしろいところがたくさんあります」

これもいつものことだが立花は背筋を伸ばした。「仕事の間口は広いし、国際部門も急激に伸びています」

「この景気に浮かれていると、いまに痛い目に遭うぞ」

「浮かれているのは銀行ではなく、政府の金融政策のほうですので」

上山の警句は聞き流し、立花は、鞄《かばん》からクリップ留めしたハガキを取りだし上山に見せた。銀行に送られてきた資料請求のハガキの中で、上山ゼミに所属している学生をゼミ名簿からピックアップしたものである。

上山はそれを一枚ずつ見ていく。

「ウチのゼミ生ではないのが混じっているな」

大学教授にはありがちだが、上山もまたざっくばらんに見えて気難しいところがあるので、神経を使う。

「失礼しました」

慌《あわ》てて詫《わ》びた立花に、上山は一枚のハガキを滑らせて寄越した。

全部のハガキを目にした上山は、「ふうん」といって、ひとしきり考え込んだ。

「いかがですか、先生。当行に来てくれるよう、お口添えいただけますでしょうか」

「難しいなあ」

その言葉に落胆しつつ、「そこをなんとか」というと、上山は顔の前で手を振った。

「いや、そういう意味じゃない。君から頼まれれば、産業中央はいいぞ、ぐらいのことはいつでもいってやる。だが、君が本当に欲しい人材が果たして数ある就職先の中で銀行部門を選ぶかどうかが問題なんだ。しかし——いま見た中にピカ一がいるな」

立花は、教授がテーブルに置いたハガキを手にしたままで問うた。「誰です？」

「君の目で確かめてみたまえ。誰が優秀か。その学生については私が口添えしても無駄だ。彼は自分で考えて判断するだろうから。でも、少なくとも資料請求したということは、わずかでも銀行に興味があるということなんだろうな」

ピカ一の学生が誰なのか、立花は気になった。

しかし、上山が解答を口にすることは稀《まれ》である。上山ゼミでは、与えられた課題について学生たちにとことん考えさせる。様々なアプローチが生まれ、結果より手段の独創性が重視されるスタイルだ。

一方、いまの立花は逆だ。経過より結果が重視される。

この就職戦線での産業中央銀行の大卒採用目標は三百人。都市銀行なのだからそれぐらい集めようと思えば簡単だと思うのは間違いで、学生の質を維持しつつこの人数をクリアするのは常に至難の業《わざ》なのである。

とくに、上山ゼミ生のような優秀な学生となると、たとえ就職氷河時代であっても、強烈な売り手市場となる。

「もちろん、いずれひとりずつお話はさせていただきます」

立花はいった。「ところで、他行からは何かいってきましたか」

椅子の背にもたれ、のんびりとインスタントコーヒーを口に運んだ上山は、「以前からそう感じていたが、君のところは殿様商売だ、立花君」と皮肉った。

「都市銀行十二行の採用担当はみんなやってきた。さっき冷蔵庫の中を見て他に貢ぎ物がないから安心していたかも知れないが、実は冷蔵庫に入り切らなくなったため、昨日整理した。まあ、フルーツゼリーは好物だから私が頂くがね。こういう時代だ、旧財閥だと思って油断していると足を掬《すく》われるぞ。看板に胡座《あぐら》を掻《か》いて繁栄できるほど甘くないはずだ」

「肝に銘じます」

就職協定というものはあるものの、いつ採用活動がはじまってもおかしくなかった。協定といっても、あくまで〝紳士〟協定で罰則にはない。採用活動解禁日前にどこかの銀行がフライングすれば、そのときが就職戦線の始まりである。なりふり構っていられるような状況ではない。そのとき、銀行人事部は文字通り戦場と化す。

## 2

第二打を絶好の場所につけたというのに、二メートルほどのバーディパットは、予想以上にスライスしてカップから十センチも離れたところを右へ転がった。

「主将、集中集中」

一緒にラウンドしていた苑原《そのはら》の声に軽く右手を挙げて、階堂彬は無言でこたえる。苑原は、彬が主将を務めているゴルフ部のマネージャーだ。一緒にバイトをしているゴルフ場での練習ラウンド。一般客の最後の組がホールアウトした後なので、背後から追いかけてくる組もない。

夏の夕陽がグリーンに熟れた陽射しを注ぎ、フェアウェイの起伏が美しい陰翳《いんえい》をコースに落としていた。

たしかに、集中は途切れていた。

ひとつのプレーにではなく、ゴルフそのものに。

ゴルフだけではない、ここのところ毎日、なにをしても気もそぞろで、一点に集中するということができない。

就職のことが気になっているからだ。

「いっそのこと、自分んちの会社に入ったらどうだ」

気楽な調子の苑原に、「嫌だね」とひと言。

「オレの人生はオレが決める。家業なんぞに縛られてたまるか」

「だけど、行きたい会社がないんじゃしょうがないだろう。いっそ大学院を受けないか。お前なら上山教授も歓迎してくれるだろう」

大学に残ることは、彬も考えた。だが、研究者として生きていく気持ちはない。経済学の勉強が好きだということと、それを仕事にするということは違う。

「だけど本当に継がないのか、お前んちの会社」

苑原はいつも心の痛点を突いてくる。

「継ぐもんか。さっさと上場でもして誰か他人に社長を継がせればいいんだ」

家業は継がない、ということは常日頃、彬が公言していることであった。

もちろん、父も母もそれには反対で、ことあるごとに衝突を繰り返してきた経緯がある。

ちなみに父からは、大手の商船会社で修業してこないかという話もあった。だがそれは、家業を継ぐのを前提とした話であり、到底、受け入れることはできない。

その日、午後八時近くに帰宅した彬は、玄関にある靴を見て来客を知った。父の仕事関係だろうことは、きちんと揃《そろ》えられた革靴でわかる。

「お客さん？」

真っ直ぐに台所へいった彬は、そこで夕飯の支度をしている母とお手伝いの初江さんにきいた。

「小西さんと中橋さんがいらっしゃってるのよ。大切な話し合いとかで」

小西文郎《ふみお》は、彬の父が経営する東海郵船の常務。中橋もまた取締役のひとりだ。いわゆる経営の中枢にいる人たちで、それがわざわざ日曜日に、会社ではなく階堂家に集まるというのは、ただごとではない。

「秘密の会議か」

そういうと母は心配そうな顔で応接室があるほうの壁を見た。

「大変なことになったのよ。なんでも、大手の三友《みつとも》商船がうちが運航しているフェリーの航路に対抗して参入することを決定したらしいの。そうなればかなりのお客さんを取られるかも知れないって」

冷蔵庫から冷たい麦茶を取り出した彬は、喉を鳴らしてコップ一杯飲み干し、手の甲で口を拭った。

「その対策を練ってるってわけか」

「会社よりウチのほうがリラックスできるだろうというので、午後からずっとよ」

結局その夜、会社の重役たちは午後十時近くまで階堂家にとどまり、今後のことを話し合って、帰っていった。

とはいえ、そう簡単に結論が出る話でもなく、話は持ち越しになったという。そのことを彬は翌日母から聞いて知った。

父の苦悩ぶりを見ていると、以前、祖父が亡くなったときのことを思い出す。相続がらみで、叔父たちに多額の金融資産を渡し、さらにお荷物事業を買い取った。売上げ五百億円の会社でさえ、常にリスクと背中合わせだ。

関係ないさ、と嘯《うそぶ》いてみても、階堂家の一員として彬も、三友商船の新規参入への対抗策をどうするのか、果たしてそれがうまくいくのかどうか、関心を持たないわけにはいかない。それは後を継ぐかどうか、ということとは全くの別問題だ。

そうしたことについて父と話をしたのは、それから一週間ほどした土曜日の午後のことであった。

この日、卒論の準備で大学の図書館へ行っていた彬が戻ってくると、父は珍しくリビングでひとり本を読んでいた。

会社は、土曜日を隔週で休みにしていたが、父が家にいたことはほとんどない。

その父は、彬を見ると本のページに目を落としたまま、「よう」と小さな声でいった。

「大変みたいだね」

父の顔に刻まれた疲労の色を無視できなくて、彬は声をかける。

「聞いたか」

「先週、小西さんたちと話し合ってたじゃない。黙ってても話は聞こえる」

父は本を閉じ、彬ではなく、目の前にある虚空《こくう》を見つめた。

「まさに山あり谷あり――。いや、海運会社だから、凪《なぎ》あり嵐あり、か。だが、今度のはちょっとな」

冗談めかしていたが、事態の深刻さは口調に滲《にじ》み出ていた。

父は膝の上の本をテーブルに戻した。庭には真夏の陽射しが降り注ぎ、明るい自然光で室内は満たされている。

「ウチの客のことは、ウチが一番良く知っている。だが、それだけでは勝てない。迎え撃つためにはそれなりの対策が必要になる」

「対策って、どうするわけ」

「いま、主要航路に就航しているフェリーが古くなっていてね、まずそれをなんとかする。新船を就航させるんだ。それと予約システムの改善だ。百億円程度の投資になる」

東海郵船の売上高を考えると、かなり大きな設備投資だ。

「賭け、だね」

「違う」

父は即座に否定した。信念が滲む顔がこちらを向き、意外なほど強い目線が彬と相対した。

「これは戦略だ。確実に勝てると思うからやる。三百人の社員とその家族をイチかバチかの賭け事で危険にさらすようなことはできない。この投資ができれば、絶対に勝てる」

「そういう結論が出たのなら、もう勝ったも同然ってことだ」

父の自信に皮肉をいってみたくなる。

「いや、そのためにまだ最大の障壁が残っているんでね。それをどうクリアするかが、当面、頭の痛いところだ」

「障壁って？」

彬がきくと、「資金調達」、と父はいった。

つまり、借金だ。

百億円の設備投資とぶちあげてみたものの、それだけのカネを現金で持っているわけではない。

もちろん、都合出来る資金はいくらかあるだろうが、足りない分は当然、銀行などから借りてこなければならない。その借金をどうするかが問題だといっているのである。

「随分、調子のいい話だな、それは」

彬はいった。「カネもないのに、設備投資をすれば勝てるとかさ」

「会社なんてそんなもんだ」

父はそっけなくいうと、「お前、就職はどうした」と逆にきいてくる。

「いろいろ先輩を訪ねて話を聞いててさ」

「先日、パシフィックの社長に会ったら、是非お前をウチに、という話だった。行く気はないか」

またか、と彬はあきれた。パシフィックは、大手運送会社のひとつだ。父は余程、彬

ていた。

しかし、業種にこだわらず幅広く情報収集してきた中に、実はパシフィックも含まれていた。

「あそこは企業体質が古いと思う」

彬はいった。「カリスマ社長のトップダウンで全て決まる会社らしい。そんな会社に一生いるわけにいかないだろう」

父は何かいおうとして口を噤《つぐ》んだ。

いいたいことはわかる。

一生いる必要はない。ウチの会社を継げ——だ。

「じゃあ、どこに行くつもりだ」かわりに、父がきいた。

「ソニック、セントレア自動車あたりが候補かな」

父は黙って視線を落とすと、一旦テーブルに置いた本を手元に引き寄せた。

「大学は四年で終わる。だが、仕事は一生続く。じっくり考えたほうがいい」

「もちろん、そうする」

だが——。

彬のその言葉はその夜かかってきた電話で簡単に否定された。

「階堂彬さんですか」

電話の声に聞き覚えはなかった。

「私、ソニック人事部の高崎と申します。突然ですが、明日、面接のお時間をいただけないかと思いまして電話しました」

面接？　就職協定の面接解禁日はまだ半月も先である。つまり、この電話は明らかな協定破りだ。紳士協定は、どこか一社が破れば皆、破る。

「何時ですか」彬はきいた。

「明日午前八時に弊社七階の人事部までお越しいただけますか。受付で大学名と名前を名乗っていただければわかるようになっています」

相手の口調には、せっぱ詰まったものが感じられた。明日は日曜日だが、一旦就職戦線の火ぶたが切られれば休日も関係ないらしい。

電話を切った彬は、「いよいよ始まった」という気持ちの高ぶりと同時に、一抹《いちまつ》の不安も覚えた。

本当にソニックでいいのか。

その疑問が再び、脳裏に蘇《よみがえ》ってきたからだ。

しばらくすると、セントレア自動車の人事部からも電話があり、午後のアポが入った。同じく、資料請求のハガキを出していたメーカー数社からのアポで、翌日からの予定があっという間に埋まっていく。さらに、その合間に友人たちからの電話が数本。誰がどこに何時に呼ばれたといった詳細な情報が入ってきた。

「彬さん、またお電話よ」

午後十一時前になって、階下から母が呼んだ。

「産業中央銀行人事部の立花といいます。上山ゼミの二期生です」

「どうもお世話になります」

立花の名前は知っている。とはいえ面識があるわけでもなく、ただゼミのＯＢ名簿に、産業中央銀行人事部という肩書きがあって覚えていただけだ。

立花は続けた。

「先日は、資料請求のハガキをいただいてどうもありがとう。少し早いんですが明日の朝、採用のためのセレクションをしたいので、当行までご足労願えないでしょうか」

「明日、ですか」

「どこかもう、入っていますか」

立花の声に緊張が滲んだ。

「ええ。申し訳ありません」

「どちらですか」

少し迷った後、ソニックの名前を告げた。

「銀行がメーンではないんですか」

「業種ではなく、興味のある会社を選んでいます。銀行ならどこでもいいと思ってませんし、産業中央銀行さんに資料請求はしましたが、他行さんにはしていません」

電話の向こうで考えるような間が挟まった。

「わかりました。明日の予定を教えていただけませんか」

面接予定を告げると、「その後で結構ですから、お話しさせてください」と立花はいった。

「でも、遅くなるかも知れません。時間も読めませんし」

「何時でも結構です」

立花も譲らない。「夜遅くになっても、お待ちしていますから、是非、いらしてください」

「わかりました」

そこまでいうのならという気持ちで彬は受話器を置いた。

今年の就職戦線では、景気の好況を背景にどこの企業も大幅に採用者数を伸ばしている。

空前の売り手市場、つまり学生側に有利な状況で、採用する側の企業も必死だ。先方が真剣である以上、彬のほうも生半可《なまはんか》な気持ちで面接に行くわけにいかなかった。

明日は勝負の一日になる。

「わかりました。ご縁があったら、今夜、連絡差し上げます。どうもありがとう」

これが何人目の学生だろうか。

# 3

ホテルの大広間を利用した面接会場には、全部で三十の面接ブースが出来ていた。自分もそのうちのひとつに入りつつ学生の面接を仕切っている立花は、学生の後ろ姿が見えなくなるのを確認してから、面接記録に大きくバッテンを書き、寸評を添えた。知識、能力とも見込みなし——。

初日にして、早くも立花の胸に焦《あせ》りが生まれはじめていた。

昨日の午後、競合他行の朝東《あさとう》銀行が協定破りの面接に学生を呼び出したという情報が入り、急遽《きゆうきよ》リクルーターを招集、一斉に採用面接のアポを入れた。その日だけで、採用人数の十倍近い電話をかけただろうか。

そしてこの日、朝八時過ぎからスタートした採用面接で、立花が面接したのは約二十人。この会場全体には一日で五百人を超える学生が来場したはずであるが、正直なところ、欲しいと思う学生は少ない。面接は、この会場のほか都内四カ所で実施しているが、随時入ってくる途中経過の感触もよくない。

出遅れたか――立花は唇を噛《か》んだ。

立花自身、出身大学の学生を中心に電話をかけたわけだが、上山教授のゼミ生でこの日確実なアポが取れたのはわずか三人しかいなかった。その三人は午前中に他社の面接が入っているといい、万が一そこで採用内定が出されてしまったら、アウトだ。しかも、その可能性は極めて高い。立花の責任問題にも発展しかねない事態である。

上山教授は、資料請求してきた中にピカ一がいると話したが、その後の情報でそれは階堂彬という学生がそうではないかと、立花は睨《にら》んでいた。

ゴルフ部の主将も務める文武両道の人物で、都内の進学校からストレートに東大に入った秀才。東海郵船の経営者一族というのも魅力のひとつだ。

だが、その階堂のことを思い出すと、立花は思わず顔をしかめた。

なんとか来てくれといったものの、はっきりとしたアポが取れなかった。唯一の救いは、競合しているのが銀行ではなくメーカーであることぐらいだが、採用できなければ何の慰めにもならない。

そのとき、またひとり学生がやってきてブースの脇に立った。

サポートする調査役が素早く立花にエントリーシートを手渡す。

「はい、お待ちしていました」

内側の渋面を押さえ込み、笑顔を見せた立花は学生に椅子を勧め、再びこの日何度目かわからない質問を繰り出した。

「どうして当行を志望されるのか、その理由から伺いましょうか」

全ての面接が終了したのは午後八時近かった。

産業中央銀行では、ひとりの学生に対して最低ふたりの行員が面接することになっている。

複数の評価が一致して初めて、当落を決める仕組みだ。最初の面接官がバツをつけても、ふたり目が丸をつければ、もう一回面接が追加され、本人の適性を見極める。

「なかなか、これっていうのがいないなあ」

部下が嘆くのを黙って聞きながら、まったくだと立花は思った。

その集計作業が終了して、いまはもう午後十一時を過ぎている。

人事の採用担当者に夏休みはない。一旦就職戦線が始まってしまえば終電で帰れれば御《おん》の字《じ》。深夜のタクシー帰宅ならマシなほうで、ともすれば泊まり込みになる。

この時期の人事部は不夜城《ふやじょう》だ。

かといってさっさと採用を決めてしまうわけにもいかない。

採用した人材には膨大なコストがかかるからだ。そのコストに見合う者でなくてはならない。

「次長、受付に階堂さんという方がいらしているそうですが」

入行一年目のリクルーターの伝言に、立花は顔を上げた。ずっと気になっていたのだ。

「こちらに上がってもらってくれ。応接室を開けてくれるか。そこで面接するから」

何時でも結構です、とは確かにいった。

思わず壁の時計を見てしまう。

だが、こんな時間に訪ねてくるというのは、予想外であった。

やがてドアがノックされ、戸惑った顔のリクルーターがひとりの学生を連れて入ってきた。

酒と煙草《たばこ》の匂いがした。

「君、酒を飲んできたのか」

立花は元来が気の短い質《たち》だ。一日、学生との真剣勝負に臨んできた。その緊張感、ストレスが、酒を飲んできたという事実にぱっと燃え上がった。

「申し訳ありません」

酒場からそのまま駆け付けたようだが、階堂の見かけは、素面《しらふ》の人間と変わりはない。

「それに、こんなに遅くなるのなら連絡ぐらいして欲しかったな」

再び立花はいった。

「午後からずっとどなたかと面談していましたので、連絡する時間もありませんでした。

その後、役員の方に食事に誘われまして、先ほど解放されたところです。私も時間が遅いので今日は引き上げようかと思いましたが、昨日お電話をいただいた立花さんという方との約束がありましたので参りました」

「立花は私だが」

そういうと、階堂の目にほんのりと怒りが宿った気がした。

「何時でも結構だとおっしゃいませんでしたか」

「いった。だが、こんなに遅く、しかも酒まで飲んだ後にきちんとした面接ができると思うのか」

「不謹慎だというのであれば引き上げます。夜遅くなっても構わないということだったのでお邪魔したまでです。失礼しました」

階堂はすっくと立ち上がり、さっさと部屋を出て行こうとする。

「ちょっと待ちなさい、君」

立花はその背に向かって呼び止めた。「産業中央銀行を志望しているんじゃないのか、君は。だったら話ぐらいしていったらどうだ」

何か言い返してくるかと思った階堂は、涼しげな眼差《まなざ》しを立花に向けてきた。

その目も、落ち着き払った態度も、この日会った学生たちとは明らかに違う。落ち着いて、思慮深い風貌。独特の雰囲気がある。それが高度な知性によるものなのか、あるいは育ちの違いから来るものかはわからない。

立花は、感情的な発言をしてしまったことを後悔した。

確実なアポが取れなかったために、何時でもいいから待っているといったのは他ならぬ自分なのに。

「よく来てくれた」

すっと戻ってきてソファにかけた階堂に、立花はいった。「それで、他社の面接はどうだった」

「セントレア自動車さんから内定をいただきました」

立花は口を半開きにして顔を上げた。

あのセントレア自動車がたった一日の面接で採用を決めるとは、俄《にわか》には信じがたいことであった。業界トップの同社には、優秀な学生がたくさん面接を受けに来ているはずなのに。

「ソニックは」

「明日、役員面接の予定になっています」

「それで、決めるのか」

「いいえ」

階堂はいった。「とりあえず保留するつもりです。他の会社も訪問して、納得の上でお世話になりたいと思っています」

「その条件を、ソニックもセントレア自動車も飲んだのか」

「もちろんです。そうでなければお断りしなければなりません」

「第一志望じゃないのか」

立花は驚きを禁じ得なかった。もし第一志望だといって面接を受けていれば到底そんなことは許されるものではなかった。採用する企業側にも事情がある。来るか来ないかわからない学生に内定の枠をひとつ空けておくなどというのは特別扱いもいいところだ。

それにしても、なんという奴だ。図々しいというか、ふてぶてしいというか。

この日、幾度も繰り返した質問を立花は思い出した。

当行は第一志望ですか、と。

今日面接した全員が、「もちろんです」と明言した。

そもそも、そこで言い淀《よど》む学生がいたら、即刻、面接ではバッテンをつけたはずだ。

「何社か、興味を持った会社があります。就職協定の期限までに興味のある会社の先輩を訪ねるつもりでしたが、その半分もいかないうちにこうして採用面接が始まってしまいました。そんな状態で第一志望だといえるはずはありません」

「わかった」

立花は、面接用の評価シートをソファの脇に放り投げた。「君は当行の先輩に誰か会ったか」

「まだお会いしていません」

「ならば私が君に話そう。私は君のゼミの先輩でもある。ただし、当行は君を引き留めるために無駄な内定を出すなどということはできない。それでいいか」

「もちろんです」

立花は頷《うなず》くと、銀行員生活二十年の知識と経験をふまえ、産業中央銀行について語り始めた。建前ではない。同門の先輩としての本音だ。

その話に階堂は一心に耳を傾け続けた。

**4**

彬は迷っていた。

立花の話は参考になったし、銀行での仕事についておおよそのイメージはできた。だがそれは頭で理解できたというだけに止《とど》まり、実感に欠けていた。一体、世の中にとって銀行とは何なのか？　それを現実のものとして知ることになったのは、それから間もなくのことであった。

「彬さん、パパが産業中央銀行の人たちを連れてきたの。ご挨拶がてら一緒に話を聞いたらどうかって」

階下から上がってきた母の口調が気楽だったので、酒でも飲んでいるのかと応接室へ行くと、予想に反してピリピリとした雰囲気が漂っていた。

応接セットの長椅子にふたりの東海郵船担当者がかけ、真剣な眼差しで父と対峙《たいじ》している。

背を向けている父は足を組み、頬杖をついていた。不機嫌なのはその雰囲気でわかる。

彬が入っていくと、簡単な自己紹介となって一旦、話が中断した。三十代半ばの方が安堂章二《あんどうしょうじ》、少し年若でその部下が保坂《ほさか》と名乗った。どちらも、同行営業本部の行員だ。

今までどんな議論があったのか、彬には想像もつかない。だが、かなり激しい応酬があったらしいことは、それとなく察しがついた。

「君たちに何がわかる」

そのとき父は吐き捨てた。「銀行はいつもそうだ。攻めようとすると金を退《ひ》く。守ろうとすると金を出すから積極経営をしろという。一体、君たちの本音はどこにあるんだ」

疑心に満ち、敵愾心《てきがいしん》すら感じられる態度で、ふたりの銀行員に冷ややかな眼差しを向けている。予想を超える不穏な雰囲気に、彬はすっと息を潜めた。そして悟る。この話し合いに、父が敢《あ》えて彬を呼んだのは、銀行員の現実を見せようとしたからではないか。父は、彬が産業中央銀行を受けたことを知っている。

「社長、私が申し上げているのは、百億円が出せないという意味ではありません」

どうやら安堂らは、父が要請した支援に色よい返事をしなかったらしい。

「新造船の投入はやめたほうがいいと君はいったじゃないか」

「フェリーの投入は考え直していただくほうがよろしいと申し上げたまでです」

「それじゃあカネは出せないといっているのと同じだ。どうせ、うちの体力云々《うんぬん》がといいだすんだろう」

父は刺々《とげとげ》しくいった。だが、安堂はまったく動ずることなくこの一国一城の主《あるじ》と向かい合っている。

「フェリーはやめましょう、社長」

安堂の、真剣そのものの形相が、父に向けられている。先日、話を聞いた同行人事部の立花は、エリートには違いなくてもどこか官僚的であった。だが、安堂が漂わせているのは、まさにビジネスの一線にいる者の厳しさと聡明さだ。

父は黙ったまま、その安堂を見据えている。

「いま東海郵船が投資すべきはフェリーじゃありません。旅客輸送はいまにジリ貧になります。現時点での収益性も低い。他社も同様です。過当競争に参入し続けるんですか」

安堂は真正面から父に問うた。

「だが、ウチは今までそれでやってきたんだ。いまさら業容を転換しろというのか、君は」

「その通りです」

安堂が大胆に言い放ったのには、さすがに彬も驚いた。この男は、歴史のある海運会社、東海郵船の業態を変えろといっているのだ。

「旅客はあっていい。フェリーの航路は維持しましょう。しかし、いま百億円もの投資をする対象はフェリーではない。貨物船です。海外との航路を開拓しませんか」

唖然《あぜん》となった父に、保坂が業務用の鞄から資料を取りだしてテーブルに広げる。既存事業の採算を詳細に分析した資料だった。

これからは旅客は伸びない。代わりに、おそらくは日本の産業の空洞化が急速に進展し、安い労働力を求めてアジア各地に国内メーカーの工場が林立することになる——さらに調査部の資料をもとに安堂は説明する。

「その物流を押さえましょう。いまがチャンスです」

安堂は力説した。

「船種は」

じっと話に耳を傾けた父が問うた。

「パナマックスサイズのバルク・キャリア、つまりバラ積み船を二隻、ケープサイズとパナマックスサイズのコンテナ船を一隻——」

「待った。ちょっと待ってくれ」

父が慌てて制した。「夢でも見ているんじゃないか、君は。一気にそれだけのトン数を埋めるだけの商材がどこにある。フェリーなら観光開発での客寄せでなんとかなると思う。だが、貨物輸送じゃあ注文を埋めるのは難しいんじゃないか」

「いえ――」

安堂は重々しく首を振った。「日本エレキが間もなく深圳《シンセン》に工場設立を発表します。そのうちの二隻を日本エレキの専用船にしていただけませんか。同社ももし御社がそうしてくれるのなら五年間、抱えるといっています」

「五年……」

父は呻《うめ》くようにつぶやいた。それが予想外の条件であることは表情に出ていた。五年間の中期用船契約は、新造船のリスク軽減に役立つからだ。

「いま、表には出ていませんが、大手メーカーを中心に続々と新工場の設立話が出てきています。場所はほとんどアジアで、それにはもれなく海運がついてきます。新造船にかかる日数を逆算すると、いま決断すれば先行者利益が十分に見込めます」

父の黙考が続く中、室内はまるで戦場の作戦会議のように緊迫感に包まれた。

百億円もの投資話を、安堂はいとも簡単にひっくり返してきた。ただそれを否定しただけではなく、それを上まわるアイデアと商談を抱えてきたのだ。

会社経営の根幹に関わる部分に、銀行員がここまで真剣に踏み込むのか――彬は驚きを禁じ得なかった。

同時に、銀行にいって御用聞きをするのか、というソニック役員の言葉が胸に滲んでくる。

御用聞きか、これが?

いま安堂たちが手掛けているのは、まさに会社の将来を賭した真剣勝負だ。バンカーが、アイデアと知識、そして情報を武器に父と互角以上に渡り合っている。

「経営学に〝成功の囚人〟という言葉があるが」

やがて父が静かにいった。「知らないうちに、私もそうなっていたかも知れないな。私だけじゃなく、我が社全体がそのしがらみから抜けきれなくなっていたとも考えられる」

一度成功を収めたものは、逆にその成功体験に縛られ、失敗する。

安堂たちは、その硬化した思考で生み出された経営戦略の弱点を突き、いま考えうる最高の経営戦略を広げて見せたのだ。

その日の帰りぎわ——。

「ああ、人事部の立花が君と会ったそうだね。うちの勝ち目はありそうですか」

安堂が思い出したように彬にきいた。安堂は知っていたのだ。

「どうでしょうか。でも、今日の安堂さんの提案、素晴らしかったと思います」

心からいった彬に、突如、安堂は右手を差し出してきた。

「だったら一緒にやろう。楽しみにしてるから」

隣で父が苦い顔をしたが、もう何もいわなかった。

その手を握り返した彬に、安堂は黙って微笑《ほほえ》むと深々と一礼して帰って行った。

## 5

「先生のお陰で優秀な人材を採用することができました。ありがとうございます」

この日、東大の研究室に上山教授を訪ねた立花は礼をいうと、バカのひとつ覚えで携《たずさ》えてきたフルーツゼリーを冷蔵庫に入れた。

「ほう、もう終わったのか。いつもながら早いなあ」

上山は呆《あき》れたようにつぶやくと、コーヒーをいれてくれる。

「今年は上山ゼミから二名、いただきました。新田《にった》君と階堂君です」

「あのふたりか。いいんじゃないの」

ゼミ生の名前を聞いた上山は、別段驚くでもなくそういうと、「それにしても、階堂君をよく採ったなあ」と立花にとってはうれしい感想を洩《も》らしてくれる。

「ありがとうございます。先生のお陰です」

「私の？　それは違うだろ」

「いえ、ピカ一だとお聞きしましたので、これはもう何がなんでもと思いまして」

「ピカ一？」

上山は先日会ったときのことをすでに忘れているらしい。

「先日おっしゃったじゃないですか。挨拶に伺ったときに」

「まあたしかに、そうはいったけどね……」

「あれは、階堂君のことじゃなかったんですか」

曖昧《あいまい》な返事に、立花は戸惑った。

「もちろん、階堂君は優秀だ。銀行にはもったいないから大学に残れと本当はいいたかったぐらいだよ」

「それは困ります、先生」

立花が苦笑していうと、「冗談さ」と上山はどこか投げやりな笑いを浮かべる。

「昔は大学に残ってくれたような学生がいまはみんな企業に採られてしまう。困ったものだよ。まあ東大に残ったところで、銀行支店長並みの給料が出せるかといわれれば出せないけどね」

「先生、仕事はお金の問題ではありません」

立花は、まるで自身が人事面接をうけているような気分になって模範的な回答を口にした。

「その通りだ」

うなずいた上山に、遠慮がちに立花は尋ねる。

「すると先生がピカ一とおっしゃったのは、新田君のほうですか」

「いや——」

そんなはずはない。こういっては何だが、上山ゼミの〝上澄《うわず》み〟は全て採用したつもりだ。

「じゃあ誰なんです」

立花はきいたが、「まあいいじゃないか」といって上山は取り合わなかった。

上山教授への挨拶はなんとも中途半端な気分のまま終わり、研究室を出た立花は浮かぬ顔でキャンパスに出ると、駅ではなく別の校舎に立ち寄った。

「先日、君の銀行からも講師を派遣してもらった経営戦略セミナーの成績が発表されているから、見ていくといい」

そう帰りがけにいわれたからだ。誰がもっとも「戦略的思考」に優れているかを判断したものだから、という上山の注釈はまだ耳に残っている。産業中央銀行がこのセミナーに派遣したのは、本店営業部調査役の安堂だ。

エントランスを入った横にある掲示板の前に立った立花は、すぐにその貼り紙を見つけた。成績は、提出されたレポートに対してケーススタディを担当した講師五名の評価を集計したものだ。

その発表を眺めた立花は、一位の欄に記された名前を見て、「おや」と思った。

山崎瑛。

経済学部四年とある。

学部生が、並み居る大学院生を抑えてトップに立っている。それを見たとき、立花は思わず、「あっ」と声を上げていた。

山崎瑛という名前に、記憶があったからだ。

最初に上山教授に会ったときである。産業中央銀行を志望しているゼミ生からのハガキを見せた。それを見た上山教授が、ゼミ生じゃない学生が混じっているといって、一枚のハガキをどけた。

「あの学生だ」

そう、たしかあのとき上山は「この中にピカ一がいる」といった。だが、それがゼミ生であるとはいわなかった。

しまった——！

研究科棟を走り出た立花は、キャンパス内の公衆電話を探して銀行の人事部にかけた。

「東大の、山崎瑛という学生と連絡をとってあるか、調べてくれ」

待たされる時間がこんなに長いと感じたのは久しぶりだった。

「資料請求のハガキをチェックしましたが、山崎瑛という学生からのものはありません」

「そんなはずはない。たしかにハガキは――」

あったはずだ、といおうとした立花ははっと息を呑んだ。

手にしていた鞄を開け、その中を覗《のぞ》き込む。

なんということだろう。その底に押しつぶされて皺になったハガキを見つけた立花は、己の失敗に顔をしかめた。

「すまん。わかったからもういい」

一旦受話器を置くと、ハガキに記された山崎瑛の連絡先電話番号に掛ける。

電話がコールを始めた。

夏の陽射しがボックス内に照りつけ、何もしないでも全身から汗が噴き出した。だが、いま立花の汗には別なものも混じっているような気がする。

「出てくれ。頼む、出てくれよ」

立花は祈りにも似た思いで、念じた。

コール音は無限に続くかのように、鳴り続けている。

# 第六章　バンカーの誕生

## 1

「部長、例の研修が近づいてきましたが、よろしくお願いします。楽しみにしてます」

人事部の立花から確認の電話がかかってきたのは、四月二十日の午後のことであった。

また今年もそういう季節か。

丸の内にある産業中央銀行本店、七階にある部長室にいて、羽根田一雄《はねだかずお》はやれやれとため息をついた。

「今年の新人行員はどうなの？」

「いい人材が揃《そろ》ってます」

立花はいった。この男はいつもそういう。

「本当かなあ」

「本当ですよ、部長。人事部のスタッフも、心待ちにしてます。部長の『融資一刀《いっとう》両断』、今年も研修のメーンイベントですから」

「一刀両断ねえ」

思わず笑ってしまった。

この四月に入行してきた新卒の新人行員は約三百名。産業中央銀行では新人に対して毎年三週間に及ぶ新人研修を行《おこな》っているが、その目玉が、最後の五日間をかけて開かれる融資戦略研修である。

新人行員が三人一組になって行われるこの研修は、実戦に近い取引先データを元に与《よ》信《しん》判断――カネを貸すか貸さないかの判断で優劣を競う。羽根田は融資部長としてその講評を担当することになっていた。誰がつけたか、『融資一刀両断』という名前がついている。

トップバンクである産業中央銀行の融資部長といえば、わが国銀行融資の保守本流、まさに押しも押されもしないトップバンカーであり、その講評を聞く栄誉に浴する機会などめったにあるものではない。

しかもそれが入行一カ月にも満たない新人たちの稟議書《りんぎしょ》相手に行われるのだから、新人研修の目玉となるにふさわしい最高のプログラムといって良かった。

たかが新人研修に、融資部長が直々《じきじき》に出馬するなどということは他の都市銀行ではあり得ないことで、いかに産業中央銀行が新人の教育に注力しているかがわかる。

「でも、昨年の就職戦線は大変な売り手市場だったじゃないか」

大量採用時の人材のクオリティは平年に比べると、たいていは落ちる。

羽根田は少しうんざりしていた。人事部の意気込みはわからんではないが、このプログラムには多分に看板倒れのところがある。新人の書いた稟議書などとるに足らないものばかりだし、当たらず障らずのつまらぬ稟議は読んでいて退屈極まる。どれもこれもが教科書を丸写しにしてきたようなお行儀のいいものばかりで、物足りなさを抱えながらの講評となるのが常であった。

メーンイベントだか何だかは知らないが、要するに人事部が欲しいのは、「新人のために融資部長がわざわざ駆け付け、講評した」という事実だけだ。

本来なら断りたい。しかし、それが融資部長職の恒例となっているとなればそう無下にもできないのであった。

「まあ、私も楽しみにしているから」

羽根田は多少の皮肉をこめていった。「あまり期待はしていないがね。それでみんなが喜んでくれるのなら、行きますよ」

## 2

階堂彬の手元に配られてきたのは、売上げ三十億円の中小企業の財務データであった。詳しい会社概要と三期分の賃借対照表と損益計算書及び詳細な附属明細で構成されている。

「みんな手元にデータは行き渡ったか」

クラス担当の小田《おだ》が教壇から声をかけた。

三百人の新人行員は一クラス三十人のクラスに分かれて、三週間一緒に過ごす。それぞれのクラスには、本部から選ばれた調査役という肩書きの有望若手行員が「クラス担当」として張り付けられ、銀行員に必要な基本的な知識と技術を教授するのである。

小田は、産業調査部調査役で、この二週間、階堂彬の所属する「六組」で教鞭《きょうべん》をとってきた男だった。

今年は全部で十クラスに分かれているからクラス担当の数は十人。大勢いる本部の調査役から選抜されてくるだけあって、小田は相当に優秀な男に違いなかった。

「ではこれから、手順について説明するからよく聞いてくれよ」

小田はどこかユーモアのある口調で続けた。「いまみんなには三人一組のチームに分かれてもらった。そのチームで、この会社のデータを分析して、融資をするかどうかの与信判断をしてもらう。つまり、融資の稟議書を作成するわけだ」

融資の稟議書の着眼点や構成などは、すでに今までのプログラムの中で小田は説明していた。他のクラスも皆条件は同じである。

「書く分量などは任せる。実戦形式になっていて、一応、この会社からの申し出は最後のページに記載されている通りだ」

開いてみると、融資希望金額や希望する返済年数などの希望借入条件が記載されていた。

「稟議書の締切りは明日の午後三時。全クラスの稟議書は細かく採点され、順位が付けられる。上位二チームに選ばれたら、そのチームは本店の講堂で行われるファイナルに進出だ。何か質問はあるか」

クラスメートのひとりが挙手をした。

「そのファイナルって、具体的に何をするんですか」

「よくきいてくれた。これがちょっとおもしろい趣向でね。くじ引きで、片方のチームが会社役、もうひとつが銀行役に分かれる。会社チームは財務データを元にして銀行に提出する融資申込書類を作成するわけだ。一方の銀行チームはその提出された書類を元に、融資すべきかどうかの与信判断を行う」

おもしろい、と彬は思った。

「会社チームに対する評価はどういう基準でされるんですか。それで与信判断の技術がわかるんでしょうか」

誰かがきいた。

「いい質問だな」

小田は静かな口調でいう。「結論からいえば、申込書という形であれ、稟議書という形であれ、会社を見る目の優劣は一目瞭然だ。それに――講評を担当するのは、羽根田融資部長だ」

羽根田の名前が出た途端、クラスが緊張したのがわかった。

「この融資戦略プログラムは融資部が全面的にバックアップしているんでね、君らの稟議書はみんな融資部調査役が評価する。いいか、彼ら全員が実戦バリバリの忙しい連中ばかりだ。みんな手を抜くなよ」

いわれなくても、手を抜く奴などいるはずがない。

産業中央銀行に入行した者なら、三週間に及ぶ研修の中で、このプログラムがいかに重要視されているかがわかっているからだ。

ここでの成績は、その後の進路にさえ影響を与えるといわれている。

小田が時計を見た。

ちょうど午前十時にさしかかるところだった。

「時間は明日の午後三時まで。それではじめてもらおうか」

時を同じくして、各クラスに分かれた同期三百人がデータのページを捲《めく》り始める音が聞こえるかのようだった。

新人に課せられた壮絶なダービーがいま、始まったのだ。

## 3

「まあ、典型的な中堅企業ってとこか」

栗原秀介《くりはらしゆうすけ》がいった。

西北《せいほく》大学出身の栗原は、ボート部だったというだけあってがっしりした体のいかにもスポーツマンといった男だった。西北から産業中央銀行には毎年数十人が入行するが、栗原はいわゆる体育会枠で、学業成績は関係なく入行が決まったクチだ。

「この業績なら貸して問題ないんじゃないのかな」

生真面目な口調でそういったのは、高山清彦《たかやまきよひこ》。産業中央銀行には珍しく地方の国立大学出身で、どこか萎縮した雰囲気がある。青白い顔をした童顔で、見てくれもひ弱な印象だ。

ふたりとも真面目だしいい奴だが、「出来る」という印象はない。可もなく不可もなく、といった感じか。

午後八時を過ぎ、研修室には、机をくっつけて検討を繰り広げているチームが他に何組も出来ていた。他の連中は、寄宿舎の部屋や食堂に集まって検討を開いているに違いない。競争意識はいやが上にも高まっていて、白熱した議論があちこちで起きていた。新人研修では、参加者全員が産業中央銀行の寮に寝泊まりしているので、その気になれば二十四時間、与えられた課題に没頭できる環境にある。

それを管理の行き過ぎのように疎ましがる同期もいたが、ゴルフ部の合宿で似たようなことを経験している彬は別に気にはならなかった。入行当初の三週間ぐらいこういう〝疑似軍隊生活〟もいいんじゃないか、程度の考えだ。今回のように時間のかかる課題を与えられたときには、便利だ。

彬は、まとめあげた手元資料に視線を落とした。

モデルの企業はいっぱしの中小企業といっていい規模だが、その売上げは年々減少しつづけている。それにつれて利益額も減少し、先期は一千万円程度の赤字。「ジリ貧」である。

「どう思うよ、階堂」

栗原に尋ねられ、自分でおこなった財務の分析シートをデスクにおいた彬はこたえた。

「三十億円の売上げで一千万円程度の赤字はそう大した話じゃないだろう」

「じゃあ、貸すことにしておくか」と栗原。

判断すべき申し出の内容は、一億円の融資、五年の分割返済というものだ。

銀行にとって、融資するかしないかは、きちんと返済してもらえるかどうかの判断といってよく、それは個人が金を貸すときと全く変わらない。相手にくれてやるのならともかく、返してもらえない金を貸すバカはいない。

「理由付けが問題だな。赤字の額が大したことないからという理由だけで貸すことにしたらオレたちは絶対にファイナルには残れないぜ」

彬はいった。

この融資戦略プログラムの参加チーム数は約百。そこでトップになるためには、ありきたりな分析と結論では無理だ。

「たとえばさ、この赤字が来年も続くかどうか、オレたちはまだ検討していない」

「あ、そっか」

虚《きょ》を衝《つ》かれたように、栗原がいった。

「一通りの財務分析はしたけれど、それをどう解釈するかという問題も残っている。たとえば、この会社は売上げが三十億円あるが、借金も七億円ある。いま一億円貸せば八億円の借金になる。果たしてそれは多いのか、少ないのか。自己資本比率も問題だ」

彬は続けた。「十五パーセントしかない」

「それは少ないよね」

高山がやはりどこか気弱な声を出す。

自己資本比率というのは、会社の全資産に対する自己資本、つまり元手になっている金額の割合のことだ。

「製造業の自己資本比率の理想値は三十パーセントだもん。その半分しかない。これでは財務の安全性が高いっていえないよね」

彬は頷《うなず》き、続けた。

「たぶん他のグループは、その辺りの妥当性をきちんとまとめてくるだろう。でも、それだけじゃあ、トップには立てない。もっと検討事項を増やすんだ。できるだけ多く」

「たとえば？」

栗原がきいた。

「なんでもいい。まずこの場で思いつくことを片っ端《かたぱし》から上げてみよう。この会社の技術力はどの程度なのかとか、業界の動向はどうなっていて、今後伸びるのか衰退していくのかとか。貸出金利の水準はいくらにするのが適当かとか、担保はないか、とかさ。いろいろあるだろう」

「なるほど」

ふたりは、少し尊敬の入り混じった眼差《まなざ》しで彬を見た。

「まだ時間はある」

彬は提案した。「これから、どんなことを検討すべきか、とにかく出来るかぎり多くあげるんだ。これ以上無いってぐらいに」

「でもさ、実戦でそこまでやる必要あるかな」

栗原が異論を述べた。「だいたい、融資係は時間に追われていて、ほとんど寝る間もないって話じゃないか。ひとつの会社にそんなに手間暇かけるかな」

「これは実戦じゃない、研修だ」

彬は断言した。「だからやる。それに、実戦でも時間があれば徹底的に検討するはずだ。違うか」

「まあ、それはそうかもな」と高山。

「検討事項の数とボリュームで勝負しようってことだな、階堂」

栗原も了承し、「ようし」というとレポート用紙を広げて、思いつくままに検討すべき事項を書き出しはじめた。

「よし、これから一時間、各人思いつく切り口や視点を書き出そう。一時間経《た》ったら持ち寄って実際に検討すべき事項とそうでないものを分ける。いいな」

「オッケー」

栗原がいった。高山は黙々とボールペンを動かしつづけている。

ファイナルに残ってやる。

彬は思った。

それだけの自信はもちろん、ある。

## 4

出来上がった稟議書は、五十ページを超えた。

ありとあらゆる検討を加えた、渾身《こんしん》の稟議だ。

下した結論は「融資見送り」だ。

クラス毎《ごと》に行われた検討会で、彬らの稟議内容はまさに絶賛を浴びた。内容を発表した後、どこからともなく湧き上がった拍手と賛同の声を、彬は当然のこととして受け入れた。

「よくここまで調べて検討したな」

小田が驚くほど、その稟議は周到なものであったからだ。融資はやるかやらないかの二通りしかないから、「見送り」の結論を出したチームも少なくはなかった。しかし、業界動向や社内外の経営環境、それを踏まえての今後の見通しにまで踏み込んだものは他に無かった。

みんな、そこまでの視野の広さを持ち合わせてはいなかったからだ。

その意味で、少なくともこのクラスではぶっちぎりの勝利を収めたことになる。

「よくやった」

小田はいい、発表の終わった彬たちの稟議書を教壇の上にどんと積み上げた。内容もさることながら、ボリューム的にも彬たちの稟議書を凌駕《りょうが》する存在は現れそうにない。実際、それから先にも何チームかの発表が続いたが、どれも彬には物足りなかった。それは小田が述べる簡単な感想にも表れている。

全ての発表が終わると、小田は段ボール箱にクラス全チームの稟議書を入れた。

「これから人事部と融資部の合同チームが君たちの稟議書の採点に入ることになってる。たぶん、彼らは徹夜。ご愁傷様《しゅうしょうさま》だ。ちなみに選考は三次まである」

ざわっと教室がざわめいた。重要なプログラムだとはきいていたが、そんなに念入りにやるのか、と驚いたのだ。

「一次のセレクションで三分の一にまで絞られ、二次では十本にまで絞る。三次でファイナルに進む二チームの稟議書が選ばれる。この中からファイナルに残るものが出てくることを祈ってるよ。みんな、ご苦労さま」

そういうと小田はちらりと彬に一瞥《いちべつ》をくれ、そのクラスから出て行った。

その結果は、翌日の午前十時に発表され、研修所の廊下に張り出された。

それがどうであったかは、見に行く前にわかった。

栗原が息を切らして走ってきたからだ。

「おい。おい、階堂。オレたち、残ったぜ！」

「そうか」

冷静な口調だが、彬の胸にも滲《にじ》み出るように喜びが湧き上がってきた。あれだけやったのだから選ばれるはずだと自分に言い聞かせてはきたが、実際に結果が出るまで確信は持てなかった。なにしろ、産業中央銀行には、各大学のトップクラスの学生たちがひしめいていたからである。

「喜ぶのはまだ早い、栗原」

彬はいった。「まだファイナルがある。それにも勝とう」

〝ファイナルに残ったチームは午後十二時四十五分に第一会議室まで〟

貼り紙にはそうあった。

栗原と高山の三人で行くと、そこにはファイナルに残ったもうひとつのチームが先に来ていた。

「やあ、階堂」

中のひとりの顔を見た途端、彬が口を開くまえに向こうから声をかけてきた。こいつか。内心の驚きはすぐに納得に変わり、さらに警戒に転じた。

こいつなら、ファイナルに残って、当然だ。

「よう、山崎」

彬はいい、円卓を挟んで反対側に三人並んでかけた。「お前のチームだったのか」

「君らの稟議書、よく出来てたらしいね」

どこで聞いたか山崎がそういったとき、ドアが開いてひとりの男が部下を従えて入室してきた。階堂も知っている、人事部次長の立花だ。

「みんなご苦労さま」

立花は着席すると同時にいい、「それではファイナルの手順を説明するから、よくきいて」

「君たちのどちらかが、これから融資を申し込む会社の役、片方が銀行の融資担当者の役だ。会社役になったチームは、今日これから渡す財務資料をしっかり読んで融資申込書を作成する。一方の銀行役は、明日その融資申込書を分析して融資の可否を見定め稟議書を作成する。持ち時間はそれぞれ八時間だ。それぞれが、割り振られた役になりきって頑張ってくれ。ファイナルに進出した君たちのチームは、検討場所としてこの会議室を利用してもらう。何か質問は？」

山崎のチームのひとりがすかさず挙手した。

「私たちがそれを作成している間、他の人たちは何をしてるんですか」

それで会議室に笑いが混じり、緊張が少し解け出していく。立花も笑い、

「各クラスもまた会社役と銀行役に分かれて君たちと同じ課題に取り組むことになってる。君たちも初日は会社役が融資申込書を作成し、銀行役は卒業テストを受けてもらう」

えーっ、という声が最初の質問者から上がった。

「二日目は、その逆。会社役がテストで、銀行役は稟議書作成というスケジュールだ。で、三日目はこの研修所から本部ビルの講堂に移動し、君たちには壇上に上がってもらい討論会を行う。それには羽根田融資部長も参加し、講評していただくことになってる」

質問はないか、という顔で立花は全員の顔を眺めた。「よし、じゃあ役割を決めよう。クジをひいてくれ」

彬のチームは栗原がひいた。

会社役だ。

「じゃあ、銀行役の諸君は退席してくれ」

軽く右手を挙げ、山崎たちが席を立っていく。全員の姿が見えなくなったところで、

立花はもってきた封筒から模擬会社のデータを取りだした。百ページ近くもある分厚い資料だ。財務から資産、社長個人のデータまで、すべてが網羅されている。

「実はこれ、本物の会社データだ」

立花はいった。「名前は日本工業と変えてあるがね。生《なま》データに近いから取り扱いには気をつけてくれ。それと絶対に、銀行役には見せないように。これから午後九時までの八時間が君たちの検討時間だ。期待してるからな」

立花が立ち上がったとき、時計はちょうど午後一時を指していた。

その背中を見送り、彬は、実在する会社のものだというデータを見てみた。

真っ先に目を通したのは、損益計算書だ。売上げや経費、利益状況などが記載されている書類である。

「これは……」

彬は思わず唸《うな》った。他のふたりも唖然《あぜん》として黙り込んでいる。

売上げは十五億円と比較的小さな会社である。

問題は業績だ。

二期連続の赤字。三年前は黒字だが、四年前は赤字。五年前は黒字——つまり、赤字と黒字を交互に繰り返しているような低迷した業績だったからである。

「なあ、階堂。このデータ、いくら借りろとは書いてないぞ」

栗原が戦《おのの》くようにいった。

「まさか」

全ての書類を見てみたが、その通りだった。「申し込みの額も自分たちで決めろってことか」

「これは難しいよ、階堂君。銀行役のほうが有利なんじゃないか」

いや、そんなはずはない。

こんな会社から融資を申し込まれて即断できるはずはない。あの山崎瑛にしたところで、きっと迷うはずだ。

「どうする、階堂」

「やるしかないだろ」

彬はいい、もう一度その書類を見直していく。仕入れの伝票と支払い予定の経費、入金予定を書き付けた書類が混じっていた。

「資金繰りも自分たちでやれってことか。ちょっと待てよ――」

それを簡単に仕訳し、電卓を入れていく。

二度計算し直してから、彬は顔を上げた。栗原と高山がこっちを見たまま言葉を待っている。

「この会社、放っておくと来月ショートするぞ」

彬はいった。

「マジ？　いくらだよ」

栗原も必死になって資料をひっくり返している。

「ざっと見て、三千万から四千万円ぐらい。預金と入金予定だけじゃあ、支払い予定額が賄《まかな》いきれない」

「げっ」

いったものの、栗原は何度も電卓を入れ直しては首を傾《かし》げていた。たまにおもしろいアイデアは出してくるが、正確性を要する作業は苦手なタイプだ。むしろ、高山のほうがその点、優れている。その高山は、すでに資金繰り表を作成しはじめていた。三人でデータの整理をはじめる。

作成したのは過去六カ月、向こう六カ月の資金繰り表だ。

作表を終え、重い沈黙に包まれると、やがて高山が困惑したようにいった。

「来月、約四千万円、ショート」

つまり、金が足りなくなる、という意味である。「少なくとも、それ以上、融資を受けないとやっていけないってことか」

すでに三人の検討は始まっている。

「来月までならまだ時間があるじゃないか。換金できる資産があるかも知れない」

栗原らしい創意を感じるセリフに彬も頷いた。

三人とも、この会社の状態で四千万円もの融資の申し込みが難しいことを直感している。

融資を受けようとすれば、申込金額を極力減らしたほうがいい。会社役としては、銀行まかせにした融資申込書では勝ち目がないとわかっているからである。

「だけど、この業績じゃあ、いずれにせよ長続きしないんじゃないか」

彬はいった。

業績はジリ貧。業種は金型《かながた》製造業となっていて、華々しく伸びていく業界とも思えない。それに加え、体力以上の返済に苦しんでいる。正直なところ、預金がいくらあってもおっつかない状態だ。

「オレたちが経営者なら、どうする？」

彬はふと口にした。ふたりがはっとした顔でこちらを見た。そのふたりではなく、会議室の虚空を彬は眺め、そして繰り返した。

「もし、オレたちがこの会社を経営していたとしたら、どうすると思う？」

ある考えが彬の胸に浮かんだのはそのときだった。

「何かいいアイデアでもあるのか」

きいた栗原の顔を、彬は見つめ返した。

「うまくいくかどうかはわからないが――オレにひとつ、考えがある」

## 5

「羽根田部長、そろそろお時間です」

顔を出した秘書に、「はあい」と生返事《なま》をしてから、羽根田はゆっくりとデスクの上に広げた書類をまとめて未決裁箱に入れた。

それを見ていたかのようなタイミングでドアがノックされ、人事部の立花が顔を出す。

「お迎えに上がりました」

「君、自分が迎えにこないと私が逃げてしまうとでも思ってるだろう」

羽根田は冗談を飛ばしながら上着の袖《そで》に腕を通し、立花と連れだって本店地下一階にある大講堂へと向かった。

「あのファイナルの会社のデータ、見たか」

そのエレベーターの中で、羽根田は少し悪戯《いたずら》っぽくきいた。

「見ました」

と立花。「部長の人の悪さが如実に表れていましたね」

こいつ。かつて直属の部下だったこともある立花も、羽根田に負けず劣らず口が悪い。

「あれじゃあ、融資を申し込むのも躊躇《ちゅうちょ》してしまいますよ。貸す側も同様でしょう」

「で、出来はどうなんだ」

立花は、ファイナルに残った二チームの内容について知っているはずだ。

ところが立花が首を振った。

「それがわからないんです」

「わからない？　どういうことかね、次長。君は、自分が目を通していない書類を私に見させようというのか」

「いえ、そうではなくて、今年のファイナルチームから申し出がありまして、自分たちの融資申込書は、銀行役のファイナルチームだけに見せたいといいまして。本番まで開示を拒否したんです」

「ほう。そんなことをいってくるなんて、面白い新人だな」

意外な話に、羽根田は興味を抱《いだ》いた。

「部長、東海郵船ってご存知でしょう」

「ああ、知ってる」

「その階堂社長の息子からの提案です。人事部内で検討したのですが、まあ実戦形式ですし、ファイナルチームとしては従来と比較してもかなり優秀ですから、要望を聞き入れてやろうということになりまして」

羽根田は思わずにんまりした。楽しいことになりそうな予感がする。

やがてエレベーターが地下一階に到着し、羽根田が講堂へ入った途端、全員が立ち上がっての拍手が起きた。いつもの演出だが、まるで自分が頭取にでもなった気分で、内心うきうきした気分になる。その拍手は、羽根田が登壇し、審査委員長席にかけるまで続き、次長の立花が司会用のマイクの前に立つと同時に止《や》んだ。

「それではこれから、融資戦略プログラムのファイナルラウンドを始めます。まずファイナルに残ったふたつのチームをみんなに紹介しましょう」

三人ずつふたつのチームがちょうど向かい合うような形ですでに壇上に控えていた。同期入行三百人の羨望《せんぼう》にも似た眼差しを受けながら、ひとりずつ立花から紹介されていく。

「まず、階堂彬君」

羽根田は目を細めて、立ち上がった男を見た。すらっとした長身だが線の細さは微塵《みじん》も感じない。落ち着き払って会場の聴衆を見つめる様《さま》は、将来の幹部候補であることをはっきりと印象づけるものだった。

続いてあとのふたりが紹介され、次に、もう一方のチームへ、立花の紹介は移っていく。

「山崎瑛君」

不思議な男だな、と羽根田は思った。立ち上がって羽根田に会釈《えしやく》した男は、なにか温かい魅力に溢《あふ》れているような気がしたからだ。こんな場面でそんな印象を抱くのもヘンかも知れないが、優しさのようなものが滲み出ている男だった。あとのふたりも続いて紹介され、それで六人のファイナルメンバー全てが出そろったわけだが、何もきかなくても、羽根田にはそれぞれのチームで誰がリーダーなのかわかる気がした。

手元の資料に、そのふたりのプロフィールがあった。

階堂彬と山崎瑛。

彬と瑛、か。アキラ対決だな、と諧謔《かいぎやく》趣味の脳はつまらないセリフを運んでくる。

名前だけじゃなく、ふたりに共通しているのは、目だと羽根田は思った。

ふたりともいい目をしている。気負いのない、澄んだ目だ。

「それでは日本工業の経理部長は誰かな——」

立花のセリフに会場内から笑いが湧き上がった。

そうそう、これは本気の学芸会だ。会社対銀行。ここにいる三百人は、これからずっと、おそらくは銀行を退職するその日まで、その構図の中を生きることになる。

立ち上がったのは階堂彬だった。それを見て立花が続ける。

「おっ、それでは階堂部長、御社の訪問の目的からお願いできますか」

立花もなかなかの演技派だなと呆《あき》れながら、羽根田は階堂に視線を移した。

「ご紹介いただきましてありがとうございます。本日の目的はずばり、私どもも日本工業へ産業中央銀行さんから融資をしていただくことです。ではまず、私どもの業績を説明し、次に希望融資額を書き付けた書類を作成して参りましたので、それをご覧いただきます」

融資部長の羽根田、総出の人事部スタッフ、そして同期入行者たちの視線を受けつつ階堂が淀《よど》みなくいうと、それを合図に会場内に資料が配付された。

羽根田のところにも来た。

ずっしりと重たい資料だ。

「八時間という時間内に作成したにしては、相当のボリュームだな」

そんな感想を抱きつつ、表紙をめくった羽根田は、一瞬、我が目を疑った。

そこには日本工業側の――つまり階堂らのチームによる希望融資額とその条件が記されている。

希望融資額七千万円。

返済期間五年。

担保なし。

「気は確かか！」どこをどう突《つつ》けば、こんな大それた金額が出て来る？

思わず顔を上げると、何か情けないような顔の立花と目があった。

なにを考えてるんだ、この階堂という男は。今年はいい人材が揃ってるなんて誰がいった?

羽根田がファイナルの課題に差し出したデータは、羽根田自身がかつて支店長時代に担当した会社のものだ。

その会社は追加の融資を申し込んできた三カ月後に倒産し、羽根田は銀行員人生で唯一の貸し倒れを食らったのだった。幸い損失額が少なく羽根田はその後も出世を続けることができたが、もし羽根田がこの会社の申し出通りの融資をしていたら、いまの部長職は無かったかも知れない。

そのときこの会社が申し出てきた融資額は四千万円で、羽根田はその融資を断ったのである。

この事実以上の回答があるはずはない。

羽根田は、先ほど抱いた階堂チームへの期待が急速に萎んでいくのを感じていた。

このチームは、この会社が果たしていくら必要なのかという資金繰りすら間違えているではないか。

それなのに、こんなに分厚い申込書など作成してきて、どうせ中味も下らないに違いない。

案の定、会場からは「えーっ」という声が漏れ、その声はしばらく収まらなかった。

ファイナルチームを除く全員には、すでに模範回答が配られている。羽根田よりも前に来てこの壇上に控えていた融資部関係者も顔をしかめている。

それはないだろう、とその表情はいいたげだった。

「それでは説明させていただきます」

そんな羽根田と会場の思惑などまったく意に介さず、階堂は続けた。

「弊社は、長年、精密機械金型製造を手掛けてきましたが、このたび、念願のヤマト電気産業さんとの新規取引が成立し、それによって前期比約二億円の増収となり売上高十六億八千万円。利益も三千万円の増益の経常利益八千万円となります」

羽根田は、なにか自分が夢でも見ているのではないか、と疑った。

それとも、耄碌《もうろく》して耳が悪くなったか。

増収増益だと⁉

「おい、立花次長」

目を丸くしてマイクの前に立っていた立花を小声で呼んだ。戸惑いを浮かべ、中腰でやってきた立花にきいた。

「君、私が出した課題、正しく渡したんだろうな」

「もちろんです」

立花は自分にかけられた嫌疑を否定すると、ひび割れたような眼差しになって羽根田に耳打ちした。

「財務データが添付されています。ご覧ください」

「それがなんだ」

「ご覧ください」

立花が重ねてそれだけいい、司会の席へ戻っていく。

なんのことかわからないまま羽根田は、分厚い申込書をめくったところで絶句した。

数字が違う！

そこに記載された数字は、羽根田が渡した元データとはまるで違っていた。

「これは――」

羽根田は、涼しい顔をしてマイクを持っている階堂に驚愕《きょうがく》の視線を向けずにはいられなかった。「粉飾してるじゃないか！」

だからか――。ようやく羽根田は納得した。

自分たちの融資申込書を本番まで開示したくなかったのは、粉飾の事実を完全に隠蔽《いんぺい》し、漏洩《ろうえい》させないためだったのだ。

なんて奴だ、この階堂という男は！

階堂のチームは、羽根田が与えたデータを粉飾し、利益が出ていないのに新規受注をでっちあげて利益が出ることにしているのである。

そのとき羽根田は、体の芯からこみあげるような身震いを感じた。

おもしろい！

まさか、自分のデータがこんなふうに利用されるとは思っていなかった。だが、もし日本工業の経営者に悪意があり、産業中央銀行を騙《だま》してでも融資を引きだそうとするのなら、こういう粉飾はあり得る。

いままた、さざ波のようなざわめきが会場を覆《おお》い尽くそうとしていた。

「しーっ！」

そのとき、階堂が口の前で指を立てるのが見えた。「みんな黙ってくれ。何も話すなよ。頼むっ！」

どっと笑いが巻き起こった。客席にいる新人たちはもちろん、羽根田が出した元データの内容を知っている。階堂チームの申込書が粉飾してあることに、ようやく彼らも気づいたようだ。にやける顔や、唖然として見つめる顔、どうなるかと息を呑んでいる顔、会場中の人間が様々な感情を乗せた眼差しを壇上に向けてきている。

いまこの粉飾の事実を知らないのはこの会場に三人しかいない。

銀行役ファイナルチームの三人である。

羽根田はいましも自分がその席にかけていたらどんな結論を抱えているだろうかと考え、階堂チームが作成した資料を仔細《しさい》に点検して見た。

一通りの数字を見終わった羽根田は、己の中で驚愕が広がっていくのを禁じ得なかった。

この粉飾は、よく出来ている。

羽根田自身、いままで幾度本物の粉飾を目の当《ま》たりにし、見破ってきたか知れない。

だが、この資料を見ただけで、これが粉飾だと見破るのは至難の業だ。

羽根田の思惑《おもわく》を他所《よそ》に、好奇の入り混じった全員の視線を一身に受けた階堂は、淡々と自社の業績を誇示し、いまようやく必要経費の説明に入るところであった。

「このように新規受注により弊社では増加運転資金が発生することになりまして、御行に融資をお願いしたいと思います。そこにあります通り、希望融資額は七千万円。ぜひとも、前向きにご検討下さい」

階堂が着席すると、会場内は一瞬、水を打ったように静まりかえった。

困惑の表情を浮かべた立花は、この申込書に事前に目を通して欲しくないという階堂らの要望の意味を噛《か》みしめているはずだ。

これが、この『融資一刀両断』始まって以来の企《たくら》みであることは間違いなかった。

だが、それぞれに会社役、銀行役という役割を振り、役になりきって実戦的な書類作成を命じたのもまた人事部なのだ。

階堂チームの作成資料は、その人事部の揚《あ》げ足を取るような奇策だ。いや、奇策とはいえ、実際に起こる可能性は多分にある。その意味で人事部にしても、怒るに怒れない状況のはずだった。

「階堂君どうもありがとう。それでは、次に——」

立花は、ちょうど斜め後ろに並んで着席し、出番を待っていた銀行役の三人を振り返った。「銀行チームの融資課長は誰かな」

挙手したのは、やはりというべきか、山崎瑛だった。

「融資課長の山崎です」

回ってきたマイクを手にすると、落ち着き払った山崎の声が会場内に響いた。

「まずはじめに、私たちの結論を先に申し上げます」

羽根田は腕組みをして目を瞑《つむ》った。立花がじっと前を見つめたまま動かない。その視線は、会場の新人たちに向けられているのでも、何か別のものを見つめているのでもなく、ただ何もない空間を射ているだけだ。

それは、想定外の暴走をしているこの研修の顚末《てんまつ》を悔《く》いているようでもある。

そのとき、山崎が続けた。

「私たちの結論は——」

羽根田は瞬《まばた》きすら忘れて息を呑んだ。「融資見送りです」

## 6

山崎の言葉が響いた途端、これまで以上のざわめきが講堂の空気をふるわせた。

見送り？

承認しないというのか、この申し出を？

「みんな静かにして。――山崎君」

そのとき立花が声をかけた。「どうして、見送りなんだ。増加運転資金なんだぞ」

その言葉には、階堂チームの粉飾がいかに優れているかを認めているような響きが入り混じっていた。

「いいえ」

そのとき、山崎はじっと自分を見つめる階堂を真っ直ぐに見ていた。「この申込書に添付されている財務データは、粉飾です」

今度こそ、誰も、何もいえなかった。

数秒間、講堂の中は無人になってしまったかのように静謐《せいひつ》の底に沈み、全員が石膏《せっこう》で固められたかのように動きを止めた。

その静けさを破って、ひとつの問いが羽根田の耳に届いた。

「どうしてわかった」

階堂だ。

「君は、在庫を増やしただろう」

山崎がこたえた。

階堂は質問の意図を汲《く》み取ろうと山崎を凝視している。

「売上げが増えれば仕入れも増える。在庫だって増えるだろう。金型の値段はひとつ何千万円もするんだぞ」

「知ってる」

ふたりの問答を、全員が息を呑んで見守っている。「だけどね、金型は日本工業の在庫にはならないんだよ」

階堂から返事はなかった。山崎は続ける。「金型の所有権は、依頼主にあるのが一般的だ。つまり、それを作成した日本工業のものではなく、あくまで依頼主の資産なんだ。日本工業はただそれを預かっているに過ぎない。その意味で、一昨年までの日本工業の財務処理は正しかった。でも、去年の処理方法は明らかに不自然だ。それをきっかけにして、我々は二億円弱の売上げ増という事実の信憑性《しんぴょうせい》をつきつめていった。君らは仕入れにも手を加えていて、それはなかなかよく出来ていた。だけど、こうした粉飾には必ず最後に問題が残る。利益の行き先だ。売上げが増えて利益が出れば、その利益はどこかに蓄積されなければならない。普通は新たな投資か、預金に残るか、どちらかであることが多い。だが、その処理は粉飾の仕上げとして、もっとも難しいところだ。君らはそれをいろんな勘定科目に分散させてごまかそうとしたフシがあるが、そこには明らかに不自然なものも含まれていた」

階堂はあっけにとられた顔を山崎に向けている。

「不自然って、何が」

「現金」

山崎の口から漏れた途端、羽根田はあっと声を上げそうになった。

さきほどは見逃していたが、階堂が作成した財務データ、そこには三千五百万円もの現金があることになっていたからである。

「この売上げの規模で、三千五百万円もの現金は不自然だ。したがって、この財務データは信用するに値せず、というのが我々の結論だ。日本工業の正式な財務内容はわからない。だが、銀行を騙して巨額の融資を受けようとする経営者がいてもおかしくないと思う」

顔を上げた羽根田の目に、ふっと階堂が笑いを洩《も》らしたのが見えた。

「さすが、山崎瑛」

なんなんだ、このふたりは——。

思わず瞠目《どうもく》した羽根田はそのとき、「部長、羽根田部長」という立花の呼びかけに我に返った。

「いかがでしょうか。ご講評をお願いします」

「まず、率直な感想を言わせてもらおう」

羽根田は立ち上がり、額に浮かんでいた汗を拭った。「スリリングだった。これ以上、何も言葉が浮かばない」

「それは、部長としては最大の賛辞ということでよろしいでしょうか」

立花の奴、余計なことをいいやがって。

内心苦虫を嚙みつぶしたようになりつつ、「その通りだ」、そう羽根田は認めないわけにはいかなかった。

「だが、こんな心臓に悪いプログラムは、来年から見直したほうがいいかも知れないな」

会場から起きた笑いに、羽根田は真顔のまま続けた。「銀行は社会の縮図だ。ここにはありとあらゆる人間たちが関わってくる。ここに来る全ての人間たちには、彼らなりの人生があり、のっぴきならない事情がある。それを忘れるな、諸君。儲かるとなればなりふり構わず貸すのが金貸しなら、相手を見て生きた金を貸すのがバンカーだ。金貸しとバンカーとの間には、埋め尽くせないほどの距離がある。同じ金を貸していても、金貸バンカーの貸す金は輝いていなければならない。金に色がついていないと世間ではいうが、色をつけなくなったバンカーは金貸しと同じだ。相手のことを考え、社会のために金を貸して欲しい。金は人のために貸せ。金のために金を貸したとき、バンカーはタダの金貸しになる。だが今日のところは私の説教などどうでもいい。いまは素直に、我らが誇れるバンカーが誕生したことを称《たた》えたいと思う。すばらしい粉飾だった」

笑いが起きた。「そして、すばらしい分析だった。君たちのような新人を当行に迎えることが出来て、私は誇りに思う。ようこそ、産業中央銀行へ。君らは私たちの新しい仲間だ。一緒に戦う仲間だ」

割れんばかりの拍手に見送られて講堂を後にした羽根田に、司会を部下に譲って見送りにきた立花が深々と頭を下げた。

「部長、どうもありがとうございました。お部屋までお送りします」

エレベーターに乗り込んだ立花は、「部長、このコメント、お気づきになりましたか」と、山崎チームが作成した融資見送りの稟議書を開いた。

〝追記。在庫の処理ミスの件だけでは、本件が粉飾であるとの確信は持てなかった。しかし、現金の架空計上について、会社役の三人が気づかずに計上したとは思えない。おそらく、生データを自在に粉飾し、糊塗《こと》できる自分たちの優位性を勘案し、銀行役である我々にヒントを与えたのではないかと思う。その意味で、この申し出はフェアだが、実戦的とは言い難い側面があることを申し添えておく〟

「なんて奴らだ」

羽根田は、立花と顔を見合わせた。「参ったな」

「はい、参りました」

「君が採用したのか、ふたりとも」

「もちろんです」

立花は満面の笑みをこぼした。

「おい、立花。あのふたり、どこに配属した。今日この後、辞令交付式だろう」

毎年そういう恒例になっている。

「階堂君は本店、山崎君は八重洲《やえす》通り支店です」

東京駅を挟んで反対側だ。

「彼らはこれから当行を引っ張っていく人材になるだろうな。ところで立花次長、そろそろこのプログラム、見直す時期に来ているんじゃないか」

立花が渋い顔をした。

「まさかこんな手で来るとは思いませんでしたからね。正直、向こうのほうが上手でした」

「そうだな」

「どうしたものか、正直悩んでいます」

「悩むことはないだろう」

羽根田は悪戯っぽい目をしてきいた。「あのふたりに教えてもらったらいいじゃないか。きっと君らが頭を捻《ひね》るより的確な答えが出てくるだろうさ」

ちょうど、エレベーターが役員フロアに到着した。

「冗談きついですよ、部長」立花がいう。

「冗談なものか」

羽根田は唇に笑いを浮かべ立花にいった。「私はいつだって本気さ」

呆れ顔の立花に見送られ、羽根田は高笑いとともに自室へと引き上げていった。こうして羽根田は思いがけない興奮のうち、恒例の行事を終えたのであった。

# 第七章　BUBBLE《バブル》

## *1*

「十億円、ですか!?」

回されてきた書類を見て、階堂彬は思わず驚きの声を上げた。

隣のデスクにいる伴埜弘道《ばんのひろみち》が怖い顔をして振り向いたのと、「なんだよ。文句あんのか」という、喧嘩腰《けんかごし》のひと言が出てきたのはほとんど同時だ。

先ほど外回りから戻った伴埜が、何か大口の融資案件を持ち帰ったらしいことはそれとなく察していた。帰店してフロアに戻って来るや、伴埜が真っ先に副本店長の小島直巳《こじまなおみ》のもとへ駆け寄ったからだ。

「でかしたぞ、伴埜！」

客がいるのに、そんなことはお構いなし。小島の大声は、フロア中に響き渡った。

「おい、四課長！」

彬の上司である取引先第四課長の野崎政夫《のざきまさお》は、小島のひと言で飛び上がるようにして席を立つとフロアの最奥にある副本店長のデスクまで素っ飛んでいった。満面の笑みを浮かべた小島と、誇らしげにしている伴埜の表情が見える。

「また伴埜君がやってくれたぞ。お前、伴埜君に足を向けて眠れないなあ、そうだろ、おい」

彬と同じ取引先第四課の二年先輩である伴埜は、小島のお気に入りだ。本店という巨大店舗で本店長は取締役を兼務するお飾りに過ぎず、実質的に現場を取り仕切るのは、副本店長の小島だから、これ以上の後ろ楯はない。

伴埜は昨年の四月、池袋支店から転勤してくるや、次々と大口の融資案件をまとめてきて四課のポイントゲッターとしての地位を確立しようとしていた。

そのやり方は、強引のひと言。野崎課長の差配で、その伴埜とコンビを組まされている彬だが、こんな融資をしても大丈夫なのかと思う危ういものも少なくない。銀行という優越的地位の濫用《らんよう》といってもおかしくない強引な営業スタイルは、小島の耳に入っていないだけで、取引先からの評判はすこぶる悪い。

たとえば、高齢になった取引先会社の役員に、大した説明もしないまま相続対策といっては数億円単位の融資案件をまとめてくることがもう何度もあった。融資した金は、どれも資本系列の保険会社が扱う「一時払い養老保険」を買うための資金に充てられる。

「これに入っておけば、亡くなられたときには借金を穴埋めし、さらに相続税を全額支払えるだけの保険運用益が転がり込んできます」

その保険は株式相場などの運用実績に左右されるから、十年後までいまの堅調な相場が続くことが大前提というヤバイ商品である。それを、銀行という看板の信用を楯に、伴埜は売りまくっていた。

伴埜が上げる実績はすばらしい。だが、中味は、かなり危うい。

伴埜の仕事は薄氷の上に立つ御殿みたいなものだ——とは、いつだったか同じ取引先課に所属する先輩の言葉だが、実際、その通りだと思う。

その伴埜の性格は、実際組んでみるとまさに専制君主そのものだ。後輩などは召使程度にしか考えていない。取引先で嫌なことがあると、彬のデスクに伝票を叩《たた》きつけるように置いていく。ゴミ箱は蹴り飛ばすし、機嫌が悪ければろくに口もきかない。

そんな人間として尊敬の欠片《かけら》も抱《いだ》けないような人物が、この本店内の評価テーブルでは最上ランクにおかれるのだから、釈然としないのも無理はなかった。実力の世界というひと言では割り切れないものがある。

小島の絶賛を浴びた伴埜は、意気揚々とやってくると彬のデスクにどさっと書類を投げてきた。

「おい。これ、明日の朝までに稟議《りんぎ》、書いておけ」

いったいどんな案件をまとめてきたんだ。

その書類を読んだ彬は、思わず驚きの声を上げてしまった。

十億円という、その金額が問題なんじゃない。

金の使い道が問題なのだ。

運用資金——。

十億円をまるまる、投資信託購入に回そうというのである。投資信託とは、証券会社に投資と運用を委託する〝おまかせ商品〟のようなものだ。

ちなみに、この年、平成元年は年頭から株相場はどんどん上昇し、日経平均株価は三万円台をキープしつづけていた。いまはもう十月。オフィス街に秋の気配が色濃く漂うこの日、長期金利はかつてない水準にまで跳ね上がっている。

伴埜が案件をまとめてきた相手は、取引先の新興製薬会社だった。

たしか、先代社長が数年前に亡くなり、二代目が継いでいるはずだが、大手製薬会社の研究職から急遽《きゅうきょ》、家業にもどったばかりで、経営経験は少ない。

その相手に、どうセールスしたのか、伴埜は十億円もの融資案件をまとめてきたのである。しかも、本業に必要な金ならいざしらず、投資信託を買うための資金として融資するというのだから、実需のないところへ理由をつけて融資をするのに等しい。融資した金の担保は、それで購入した投資信託という条件である。

「あの会社は、開発資金も必要になると思うんですが」

彬がいうと、伴埜の目に鋭い怒りが浮かんだ。

「だからなんだよ」

つっかかるように、伴埜はいった。

「もしここで十億円融資すると、茂原《もばら》製薬はいわゆる借入過多になります。いくらなんでも、これはやりすぎなんじゃ——」

最後までいえなかった。いきなりファイルが飛んできて、彬の胸に当たったからだ。鋭い痛みに言葉を呑み込んだ彬に、立ち上がった伴埜は、カッとなっていった。

「だったらお前が貸してこいよ。うちの融資目標、いくらか知ってるだろう。別にオレじゃなくて、お前がどこかで借りてくれる相手、見つけてきてくれたっていいんじゃないか。お前にそれができるのかよ、階堂。新人がでかい顔すんじゃねえよ」

伴埜は続けた。「それにイザとなれば投資信託を売りゃいいんだよ。そんなこともわからないのか。この融資にリスクなんかないんだ」

そう、リスクはない。株が上がり続ければ。だが、そんな保証がどこにある——そのセリフを呑み込んで、彬は黙った。

この融資、やるべきではない。だが、彬の反論など聞く耳持たぬといわんばかりに背を向けると伴埜はまた外出してしまった。

仕方がない。席を立った彬は、課長の野崎のところへいった。

「課長、この融資ですが、ちょっとやりすぎなんじゃないですか。本業での資金需要に対応できなくなります」

「そんなことないだろ」

ろくな検討もしないで、野崎はいった。「第一、十億だぞ、十億！　絶対に欲しい実績だ。それに、茂原製薬には、この前五億円融資を実行したばかりだし、当分、運転資金は必要ないんじゃないか」

そんなはずはない、と彬は思った。

「でも、先日、山下課長とお話をしたときには、年内にまた資金が必要になるかも知れないという話でした」

ふうっと鼻から息を吐き出した野崎は、どこか迷惑そうな顔で彬を見上げた。

「あのな、階堂。実際の融資っていうのは、君が研修で勉強してきたような綺麗事《きれいごと》では通用しないんだよ。新人研修でどれだけいい成績をとったか知らないけどな」

野崎はちくりとイヤミをいった。入行して三年が経過しているというのに、階堂が演じた融資戦略研修の「粉飾決算」は、いわば語り草だ。本店内でも知らない者はいない。

「もちろん、理論と実戦が違うことは承知しています。しかし、この十億円をやったら借入過多になってしまうし、本業以外の資金使途でそんなことになってしまうのは納得いきません」

ちっと舌を鳴らすと、野崎は渋々立ち上がってフロアの最奥にいる副本店長の小島に相談にいった。

ところが、である——。

「何の問題もない」

話をきいた小島は、小賢《こざか》しいといわんばかりの目で彬を見つめてきた。前職が融資部の次長だった小島は、「オレが回した稟議をノーとはいわせせん」が口癖。本部の融資畑に顔が利く。伴埜をことさら評価するだけあって、産業中央銀行にしては珍しいイケイケドンドンのタイプだった。

いままでの本店がことさら頭でっかちの理論派で占められているという反省があって、人事部が送り込んできた新手のバンカーである。

「なにか文句あるのか、階堂」

冷静に判断してもらいたい場面だというのに、小島は目を怒《いか》らせた。いまこの男の頭の中には、業績を伸ばすことしか入っていない。その目で見れば、階堂のいっていることは自分への、いや本店の方針への反駁《はんばく》のように映るに違いなかった。

「いまこの融資をした場合、本業で運転資金が必要になったときの調達余力があるかということが心配なだけです」

「おかしなことをいうな」

小島は撥《は》ね付けた。「銀行融資は申し出ベースだ。すでに資金需要があるのならともかく、いまの段階で、まだなんら具体的でない融資のことを心配するのは、ナンセンスじゃないか」

「年内にニューマネーが必要になるかも知れないと先方の経理課長がいっているそうですが」

野崎が小声でいうと、

「だったらそのときはお前が稟議を書けばいいじゃないか」

と、小島は鼻を膨らませた。「それが融資係の仕事なんだよ。いいか、この融資は、当店にとって必要なものだ。お前、真面目にやる気があるのか。理論派気取りは迷惑だ。霞《かすみ》を食って生きていけるのか」

もしこの融資が失敗したらどうなる？　心の底からわき出した疑問を、彬は飲み込んだ。

これでいいはずがない。

だが、それを止められるものは誰もいない。

銀行だけではなく、世の中全体が見えないエンジンに乗せられ、猛烈な勢いでどこかへ疾走しはじめている。

## 2

「伊豆に高級リゾート施設、ですか」

産業中央銀行営業部の安堂は、東海商会の階堂晋を一瞥《いちべつ》すると、差し出された経営計画書を開いてしばし目を通した。

やがてそれを閉じ、瞑目《めいもく》する。

晋の横にはもうひとりの男がいて、さっきから安堂に無遠慮な眼差しを向けていた。この事業のために晋が連れてきた経営コンサルタント、紀田智則《きだとものり》だ。

しばらく安堂の返事を待っていた晋が、ついにしびれを切らし、「どうだろう、安堂さん」と声をかけた。

「プロジェクト全体で必要な資金は百億円。ウチはまず株の売買などで得た十億を資本金として出すので、残りの九十億円をこのリゾートに融資してもらいたい」

「九十億円、か……」

ふうっと大きく息を吐き出した安堂は、「ちょっと難しいですね」。

「おいおい、安堂さん。それはないだろ」

晋が顔色を変えた。「ここで即答はないじゃないか。少なくとも内部で検討してくれるのがスジってものだと思うがね」

「まあ検討はさせていただきます。ただこの計画は――」

安堂は思いがけず厳しい目を晋に向けた。「私が見たところ、ほとんど絵に描いた餅に近いですね」

「どこが絵に描いた餅なんでしょうか」

むっとした口調で、紀田がいった。プライドを傷つけられたらしいことは、その態度でわかる。どうやら、この計画書は紀田が作成したものらしいと、安堂は見当を付けた。

「そもそもノウハウのないところに、いきなり百億の投資というのはどうなんですかね」

「お宅が貸してくれるのなら、もっと出してもいいんだよ、ウチは」

語気を荒らげて嫌味をいった晋を、安堂は笑いとばした。

「社長はホテルを経営したことありましたっけ。紀田さんはそっちが本業なんですか」

「ウチは手広くやっていますから」

紀田は不機嫌そのものの表情でこたえた。こんな若造になめられてたまるか――そう思っているらしいことはすぐにわかる。

「じゃあ、どなたが経営されるんですか。ここには書いてありませんが」

「それはいま、人選を進めているところです。ご心配なく、一流の人材をスカウトして、経営に当たらせますから」

安堂は鼻で笑った。

「なにが可笑《おか》しい」

「社長、あなたがいまやるべきことはこんな大それた新規事業じゃないでしょう」

晋の返事はない。「本業をもっと強くすべきです。失敗に終わった仙台のスーパーへの投資を忘れたんですか。本来なら蓄積できたはずの金も赤字の穴埋めに消えてしまった。スーパーひとつ満足にコントロールできなかった御社が、こんなリゾートホテルを管理できるとは到底思えません」

晋の顔にさした朱がさらに濃くなっていく。

「あなたはご自分のことがまるでわかっていません」

安堂は続けた。「あなたのいいところは、東海商会という自分の庭だけは知り尽くしているということです。ここでは堅実な経営がなされている。それはなぜか。繊維の専門商社という商売の怖さを十分にわかっているからだ」

「君、私たちは事業計画を説明に来たんだ。君のお説は遠慮してくれませんか」

口を挟んだ紀田を、安堂の鋭い眼差しが見据えた。

「どうして伊豆なんですか？　理由は」

「君も行ってみればわかる。あそこは海も綺麗で――」

「じゃあ、北海道でもいいでしょう。九州でもいいでしょうし、いっそハワイでもオーストラリアでもいい。それらは検討したんですか？」

「話にならんな。伊豆でなら、いい土地の買収ができそうなんだ。リゾートホテルの建設には広大な土地が要る」

紀田は思わず尻尾《しっぽ》を見せた。

「つまり、あなたが東海商会さんにやらせたいのは、土地の売買なんじゃないですか、紀田さん」

「階堂社長は大切な友人なんですよ」

紀田は声を低くして安堂を睨《にら》みつけた。「この仕事を引き受けたのは階堂社長に事業を伸ばして成功してもらいたいと心底願ってのことだ。それに言いがかりをつけるんですか」

「そんなつもりはありません。きっと、すばらしい経営戦略ノウハウをお持ちなんでしょう。でも、融資審査でそれを評価するのは私どもですので、その点はお忘れなく。それと、あなたはこういう問いかけを聞いたことがありますか」

安堂は続ける。「一流の事業計画を持っている二流の経営者と、二流の事業計画を持っている一流の経営者。さて、どっちに投資をするのが正解でしょう？」

紀田が押し黙った。

「こたえは、後者です。理由は簡単。事業計画は悪いところを直せばすぐに良くなりますが、経営者は変えることができない。投資をする相手は、あくまで経営者だということですよ」

「階堂社長を愚弄《ぐろう》するつもりか！」

唾《つば》を飛ばした紀田に、「いいえ」と安堂は首を振った。

「いままでの実績を勘案して、率直に申し上げているだけです。階堂社長、この計画はあなたの身の丈に合っていない。考え直されたほうがよろしいと思います」

「君の意見など聞いていない！」

紀田は立ち上がって、いまや真っ赤な顔になっている晋の腕をとった。「帰ろう、階堂さん！　こんな失礼な銀行員は初めてだよ、まったく」

「返す返すも、腹立たしいな」

帰りの車中でも、紀田と晋の怒りは燃えさかっていた。「そもそも、銀行員なんざ、経営ノウハウの欠片《かけら》もありはしないのに、偉そうなことをいって！　ああいう手合いがいるから、日本の産業が伸び悩むんだ。そう思いませんか」

「まったくだ」

晋は、じっと後部座席から丸の内界隈《かいわい》の光景に視線を結びながら、静かにこたえた。

はっと紀田が口を噤《つぐ》んだのは、その怒りの凄《すさ》まじさがひしひしと感じられたからだ。

学者肌で、子供の頃から優秀な男だったと聞く。

「学校ではなにをやってもトップだった。ところが、ウチではどうやっても兄貴に勝てないのさ。それが晋兄をしてコンプレックスの塊にしてるってわけだ」

晋を紹介してくれた階堂崇の言葉がふいに思い出される。紀田と崇は元々、大学時代の同級で遊び友達でもあった。

「二流の経営者。オレが……」

顔を上げた晋の目が泳いでいた。

「気にすることはないですよ。奴こそ、二流のバンカーだ。それより、いまの話で、計画に見直す点があることに気づきましたよ、社長」

晋の、静かだが激しい怒りをためた眼差しが、紀田を見た。

「なんだ、それは」

「銀行ですよ。産業中央銀行はダメだ。メーンバンクを見直そうじゃありませんか。いま、東海商会が産業中央銀行から受けている融資全額と預金、これが逃げ出すとなったときの安堂の顔が見物《みもの》だ。取引打ち切りを打診しましょう」

「出来るのか、そんなことが」

瞳を揺らした晋に、

「できます」

紀田は、にたりと笑った。「いまがどんな時代か、それがわからない奴はバカです。東海商会の業績なら、貸してくれる銀行はいくらでもある。私に任せていただけますか。いい銀行を紹介しますから」

返事はない。

晋は、社用車の後部座席で真っ直ぐに前を見つめたまま、何事か考えていた。

「バカにしやがって……」

やがてその唇が動いて、かすかな声がもれてきた。「いまに見てろよ。吠《ほ》え面《づら》かかせてやる」

「その意気です、社長」

後部座席のシートに体を埋《うず》めた紀田は、今後の資金調達の構想をその場で晋に語りはじめた。

## 3

「久しぶりだな、彬。どうだ、銀行員生活は」

隣のテーブルから崇叔父が声をかけてきた。

その日、麻布《あざぶ》にある寺で祖父の法要が営まれ、親戚と幹部社員数十人をマイクロバスに詰め込み、わざわざ貸し切りにした品川にあるホテルのレストランへ移動しての食事会の席だ。

「まあ、なんとかやってますよ」

彬はこたえた。「〝観光〟のほうはどうです？」

「まあまあかな」

東海観光の社長を務める崇は、そんなことをいい、「それにしても産業中央銀行はおカタいことだな」と皮肉めかした。

「なにかありましたか」

「〝商会〟の融資話を断ったそうじゃないか。兄貴はカンカンだぞ」

その晋叔父はさっきから父、一磨《かずま》のところへいって何事か話し込んでいる。

融資の件は初耳だ。

東海郵船グループは営業本部の管轄で、彬のいる本店取引先第四課とは別セクションだ。同じビル内にはあるが、フロアも異なる。

安堂はかつて一度東海郵船の担当になったのち別部署に異動したが、すぐに営業本部長に請われて次長昇格と同時に復帰、いま再び東海郵船グループを担当しているのであった。

その安堂とはたまに顔を合わせることがあるが、差し障りのない世間話程度で仕事の話をしたことはない。

「いつのことです」

「先週だとさ。なんだ、知らないのか。どういう銀行だよ、まったく」

崇は、見当違いなことをいって小馬鹿にするように彬を見た。

東海観光は、この好景気による観光客増でなんとか業績も上向きになっていたが、それ以前の経営不振時になにかと銀行に注文をつけられた。崇はそのことを根に持っていて、産業中央銀行はメーンバンクでありながらも敵扱いだ。

そのとき、父の一磨が彬を手招きするのが見えた。

「ほらきた」

崇は冷やかすようにいった。「ちゃんと相談に乗ってやれよ」

「彬、お前、安堂さんから何かきいてないか」

開口一番、父がきいた。晋がその脇にいて、昏《くら》い目をして彬を見ている。

どうやら、いましがた崇叔父が話していた融資話について相談していたらしいことはすぐにわかったが、彬は平静を装った。

「いや、何も。どうかしたの」

「これを見てくれ」

手にしていた資料を、父は彬に見せる。

「リゾート事業？」

彬は、ページ数にして五十枚ほどの事業計画書にその場でざっくりと目を通し、晋に視線を転ずる。

「これをやるの？　〝観光〟じゃなくて、〝商会〟が？」

「崇の東海観光は、資金調達の一部を保証することになっている」晋がこたえた。

振り返ると、ビールのグラスを傾けながらじっとこちらを見ている崇と目が合った。

そういうことか。どうやら、いつのまにか叔父ふたりは、新たな事業計画のためにタッグを組んでいたらしい。もっとも、観光事業というくくりでいえば、崇叔父のほうは守備範囲といえないこともないが。

「ちょっといいか」

晋に誘われ、あちこちで歓談が始まっている会場を出て三人でラウンジに向かう。

「実は、この資金調達を産業中央銀行に打診したんだが、うまくいかないので困ってる」

晋がいった。

「安堂さんが断ったそうだ」と父が渋い顔でいった。

父は安堂を信頼している。彬もだ。実際、行内で安堂章二の評価はすこぶる高い。

「理由は？」

「ホテル経営のノウハウが無いからだとさ」

晋の声には恨みがこもっていた。「ホテル経営の専門家を連れてきてやらせるといっているのに、オレのことなんかまるで信用してない口ぶりだった。すぐに断られたよ。真面目に検討したか怪しいもんだ」

晋には悪いが、安堂でなくても、晋の会社への巨額融資に二の足を踏むのは当然だ。

「どう思う、彬」

父がきいた。

「ちょっと難しいんじゃないかな。他にやるべきことがあるんじゃないの」

晋の顔つきが険しくなった。

「随分、わかったようなことをいうじゃないか。いまやリゾートは右肩上がりの急成長産業だぞ。初期投資は百億円だが、軌道に乗ったところで、さらに周辺の土地開発に着手し、ゴルフ場を作る。おそらくこの辺りでは最大のリゾート施設になるだろう」

「でも、そんな経営ノウハウはないでしょ」にべもなくいった彬に、

「だから」

叔父は気色《けしき》ばんだ。「専門家を連れてくるといってるじゃないか」

「叔父さんの中にノウハウがないといってるわけ。もっというと東海商会の中にはない

ってことでしょう。そういうのはあんまりオススメできないね。小さな資本の会社は、〝箱〟をつくっちゃだめだと思うよ。ノウハウで勝負しなきゃ。逆にいうと、ノウハウがないところに投資するのは間違ってる。スーパーだってそうだったでしょう」

「ふん。あれは友原の奴が、だらしなかったからだ」

自分の管理疎漏は棚に上げ、晋は決めつけた。「だが、これは違う。オレとしても全力を尽くして当たるつもりだ」

「ところで、なんで、リゾート開発なわけ？　これ、叔父さんのアイデア？」

彬がきくと、痛いところを突かれたか、晋は視線を逸《そ》らした。

「ウチにだって優秀な奴はいる。みんなで話し合った結果だ」

「そうなんだ。でも、資金調達できなきゃ無理でしょ」

「それでだ、彬」

それまで話を聞いていた父が尋ねた。「お前にききたいんだが、もし、東海商会のメーンバンクを産業中央銀行から他の銀行へ変えたら、何か影響はあるか」

晋の目に、底意地の悪い光が浮かぶのを彬は見た。

「産業中央銀行さんは、ウチにしてみると少々、カタすぎるんでな。もっと話のわかる、ビジネスパートナーとしてふさわしい銀行に乗り換えようと思うんだ」

晋の口から出てきたのは、「三友《みつとも》銀行」だった。旧財閥だが、ここのところ強引な融資で鳴らしている。

「話をもっていったら、即刻融資をしたいといってきたよ。ついでに、産業中央銀行からウチへの融資も全額肩代わりしたいという話だ。会社と個人の預金もな。つまり、東海郵船グループの子会社ふたつが、取引先からなくなるわけだ」

「ふたつ？」

彬は聞きとがめた。「もしかして――〝観光〟も銀行を替えるわけ？」

「そのもしかして、さ」

晋の唇に笑いが挟まった。「どうも、オレたちの経営方針をあの安堂さんという人は理解できないらしい。考え方が古いというかなんというか。いまや、スピード経営の時代だ。渋る銀行なんぞ説得している暇はない。オレたちの計画に賛同して資金を提供してくれる銀行と組むのが、事業拡大には必要不可欠だと判断した」

「このこと、安堂さんにはもう？」

「まだだ」

父がこたえた。その表情を見れば、この事態を重くみているらしいことがわかる。グループ会社二社の離反によって東海郵船の評価が下がることになれば、今後の資金調達、ひいては経営戦略全般の見直しを迫られるからだ。

「影響はないと思う」

彬はこたえた。

晋は、彬が困惑するとでも考えていたのかも知れない。すっと息を呑んだ様は、彬の返事に対する、ひそかな驚きと失望を物語っていた。

「どうして、そういえる」父がきいた。

「たしかに、東海郵船グループ全体への融資額が減少するのは惜しいと思う人がいるかも知れない。だけど、それは最終的には大した問題じゃないと思う。それより、問題があるとすれば、もし叔父さんたちの会社に万が一のことが起きたときの影響かな」

階堂の父、階堂一磨が率いる東海郵船の売上げはいま六百億円に迫ろうとしていた。この好景気を背景に、かつてない高収益を上げている。

「そうかわかった」

晋はいうと、ぷいと彬から視線を逸らして父を見る。「聞いての通りだ兄さん。オレたちは産業中央銀行から三友に鞍替《くらが》えするから、それでいいよな」

「そこまでいうのなら好きにしろ。だが、三友銀行は本当に融資してくれるのか」

半信半疑の父に晋はさも当然のごとくこたえる。

「当然だろ。このご時世に、カタいことといってるのは産業中央銀行だけさ。実際、産業中央銀行がメーンバンクだったために、株で儲け損ねたり、土地投資のタイミングを逸したりって〝被害話〟、あちこちで出てるぜ。兄さんも考え直してみたらどうだ。三友の担当者を回そうか」

「いや、結構」

東海郵船の取引銀行は、メーンバンクの産業中央銀行を筆頭に十指に余るが、三友銀行との付き合いはない。

「五年で、兄さんの会社の売上げに並んでみせるよ」

晋叔父は、自信満々で宣言した。「間もなく、事業拡大に必要なカネとヒトが揃う。そうなれば後は実行あるのみさ。さよなら、産業中央銀行さん」

そう彬にいうと晋は、立ち上がった。

## 4

「階堂君」

背後から声を掛けられて振り返ると、安堂が来ていて「よっ」と手を挙げた。「ちょっといいかな」

ふたりで営業フロアを出て、喫茶コーナーへ行く。

午後八時過ぎの本店内はまだほとんどの行員が残っていて、活気に溢《あふ》れている。好景気のこの時期、融資案件は山ほどあって、毎日徹夜をしても捌《さば》ききれないほどだ。

「今日、君の叔父さんふたりが訪ねてきたよ。用件は聞いてるか」

「リゾート開発の件ですか」

「その通り」

安堂はいい、自動販売機で買ったコーヒーを一口すると「それだけのプロジェクトなら、支援してもいいんじゃないかという声も、正直ないではなかった」といった。

「推《お》せば通る、ということですか」

彬はきいた。

銀行は常に競争にさらされている。慎重な融資姿勢を崩さない産業中央銀行は、堅実なイメージの一方で、積極的な融資戦略を展開している競合他行に比べて業績で引き離されようとしていた。

「そうだ」

安堂は、彬ではなく、じっと壁のほうを見つめたままいった。「だが、私は融資見送りを主張した。結果、三友に乗り換えるそうだ」

「もしかして、立場が悪くなったとか――?」

心配した彬に、「まさか」と安堂は笑みを浮かべる。

だが、すぐにその笑みを引っ込めると、「どうも心配なんだよな」と独り言のようにいう。

「君の叔父さんたち、つまらん奴に踊らされてないか」

経営コンサルタントの紀田という男のことを安堂は話した。

晋は、リゾート開発のアイデアがいかにも社内から出たように話したが、実際にはそのコンサルタントからの提案だったらしい。

「もちろん、絶対という言葉は使うべきではないと思う。だけど、私の今までの経験からいって、晋社長にも崇社長にも、あの案件を統べるだけの能力はない」

彬はだまってその横顔を見つめた。「銀行を乗り換えるといわれれば、それまでだ。私ができることは、せいぜい申し出のあった融資話を断り、やめたほうがいいと進言することぐらいで、それ以上のことはできない。ウチが断ったそのカネを出すという銀行が出てきて、経営者がそれに乗るといわれてしまえばあとはなるようにしかならない。だが――」

安堂のやけに真剣な眼差しが、彬に向けられた。「あの事業計画は、おそらく失敗する」

確信に近いものが、その口調に滲《にじ》んでいる。

「なんとか阻止できないか」

安堂はあらたまってきいた。「あのままいくと、東海商会、東海観光というふたつの会社に勤務する大勢の社員たちとその家族が路頭に迷うことになりかねない。せめて、いまのままの業態でいいから、もう少し辛抱して本業に専念しろと、あのふたりの社長を説得することはできないか」

「父に話してみます。私がいったところで聞くような叔父たちではありませんから」

いや、父が話したところで、聞く耳を持つかどうか。

晋と崇に通底するのは、父に対する対抗心だ。

いま叔父たちは、たとえ計画書上だけでも、その父の事業に比肩《ひけん》しうる可能性を手に入れた。壮大な野望とともに。

「取引の打ち切りは、決まったんですか」

「決まった」

安堂はこたえた。「心配するな、東海郵船への取引方針になんら影響はない」

静かに息を吸い込み、吐き出した彬は、「ありがとうございます」と応える。

「ウチから二社に対する融資は、今月末に全て三友に肩代わりされるらしい。おそらく、そのタイミングで、そのリゾート開発がスタートするのではないかと思う。もうあまり時間がない」

「わかりました。やってみます」

安堂はぽんと彬の肩を叩き、二、三歩、歩き出したところで振り返った。

「ところでどうだ、そっちの仕事は」

意外な質問に、どう答えていいか、彬はわからなくなる。

「有価証券の投資資金で十億円、出すんだって？」

「ご存知なんですか？」

驚いた彬に、安堂は頷いて見せた。

「次長会でそんな話が出たんでな。でもあれ、君の案件じゃないだろ。伴埜君かな」

「ええ、そうです。でもいまはそういう時代だから」

彬がいうと、安堂は低く長い息を吐き出しながらコーヒーの紙コップの縁《ふち》をじっと見つめた。

「そうかな」

疑問のひと言とともに、安堂の視線が彬に戻ってくる。「たしかに、いまはイケイケドンドンの戦略がまかり通っている。だが、この景気もいつか終わる。そのとき、いま正しいと思えたものが誤りになる。正しい融資というのは、いつの時代でも、どんな景気の下でも、きちんとした原則に基づいている。実需と妥当性。その有価証券投資にそれがあるか」

彬は唐突に気づいた。殺伐《さつばつ》とした融資の現場で、なにを目指せばいいのか見失いかけていたことに。

「カネは、人のために貸せ」

続く安堂のひと言に、彬ははっとした。

その言葉はいつか聞いたことがある。そう、新人研修の最終日だ。ファイナリストになった彬と、新人たちの前でそれを口にしたのは、当時融資部長だった羽根田一雄であった。

「それを忘れるな。忘れさえしなければ大丈夫だ」

そうひと言いうと、安堂はゆっくりと背中を向け、彬の元から去っていった。

「そうだった」

安堂の姿が見えなくなってから、彬はひとり、つぶやく。

とても大切なことなのに、いつのまにか忘れていた。コーヒーを飲み干した彬は、手の中の紙コップを握りつぶした。

## *5*

階堂家の客間にふいに訪れた沈黙の中、ふて腐れた顔がふたつ、並んでいた。

「兄貴のいいたいことはわかった」

晋叔父が口を開いた。「しかしだな、今回の事業は東海郵船には関係ないし、迷惑をかけるものでもない。我々がやりたいようにやらせてもらえないかな」

言葉は丁寧だが、迷惑そうな口調が晋の気持ちを如実に反映している。

父は黙って、晋を見ていた。なんとか説得しようという意図は感じられるが、その術《すべ》を見いだせないのだ。

「もちろん、お前たちの会社がどんな事業を計画しようとも口出しするつもりはない。それでも、この件についてはもう一度検討してみたほうがいい、そういってるんだ」

晋は顔を傾け、斜め四十五度の視線を壁に向けた。崇は、薄紙のような不満を顔面に張り付けたまま、腕組みしている。

「兄貴が心配性なのはわかるけどさ、検討ならもうとっくにしたし、その結果、行けると判断したわけよ」

崇は重たいため息混じりだ。

「もう一度、事業計画書を見せてくれないか」

上っ面の話だけでは埒《らち》が明かないと父は考えたのだろうが、「持ってこなかったよ、そんなもの」という晋のひと言で、腰折れになる。

産業中央銀行の安堂からの警告を受けて、父がふたりを自宅に招く形で実現した話し合いだが、嚙み合わない。

「我々が承認した事業計画を兄貴がまた見る。我々よりも経営に自信があるのかも知れないが、少々、さしでがましくないか」

晋はあからさまに、不快感を示した。

「今回の事業は金額も大きいしリスクも高い。産業中央銀行の安堂さんもかなり心配されていてな。正直なところ、私も同感なんだ」

「じゃあ、仮にこの事業がダメになったとして、兄貴がどんな迷惑を被《こうむ》るっていうんだよ」

気の短い崇は、もうキレかかっている。「必要なカネは全て銀行から調達するんだぞ。兄貴にカネを貸してくれといってるわけでもない」

「別にオレが困るとか困らないとかじゃない」

父は辛抱強く、いった。「お前たち自身が困るんじゃないかといってるんだ」

ふたりの叔父は、同時に、やれやれ、という調子でため息を漏らし、それぞれ足下を見たり、天井を見上げたりする。

このふたりの腹はすでに固まっている。それを翻意《ほんい》させようとしている父の努力に、焦燥感《しょうそうかん》とむなしさが漂いはじめた。

「こんなことはいいたくないがね。兄貴は、我々のことをバカにしてないか」

晋叔父がいった。「自分だけが正しくて、我々がやることは認めようとしない。兄貴は今までずっとそうだった。子供の頃から。そして今回もだ。もうそういうのはたくさんなんだ」

「おい、晋。それは違うぞ」

父が反論する。「お前たちがやりたいと思うことはやればいいと思う。オレだけが正しいと思っているなんてこともない。だけどな、この事業計画は考え直したほうがいい。もしかするとお前たちにはオレに対する対抗心があるのかも知れないが、もっと冷静になってみたらどうだ」

「なんだよ、対抗心って」

崇の声はささくれ立っていた。「どこまでバカにするつもりだい」

「この事業はやめたほうがいい。心配だからいってるだけだ」

「兄貴のいいたいことはわかった」

晋の聞こえよがしのため息が漏れた。「だけど、これ以上話し合うことはない。我々は自由に会社を経営していくつもりだし、それにとやかくいわれては正直、迷惑だ。もう口出しするのはやめてもらえないかな」

傍らでやりとりをきいている彬にも、父の目に当惑が浮かぶのがわかった。それでも、このふたりを説得する言葉はないか、探している。だが、その試みは結実することなく、いまこの瞬間にも潰《つい》えそうだ。

「だいたい、兄貴はいつから銀行のメッセンジャーボーイになったんだよ」

崇があざけるようにいった。「産業中央銀行なんてのはさ、全く冒険しないっていうか、石橋を叩いても渡らないようなビジネスしか相手にしないんだから困る。いってみれば、出来上がった金持ちの発想だ、それは。これから伸びていこうとする若い会社がそんなことでは、ビジネスチャンスを逸してしまう。まさに今回の計画のようなね」

「そのビジネスチャンスにはリスクもある。お前たちがとろうとしているリスクは、成功したときの利益に見合うものか」

言い含める父の言葉など、ふたりの叔父は聞く耳をもたなかった。

「だから、そういうことも含めて検討済みだっていってるじゃないか」

うんざりした口調で晋がいった。「おおかた、あの安堂さんあたりに危機感を煽《あお》られたんだろうが、そもそも、安堂さんにしてみれば取引がなくなったことに対する恨みがあるわけだろう。三友銀行に鞍替えした取引先のことをよくいうはずはないさ」

「別にそんなつもりじゃないと思いますよ」

黙ってきいていたが、ついに我慢できなくなって彬はいった。「安堂さんはそんなつまらないことを考える人じゃない。この前会ったときには、叔父さんたちの今度の計画を本気で心配してたしね」

「よくいうよ。第一、銀行員にビジネスのことなんかわかるわけがないだろう」

崇は吐き捨てた。

「そうかな。少なくとも叔父さんたちよりは、多くのケースを見ていると思うけど」

「詳しいと思いこんでるだけさ」

崇は、憎々しげな眼差しを彬に向けた。「業績が悪化した会社に乗り込んでくる銀行がやることといったら、バカのひとつ覚えみたいにコストカット、そればっかりだ。経費を削減すればカネが残るという単純な考えしか持ち合わせていないんだからな。呆《あき》れてものがいえない。その程度のことで、商売がわかるとでも思っているんなら、大きな勘違いだね」

「だったら、叔父さんたちが当てにしている紀田さんはどうなんです?」

彬はきいた。「本当に信用できる人なの」

「紀田はオレの友達なんだよ」

崇がかっとなっていった。「お前は紀田の何を知ってるっていうんだ。何も知らないくせに小賢しいことをいうな、彬」

「それは失礼」

まともに喧嘩《けんか》を買う気にもなれず、彬は肩をすくめただけで黙った。

「百億円もの投資が回収不能になったときのことを考えたか」

そのとき父がきいた。

「必要なし」

晋は、きっぱりとした口調だ。「回収不能という事態はまず起きようがない。だから、そんなときどうするかというケースを考える必要がないということさ」

「兄貴、今がどんな時代かわかってるか」

嘲笑まじりに崇はいった。「不動産価格は上昇を続けている。もし、建設するリゾート施設が不採算になったとしても、それを売却する先はいくらでもあるのさ。心配には及ばない」

ふたりの弟をじっと見つめ、最後に父はいった。

「そうか。ならばもう何もいわない」

「当たり前だ」

晋はいまやはっきりと父に対する敵愾心《てきがいしん》を顔に出していった。

「オレたちからも兄貴にひと言いっておくぜ」

崇が付け加える。「海運業なんて地味な事業にこだわるあまり多角化をおろそかにしていると、いまに兄貴の会社のほうこそ、ヤバイことになるんじゃないのか。そのときになってオレたちに泣きついてきても遅いからな」

父は、好き放題をいうふたりの叔父の話を聞き流すだけで、ろくに返事もしなくなる。

「紀田とかいったな。事業計画を立案するほうも立案するほうだが、それに乗るほうも乗るほうかな」

意気揚々《ようよう》と引き上げていく叔父たちを見送り、父は嘆息した。

「またそれに貸すほうも貸すほうってところだろうね。いったい何を審査しているのやら」

晋叔父の経営する東海商会、崇叔父の東海観光。その二社に対する産業中央銀行の融資は、三友銀行の借り入れによって全額返済される。つまり三友銀行は、その融資肩代わり資金に加えて、このリゾート開発資金を融資しようとしているのである。

「三友は暴走してるよ、完全に」

このとき、彬の胸に伴埜がまとめてきた巨額案件が浮かんだ。

本業とは無関係な投資のために融資される十億円ものカネ。そんな融資話をまとめてくる同僚がいて、褒《ほ》めそやす上司がいる。

三友だけじゃない。結局、ウチも同じじゃないか——。

むなしさが、募った。

## 6

「来月、運転資金をお願いできないでしょうか」

その日の午後、彬のもとを訪ねてきた男は意外なことをいった。

男の名前は徳田松男《とくだまつお》。茂原製薬の経理部長である。

「ちょっと待ってください。来月、ですか」

慌てて彬はきいた。運転資金がいずれ必要だとは聞いている。だが、こんなにも早く、その時期が到来するとは思っていなかった。

「年内ぐらいにと思っていたんですけどね、製造部門からの要請が早まりまして」

将棋の飛車に白髪交じりの毛を生やしたような剛胆な顔をした徳田だが、見てくれとは反対に礼儀正しく温厚な男だ。

「これが予想資金繰り表、それに試算表です。それで融資額なんですが、できましたら五億円お願いできないでしょうか」

できましたら、という控えめな表現ではあるが、資金繰り表を見れば、五億円の資金が数カ月内に必要になることは明らかだった。

レートや借入期間など、希望する条件を付け加え、徳田は帰っていった。

「伴埜さん」

夕方、伴埜の帰店を待って声を掛けた彬は、茂原製薬からの融資申し出を告げた。

「来月？」

伴埜はたちまち不機嫌になる。「聞いてないぞ、そんな話」

提出された資金繰り表を一瞥し、ちっ、と鋭く舌打ちを洩らした。難しい稟議になることがわかっているからだ。先月、運用資金として十億円の融資を実行したばかりで、間が悪すぎる。

それでも、資金需要があることは事実だから、対応しなければならない。

「お前、いい気味だとでも思ってるんだろう」

前回の融資で、運転資金の需要があることを指摘して反対したことを、伴埜はいまだ根にもっている。

「別にそんな……」

「貸せっ」

彬がひろげていた茂原製薬のクレジットファイルを、伴埜はひったくった。「この件はオレに任せろ」

ファイルを鞄《かばん》に入れると、伴埜は午後五時過ぎだというのに再び上着を摑《つか》んで出掛けていった。茂原製薬に出掛けたのだろう。この稟議は、もしかすると十億円の運用資金どころの比ではなく難しいものになる。

茂原製薬の徳田部長が思案顔で訪ねてきたのは、その翌日のことであった。

「昨日の融資の件なんですけどね、伴埜さんが考え直してくれないかとおっしゃるんですよ」

「どういうことなんです?」

昨夕、同社を訪ねた伴埜は、今回の融資は他行に申し入れてもらえないかといったのだという。

「伴埜は理由をいっていましたか」

「十億円、出したばかりだからと」

徳田は困惑顔でいった。「でも、その十億円の運用資金を貸していただいたときには、本業の運転資金はあれと関係なく貸すという話だったんです」

「伴埜はたしかにそういったんですか」

「伴埜さんだけじゃなくて、小島副本店長さんも同じことをおっしゃってました」

彬は、フロア最奥にある小島の空席を一瞥した。時間さえあれば取引先を回る小島の熱意は認める。だが、その熱意がいま空回りしている気がした。茂原製薬への運用資金が成立した背景には、小島の働きかけがあったのだろうが、そこには、現実離れした「約束」が混じっていたことになる。

「そうだったんですか……」

彬は、ふたりの暴走に唇を噛んだ。「それで、徳田さんはどうお答えになったんですか」

「それでは困ると申し上げたんですが」

徳田は太い眉をハの字にした。「他行でといわれてもウチは創業以来、ほとんど産業中央銀行さん一行としか取引していません。たしかに、都市銀行は他にも付き合いがなくはないですが、担保もないのに信用で五億円貸してくれるような関係ではないんです。かといって、ベンチャーキャピタルに頼み込んで増資をしようにも、時間がなさ過ぎます。そう申し上げると、伴埜さんは、内部で揉《も》んでみるといって引き上げていかれたんですが、どんな様子かと思いまして」

少なくとも今朝の打ち合わせで、伴埜から本件に関する報告はなかった。もしかしたら小島と何事か相談しているのかも知れないが、彬は蚊帳の外だ。

「申し訳ありません。まだ伴埜も具体的にどうするという考えがまとまっていないと思うんです」

「まあ昨日の今日ですからね」

徳田は彬から目を逸らし、しばし黙ってから漏らした。「ただ、社長が怒ってましてね。約束が違うって」

茂原の性格は、ひと言でいえば頑固。そして、几帳面《きちようめん》なところと、親から継いだ会社を大きくしていこうという野心が同居している。

「すみませんでした」

彬はもう一度詫《わ》びた。「小島も伴埜も、こんなにすぐ運転資金が必要になると思っていなかったようなんです」

「それはそうですが――」

徳田は弱り切った顔で、長い息を吸い込んだ。「資金需要ができてしまったからには、なんとかしてもらわないと。もし十億円の融資を受けていなければ、そのぐらいの支援はそう難しくなかっただろうと思うんですが」

その通りだった。茂原製薬の業績をもってすれば、なんとかなっただろう。

「資金需要は来月ですからまだ多少時間はありますが、なんとかお願いしますよ、階堂さん」

深々と頭を下げて、徳田は引き上げていった。

「階堂君。ちょっと——」

課長の野崎から呼ばれたのは、銀行のシャッターが閉まった午後三時過ぎのことだ。

野崎について副本店長室に入ると、そこには小島と伴埜のふたりがいた。茂原製薬の件だということは、わかっている。

小島が不機嫌に黙りこくっていた。野崎と彬が入室する前に、伴埜との間でなんらかの話し合いがもたれていたらしいが、その中味についてはわからない。

「たとえば、二都《にと》銀行に申し入れてみたらどうだ。あそこはいまどこよりも積極的に新規与信を獲得したがってるはずだ」

「二都でしたらすでに預金の取引があるので、徳田部長から打診してみたそうです伴埜の抑えた声がいった。「五億円ともなるとさすがに難しいという感触だったようです」

小島が唇を嚙んだ。与信所管部に顔が利く小島は、逆にいえばそうした部署の事情に通じている。今度の五億円という支援が難しいことを痛い程わかっているはずだ。

「当行で支援するよう稟議を出してみるしかないんじゃないですか、副本店長」

野崎の言葉に、小島は思案している。どれだけそうしていたか、やがて、「そうだな」というつぶやきが吐き出された。

「伴埜君――」

小島は、信頼厚い部下にいった。「この稟議、君が書いてくれ。階堂では荷が重い。それに茂原製薬の事情は君のほうが詳しい」

「かしこまりました」

伴埜の表情は強張《こわば》っていた。

## *7*

伴埜が茂原製薬への五億円の稟議を書き上げたのは、週明けのことであった。

その稟議書は、朝一番に課長の未決裁箱に入れられていた。内容はわからない。伴埜はその稟議について何ひとつ、彬に話してくれなかったからだ。徹夜明けらしい伴埜が、疲労を引きずった顔で、外訪へと出て行く。課長の野崎がそのファイルを開いて検討を始めたのは間もなくのことであった。そして昼過ぎ、

「伴埜君、ちょっといいかな」

帰店してきた伴埜に野崎が声をかけた。

低い声で何事か、稟議の内容について話している。

やがて伴埜はファイルを抱えて自席に戻ってきた。いまや疲労に不機嫌が重なった伴埜は、集金してきた伝票類を、彬のデスクに叩きつけた。

「ちょっと伴埜さん。それはないんじゃない？」

その態度を見かね、ベテラン女子行員の富田が眉をひそめる。富田は、事務処理などを担当する一般職だ。だが、伴埜は返事もしないで背中を向けたまま自席につくと、課長から戻された稟議書を書き直し始めた。

「なんなの、あの態度」

富田がつぶやき、彬と顔を見合わせる。「稟議を突き返されたぐらいで感情的になるなんて、どうかしてるわ」

課長からどんな指摘があったかは不明だが、その夜、十一時を過ぎても伴埜は帰ろう

ともせず、机にしがみついて稟議書を書き直していた。

別に何を相談されるわけでもないが、付き合って仕事をしていた階堂も、午前零時を過ぎた頃になって、職場を後にする。

翌朝、伴埜が書き直した稟議書は、朝一番で野崎課長の未決裁箱に入っていた。

おそらく、野崎が指摘した問題がクリアされていたのだろう。野崎が決裁し、上座の小島へと回付された。

階堂は、じっとその稟議書に読み入っている小島の姿を遠くから見ていた。何度か顔を上げ、思案している。その様子は、稟議の難航を予告しているようであった。

「伴埜君」

やがて伴埜を呼び止めた小島は、細かな注文を出し始めた。それから夕方にかけて、小島と伴埜との間を何度、ファイルが往復しただろう。小島は、融資畑が長いだけあって、稟議に厳しい。承認はなかなか出ない。

何度目かの書き直しの末、ようやくそれが小島の手を離れたのは、夜も九時を過ぎた頃だ。

稟議はそのまま伴埜の手で同じ本部ビルの六階にある融資部へと運ばれ、茂原製薬に対する稟議は、本格的な審査へと突入していったのであった。

融資部側の担当調査役は西岡といい、融資部内でも、特に気難しく厳しいことで知られている男だった。小島と怒鳴り合いになったことは一度や二度ではない。

「オレが回した稟議にノーとはいわせん」と豪語する小島は融資部内の人脈に濃いものがあるが、実際のところそれだけで融資審査が通るほど産業中央銀行の与信判断は甘くはない。誰がいったかは忘れたが、「腐っても鯛《たい》」である。

西岡からの第一報が入ったのは、その翌日の午前中だった。

外訪へ出ようとした伴埜は、受話器を顎《あご》と肩で挟んだままデスクに載せた黒い鞄を床に下ろし、傍らのキャビネットから茂原製薬の稟議書を出した。

「はい。わからなかったんです。突然の話で……。担保はありません。社長の個人資産ですか？　なにしろ会社につぎ込んでますから……資産管理表？　わかりました。はい……はい……」

予想されていたことだが、西岡の反応が芳《かんば》しくないのだろう。神妙に受け答えしている伴埜の表情はみるみる曇っていく。

やがて受話器を置いた伴埜は、すぐに電話をかけた。話から、相手は茂原製薬の徳田だとすぐに知れた。

「先日の件なんですが、五年分の売上計画が必要なんです」

伴埜の隣の席で、彬は耳を疑った。好景気に沸《わ》くこのご時世、いくら難しい与信判断とはいえ、そこまでやる必要があるか、という気がしたからだ。だが、担当調査役の西岡がそれを指示している以上、作成しないことには前に進まない。

「すみません、それと――」

伴埜の要望はさらに続く。「現在開発中の新薬の完成時期と予想される売上高も欲しいんですが。申し訳ありません、本部がどうしてもというもんですから」

電話の向こうで徳田が渋っているのがわかる。

拝み倒して受話器を持ったまま頭を下げた伴埜は、他の取引先とのアポの時間を気にしながら、あたふたと出掛けていった。

西岡とのやりとりは、その翌日も続いた。伴埜が神妙に話を聞き、茂原製薬に追加の資料を要請することの繰り返しだ。

また翌日も……。

伴埜とのやりとりが、やがて課長の野崎と西岡とのやりとりに代わったのは、さらにその翌日のことであった。

話はまとまらない。

ついに、小島が交渉に乗りだし、さらに融資部も西岡の上司にあたる担当次長、三輪《みわ》がテーブルについたとき、茂原製薬に関する交渉は大詰めを迎えた。

「現場がまとめた案件を断るっていうのか!」

ついに小島の怒声が響いたのは、さらに細かな資料のやりとりをした末のことである。

説得にも拘《かか》わらず、三輪はどうやら否定的な見解を翻意しなかったらしい。

その剣幕をフロアの行員たちが見守る中、小島は顔を真っ赤にして唾《つば》を飛ばしている。

「本部が現場の意見を尊重しないというのは、どういうことだ、次長。我々はこれで飯を食ってるんだぞ！」

我々だって審査で飯を食っているとでもいわれたか、「ふざけるな！」、と小島は受話器に向かって声を張り上げた。

そのまま交渉は不調に終わり、後には重苦しい雰囲気だけが残った。おずおずと立ちあがっていった野崎が黙って副本店長席の前に立つ。自席で成り行きを窺《うかが》っていた伴埜も立っていった。彬もそれに続く。

「まったく強情な奴だ、あの三輪という男は」

思い通りにならなかったことが余程悔しいのか、小島は怒りに蒼ざめていた。

「いかがいたしましょうか」

「仕方がない、本店長にお願いして押してもらうしかないな」

「よろしくお願いします」

野崎が申し訳なさそうにいい、恭《うやうや》しく頭《こうべ》を垂れた。しかし、まさに予想外ともいえる事態が起きたのはそれから間もなくのことであった。

「今回の件は、融資部のいう通りかも知れないな」

本店長の柿沼はそういうと、小島にきつい眼差しを向けた。「こんな大切な資金需要があるのなら、あんな運用資金を優先させるべきじゃなかった。当店の業績ありきの融資だったといわれても仕方のないことだ。三輪君はなんていってるんだ」

「否認の一点張りです」

「君は、本業の運転資金需要があることを知らなかったのか」

それは伴埜に向けられた質問だった。

「知らなかったわけではないんですが、こんなに早いタイミングで来るとは聞いてませんでした」

「本店長、大変申し訳ありませんが、ここはひとつ融資部を説得していただくわけにはいきませんか」

小島の頼みに、柿沼は渋った。

「申し訳ないがボクはこの稟議、自信がないよ。融資部に出す前に自分で見ていれば、その段階で考え直せというところだった」

本店内のルールで、急ぎの稟議案件は、副本店長の承認のみで案件を進められるようになっていた。この案件について、柿沼には事後報告になっている。

「先方に断ってきなさい、副本店長」

「私がですか」

小島は難しい顔をした。

「断るのなら君しかいないだろう。そうじゃなくては先方も納得しないはずだ」

小島は本店長室の床に敷かれたグリーンのカーペットを深刻な顔で見つめる。やがてつぶやかれた「はい」という小さな返事で、茂原製薬の稟議はひとつの決着を見たかのようだった。

だが——。

その翌週、融資見送りを伝えにいった小島は慌てふためいた様子で銀行に戻ってきた。野崎を呼びつけ、伴埜を従えて副本店長室に消えるとドアが閉められる。何が起きたかは、その直後にかかってきた徳田部長の電話で明らかになった。

「副本店長さんから、なにか聞きましたか、階堂さん」

徳田はきいた。

「いえなにも。いま帰ってきて、そのまま打ち合わせに入ってしまったんですが」

「実は社長が激怒しましてね。私、横で聞いていたんですが、ああいう性格ですし、融資出来ないと聞いた瞬間に、約束が違うじゃないかって……」

「で、どうなったんです」

彬はきいた。

「それが……」

素直に謝ればいいものを、小島は、「融資をするとはいっていない」と言い張ったのだと徳田はいった。

「言った言わない、の話ですか」

受話器をもったまま嘆息した彬に、それが少々違うんですよ、と徳田は意外なことをいう。

「社長はあの几帳面《きちょうめん》な性格で、毎日、自分で業務日誌を書いてるんです。備忘録の意味もありますが、そこに、小島さんの言ったことが書かれてまして。運転資金は今まで通りに融資するという――」

茂原はその場で日誌を見せ、融資しないんなら訴えてやると息巻いたらしい。

彬は事態の深刻さに、ドアが閉まったままの副本店長室を眺めやった。

「社長は、本気ですよ」

徳田はいった。「もし、このまま融資見送りなら訴訟も辞さずです。遊びのない性格というか、こうと思ったらテコでも動かないところがありますから。私としては法廷で争ったところで、なんら得るところはないし、丸く収められるのならそれがお互いのためだと思うんですが」

「まったくその通りだと思います」

「なんとかならないですかね、階堂さん」

きかれ、彬は口ごもった。

密室にこもった三人はどんな対応を協議しているのだろう。だが、融資見送りは本店長の強い意向だ。それをいまからひっくり返すことはできない。

そのとき彬の目に、当日の株価を示す指標ボードの数字が飛び込んできた。

相場はここ数日、連騰《れんとう》していた。その場で茂原製薬が購入した投資信託の昨日値を調べてみると、購入時より三百円ほど値上がりしている。

「投資信託を売却してはどうでしょうか」

思いつきに過ぎなかったが、口にしてみるとそれは予想外にいいアイデアかも知れなかった。

「売却？　先月、購入したばかりなのに？」

「ええ。いま売れば、損は出ません」

「ですけど」

電話の向こうで、徳田が慌てた。「いいんですか、階堂さん。そちらにも都合というものがあるでしょう」

「小島はそういうことはいいませんでしたか」

「いいえ、なにも」

だとすると小島は、茂原製薬の資金繰りより店の事情を優先させたのだ。あるいは、融資したばかりの十億円を返済するなど頭になかったか。

「社長も最初から乗り気ではなかったわけですから、売却には同意するでしょう。ただ、それだけでは資金繰りが解決することにはなりませんよね」

徳田の言うとおり。しかし、もし投資信託を売却して十億円の融資が回収できれば、解決への道筋は、つく。

## 8

「困ったことになったな」

柿沼本店長は腕組みをしたまま、小島を見た。

先程までの話し合いでは結論が出ず、柿沼を交えて再度の打ち合わせとなったのである。その場に彬も呼ばれたのは幸いだった。

「申し訳ありません」

さっきから何度目だろうか、小島が詫び、それに合わせて伴埜も頭を下げる。

「いまさら審査結果はひっくり返らない。かといって、融資見送りではトラブルになる」

柿沼はいった。「どっちに進んでも、行き止まりか……」

「あの、ちょっとよろしいでしょうか」

肘掛け椅子で頬杖《ほおづえ》をついていた柿沼の目が動いて彬を見た。「茂原製薬は、要するに五億円の運転資金があれば文句はないと思うんです。でも、それには先月の十億円の運用資金がネックになっています。であれば、それを一旦返済していただくというのはどうでしょうか」

課長の野崎が顔をしかめた。伴埜が苛立《いらだ》ちの入り混じった顔の中から、燃えるような目で睨み付けてくる。

「駄目だ」

言下に断じたのは、小島だった。「あの十億円を返済するっていうことは、投資信託を売却するということだろう。伴埜君が苦労して社長に売り込んだ資金だぞ。社長だって、了解して借りたんだ。それを一旦返済させるなど言語道断だ」

「そうかな」

色をなした小島の前に、柿沼のひと言が差し出される。「先方は、投資信託の売却に同意するか」

彬に向けられた質問だ。

「徳田部長のお話では、解約することにはたぶん社長も同意するだろうとのことでした」

「勝手な話を進めるな、階堂！」

小島は激昂《げっこう》した。この男は一旦摑《つか》んだ数字が逃げていくのが許せないのだ。

「ひとつの可能性として先方にきいてみただけです。そうするとはいってません。いま投資信託を売却すれば、手数料差し引き後でも些少《さしょう》の売却益が確保できます」

「そこまでする必要があるかな」

野崎が否定的な言葉をもらした。彬に向けられた目は、差し出がましいことをするなといいたそうだ。小島も野崎も、そして伴埜も、考えていることは自分たちのこと、業績のことしかない。

「社長を説得して他行で借りてもらうのがやはり現実的なんじゃないか」

続く野崎の発言に、彬は天井を仰いだ。

この連中はだめだ。

ふと脳裏に去来したのは、あのひと言だった。

カネは人のために貸せ——。

しかし、小島も野崎も、伴埜も、人のためにではなくカネのために——儲《もう》けのためにカネを貸している。

目標、実績、人事考課。彼らの頭の中が、彬には手に取るようにわかる。その優先順位の中で、取引先、そこで働く人たちは下位に沈んでいる。

そのとき、

「他行で借りるよう、説得できるのか」

柿沼が野崎に問うた。

「本日は不調に終わりましたが、明日になれば社長の怒りも冷めているかも知れませんし。明日、私がもう一度訪問して説得してこようかと思います」

じっと、柿沼は、野崎の浅黒い顔を見つめ、

「じゃあ、頼む。結果はすぐに報告して欲しい」

本店長を交えた打ち合わせは、一旦お開きになった。

「おい、階堂」

柿沼が執務室を出ると伴埜は彬の腕をぐいとつかみ、怒りに煮えくりかえった顔を近づけてきた。

「勝手なこと、するんじゃない。お前、あの運用資金を取るのにどれだけ苦労したかわかってるのか。副本店長だって何度も足を運んだんだぞ」

伴埜の腕が伸び、彬の胸をこづく。

「あの運用資金は、取引先のことを考えていません」

彬が言い放つのと、いまにも殴りかからんばかりに、伴埜が鼻の穴を膨らませたのは同時だった。「相手が望まない、本業外の巨額投資をゴリ押ししているじゃないですか。

もし株価が下がったら、取り返しのつかないことになりますよ」

「お前、ばっかじゃねえのか」

伴埜は、いまいましげに吐き捨てた。「新聞読んでみろ。株価は下がるとしても一時的か、あるいは少々へこむぐらいだろう。長期的なトレンドでみれば、株価は上昇し続ける。あの投資資金が赤字になるなんてことは、あり得ないんだよ。十億円、ノーリスク。ウィンウィンだ」

そんなのは幻想だ――そう思ったが彬は黙っていた。「けっ」。伴埜は吐き捨ててさっさと自席に戻っていく。今度は小島が手招きした。

「君さあ、なんで取引先とそんな勝手な交渉をするんだ」

「交渉はしてません。私なりに解決策を模索していただけです」

「誰が君に解決策を模索しろといった。今後、こういう身勝手な行動は慎め、階堂」

野崎にも何かいわれるかと思ったが、小島の話が聞こえていたのか、冷ややかな眼差しが向けられただけだ。デスクの電話で茂原製薬にかけた野崎は、明日の朝一番に社長のアポを取り、頰を膨らませて大きく息を吐いた。だが――。

その翌日、伴埜を伴って同社を訪問した野崎は、顔を引きつらせて本店に駆け戻ってきた。

「弁護士が同席しました、副本店長。茂原社長は本気ですよ。あの日誌の記録、証拠として裁判に使うそうです」

顔色を変えた小島が、本店長に報告に走ったのは、その直後だ。

小島と野崎、それと伴埜だけが柿沼の執務室へ消えていった。昨日の件があるからだろう、彬には声すらかからない。

打ち合わせは小一時間にも及び、やがて三人は蒼《あお》ざめ、割り切れないような表情で戻ってきた。

「階堂君」

野崎が呼んだ。「稟議を書いてくれ。本店長から君に書かせろというご指示が出た」

彬の目を見もしないで告げた野崎の言葉に、彬は我が耳を疑った。

「内容の指示はないんでしょうか」

肘掛け椅子に収まった野崎から、大儀そうな眼差しが上がる。

「内容？　それは君が昨日自分で話していたじゃないか。それでいいそうだ。ただ、君は簡単に考えているようだが、難しい稟議だぞ。急げ。早くしないと、茂原社長のことだ、本当に訴状が送られてくることにもなりかねないからな。そんなことにでもなったら万事休すだ」

黙礼とともに野崎の前から下がってきた彬は、茂原製薬のファイルを受け取りに膨《ふく》れっ面《つら》の伴埜のところへいった。

ファイルが、彬の胸に投げつけられる。彬の提案が支持されたことも、この大事な稟議を伴埜ではなく彬がまかせられたことも、不満なのだ。

「ホントに書けんのかよ、階堂」

伴埜はバカにしていった。

「というか、もう半分出来てます」

「半分出来てるだと？」

半信半疑の顔が彬を向いた。

「昨日のうちに、構成を詰めて下書きしておいたので」

「ファイルもないのにか」

「数字は頭に入ってますから」

彬を見ている顔の中で目が見開かれた。「勝手にしろ」

そそくさと外訪にでていく伴埜を見送った彬が稟議書を作成し、それを野崎の未決裁箱に入れたのは、その日の午後のことだ。

「おい。早いのはいいが、いい加減なものを書いたんじゃないだろうな」

そういった野崎は、稟議書を開けた途端、しばし口を噤《つぐ》んだ。彬が執筆した稟議書を食い入るように読んでいる。

「どうやら、研修で粉飾した実力は本物らしいな」

やがて感嘆の眼差しとともにそんなひと言が洩れ、稟議は即座に小島の未決裁箱へ上げられる。

「なんだ、もう？　早すぎるだろう」

不信感を露《あら》わにした小島は、ざっと稟議書の理論構成を確認したあと、彬の前でそれをむさぼるように読んだ。

そして、瞼《まぶた》を閉じた。腕組みをして考え込んでいる。

その目が開いたとき、何か信じられないものでも眺める目が、彬を見た。

文句のひとつもつけてやろうと思っていたのは、本人ならずともその態度を見ればわかる。

内容が気にくわないということも、顔に書いてある。

だが、憤然とした表情で稟議書に改めて視線を落とした小島は、憑《つ》き物でも落とすように、はっと短い息を吐いた。

「この稟議は特別に本店長もご覧になるそうだ」

それだけいうと、あっけないほど簡単に承認印を捺し、それを彬に返してくる。「今すぐ、持っていけ。それと――階堂」

一礼して歩き出した彬を小島は呼び止めた。

「その稟議だがな――」

メガネを中指で押し上げ、じろりと彬を睨み付ける。「よく書けてた」

# 9

「二社とも、入金が確認できました。これから当行からの融資を全額返済していただく処理に入ります」

本店営業部の応接室に安堂の事務的な声が響いた。階堂晋と崇のふたりは刹那顔を見合わせ、ほっとした表情を作る。

安堂は、不動産をはじめとする担保設定書類を出して三友銀行の担当者に引き渡すと、静かな室内に、書類を確認する緊迫した雰囲気が漂い始めた。

「結構です。たしかに、頂戴しました」

三友の担当者は、その瞬間、勝ち誇った顔を安堂に向けた。

「それにしても申し訳ないですね、産業中央銀行さん。一社どころか二社も、大切なお取引先を譲っていただきまして」

「仕方がないでしょう。三友さんに鞍替えされるとおっしゃるんだから。説得して聞き入れていただけるような社長さんたちではありませんしね」

安堂の口ぶりには、未練の欠片もない。それを不満に思ったらしい崇が口を開いた。

「我々としても、長いおつき合いの産業中央銀行さんとの取引を継続したいと思ったんだが、事業計画を全く評価していただけないんでね」

「それはもったいないですねえ、安堂さん。こんなにいいビジネスプランなのに」

三友銀行本店営業部の担当者は、同業者としての優越感を滲ませながら余裕の表情でいった。

「弊行の場合、なにかと融通が利かないものでしてね」と安堂は涼しい顔だ。

「一番融通が利かないのは、安堂さん、あなたなのじゃないかな。最初から否定的なご意見でしたよね。私どもも会社の命運をかけた一大事業だ。やっぱり理解していただける銀行さんと組んだほうがいいに決まってますからなあ」

今までの恨みがあるから、晋はチクチクと口撃する。

ドアがノックされ、入室してきた係員が「済《すみ》」判《はん》を捺印《なついん》した金銭消費貸借契約証書を安堂に手渡した。

「返済処理が完了したようです。これで当行との取引は全て解消いたしました——計画、うまく行くといいですね」

「リップサービスはやめてくれ、安堂さん。本当はそんなこと思っていないくせに」

晋は、安堂に対する不信感を隠さない。

「そんなことはありません」

安堂は表情ひとつ崩さなかった。「当行では支援できませんでしたが、三友銀行さんと組まれた以上、ぜひ成功させてください」

「いい気なもんだ、そんな聞こえのいいことばっかりいって。それこそまさに銀行というものだ」

嫌悪感を滲ませた晋に、「当行は違いますからね、社長」と、三友の担当はおどけてみせる。

はいはい、わかってますよ——そう冗談めかした晋は、ふいに真剣な視線を安堂に向けた。

「我々のリゾート事業を断ったことをいまに後悔するよ、安堂さん」

それには答えず、安堂は、「長い間、ありがとうございました」、とふたりに頭を下げた。

「今日、叔父さんたちが来たよ」

その日の夜、わざわざ彬のデスクを訪ねてきた安堂はいった。ふたりで地下にある喫茶コーナーに下り、紙コップのコーヒーを買う。

「何もしてやれなかったな、あの二社には。すまなかった」

「安堂次長なりに、最大限の助言をしていただいたと思っています。父も喜んでいました」

「変えられなかったら、どんな努力も意味がない」

安堂はいい、静かにコーヒーを口に運ぶ。

「経営者としての、叔父たちの限界だったと思います」

「予想に反して大成功でも収めてくれたら、うれしいんだがね」

そういった安堂はふと、「話は変わるが、製薬会社に融資した十億円を返済させたんだってな」ときいた。どこかで小耳に挟んだに違いない。

「トラブルになりそうだったので」

「よく小島副本店長が同意したな」

「なんとか。というか本店長の同意を得て、半ば強引に」

「そんなところだろうな」

彬が書いた稟議は、翌日、融資部で決裁され、数日後には五億円の融資が実行された。その件について野崎は淡々と事務的に対応し、伴埜は沈黙を守っている。そして小島は、彬の意見をまともに聞くようになった。

「君は小島さんに認められたんだよ」

安堂はいった。「あの人はそういうところがある。荒っぽいが、根は悪くない」

紙コップに残った最後の一口を飲み干すと、安堂は、ふと遠くを見つめる眼差しになっていった。

「こんな景気が続けば、本当に簡単なのにな」

「どういうことですか」

「株は永遠に上がり続け、地価は上昇を続ける。世の中は好景気が当たり前になり、投資すれば必ず儲かる。そんな世の中がずっと続けば、銀行にとって——いや、世の中にとってこんな楽なことはない。だけど、どうだろう。そろそろ……」

安堂は、口を噤《つぐ》み、紙コップを握りつぶすと、傍らのゴミ箱に放り込んだ。「行こうか。忙しいところ、時間を取らせたな」

そういうと安堂は、エレベーターに向かって歩き出した。

〔下巻につづく〕

本書は、二〇一七年五月、徳間文庫より刊行された『アキラとあきら』を、上下二巻として再編集しました。

初出　「問題小説」二〇〇六年十二月号〜二〇〇九年四月号

※この作品はフィクションであり、実在の個人・団体・事件などとは一切関係ありません。

集英社文庫

アキラとあきら 上《じょう》

2020年8月25日 第1刷

著 者 池井戸《いけいど》 潤《じゅん》

発行者 徳永 真

発行所 株式会社 集英社
東京都千代田区一ツ橋2-5-10 〒101-8050
電話 【編集部】03-3230-6095
【読者係】03-3230-6080
【販売部】03-3230-6393(書店専用)

印 刷 凸版印刷株式会社

製 本 凸版印刷株式会社

フォーマットデザイン アリヤマデザインストア マークデザイン 居山浩二